ヤマケイ文庫

不屈 山岳小説傑作選

Kitagami Jiro

北上次郎 編

Yamakei Library

不屈

■目次

カバー写真＝内田 修
装丁＝依光孝之
本文組版＝渡邊 怜

加藤　薫

ひとつの山（抄）

加藤　薫（かとう　かおる／一九三三年―）

神奈川県横浜市生まれ。学習院大学政経学部卒。一九六九年、「アルプスに死す」で第八回オール讀物推理小説新人賞受賞。「遭難」は『オール讀物』一九七〇年一月号に掲載され、直木賞候補作にもなった。「雪煙」「雪渓は笑った」などのミステリ短編・中編を著す。「ひとつの山」は東都学院大学山岳部の新人女性部員、控えめな性格の寺田陽子とカモシカの異名をとる勝気な森幸江が、主将の松岡弘たちとのかかわりのなかで成長していく青春小説。全十二章のうち、第五章から第八章を抜粋。

第五章

松岡弘の遭難さわぎが一段落ついて、夏期休暇の後半になると、部員たちはそれぞれ個人の山行に精をだした。いち年のうちに二百日をこえる山行をかさねる部員もあり、部員たちは都会にいるよりも山にいる日数のほうが、はるかにおおかった。山のなかでは顔馴染でも、都会ではさっぱり顔をあわせないという山友だちもできた。なぜそれほどまでに山に魅せられるのかは、なかなかひと口で言いあらわせない。また解釈して割りきれるものでもなかった。

ただ言えることは、山登りが、人間の心を露《あら》わにすることである。都会生活でいくら体裁振っても、それが山の生活では通じなかった。ときに生死の境に立たねばならぬとき、人は思いもよらぬ側面をみせる。地獄を見るのである。山の生活をつきつめてゆけば、厳格に身を持するか、あるいは八方破れになるかのいずれかであった。

そのふたつのゆきかたで松岡弘は、黒部別山東壁での事故をあくまで〈私の不注意で起こした〉として、他に原因をもとめようとしなかった。いくら部員が故意の落石を持ちだしても、肯《がえ》んじない。己《おのれ》の責任として、自己を律していた。それに反して森幸江は、箍《たが》の外れたさまをそのままみせていた。遭難さわぎをよそに、つぎの登攀の準備に勤《いそし》んでいたからである。そして登山倶楽部の会員たちとの合同山行のはなしを推しすすめた。勿論、寺田陽子も誘いをうけた。そのとき寺田陽子は、もし山岳部の承認が得られるのならば同行してもよい、とこたえた。それは逃げ口上であった。とても許可されまい、とたかをくくっていた。ところが森幸江は、寺田陽子と連名の計画書を山岳部へ提出し、強引に認めさせようとした。その森幸江の実行力に、寺田陽子はそらおそろしいものを感じた。その計画書は、怪我《けが》で休んでいた松岡弘にかわって副主将《サブリーダー》の北川修一が受取った。

「なにも町の山岳会のものと一緒に山へ行くことはないだろう。残りの夏休みの期間中には、部員たちも北や南へゆく。それと行動を共にしたらどうか」

北川修一が〈町の山岳会〉といって、そこをとくに強調して喋ったのは、町の山岳会である登山倶楽部を一段下に見ていたからである。大学山岳部員が、程度の低い〈町の山岳会〉に加わることはない。近くにいくらでも優秀な部員がいる。それに蹤《つ》いてゆけばよい、というのが北川修一の意見であった。たしかに大学山岳部員が社会人の倶楽部会員にまじって山へゆくのはめずらしい。しかし、

「それでは伺《うかが》いますが……」とカモシカの森幸江が、頤《あご》をつきだすようにして訊《き》いた。

「ほかの大学山岳部や社会人の倶楽部の山行に参加してはいけないのですか、それは禁止されているのですか」

「そんなことはないが……」

北川修一が返辞にこまっている。山岳部の部室は樹に遮《さえぎ》られ、日陰になっていた。蟬の声がかまびすしい。窓からみえる休暇中の校庭は人影もなかった。

「山岳部の規則でとめられているのならば、それに従いますが」と森幸江が糺《ただ》した。

「そんな規制はない。だが……」

北川修一は、うまく答えられないのが暑さのせいだというように、部室の扉をおおきくあけ放った。生暖かい風がはいりこむ。

「町の山岳会に加わって、もし事故がおきたら、責任のとりようがない」

そのやりとりを傍《かたわら》で聴いていた寺田陽子は、北川修一の言葉のアクセントが変化したのに気づいた。平常はほとんど目立たないが、なにかの拍子にあらわれる。それまでにも北川修一のことばには、ときどき訛がはいった。とくに逼迫《ひっぱく》した状態に追いこまれると、無意識にお国訛がでるらしい。

「いけないという規定が無い以上、参加します」

森幸江は部室の出納庫をあけ、すでに松岡弘の事故のとき磨きこんでおいた登攀具を、ことさら音をたてて曳《ひ》きだした。寺田陽子もそれにひきずられて準備をはじめた。

八月の飛驒山脈は吹く風にも秋の気配が感じられた。

主峰の剣岳から北へのびる尾根には、〈窓〉とよばれる小さな峠がいくつかある。〈窓〉というのは、聳え立つ岩稜に挟まれたその小峠が、したからみると恰度《ちようど》窓のように眺められるので、そう名づけられた。小峠は鞍部《コル》である。〈三ノ窓〉の鞍部は、剣岳から一キロほど離れたところにあり、雪渓を東西に分けていた。その三ノ窓の附近には、岩登りをするのに恰好な岩峰がおおい。そこで登山倶楽部もその鞍部に天幕《テント》を張って、根拠地にしていた。そこへゆくにはいくつかの道筋があったが、森幸江と寺田陽子のふたりは、富山から宇奈月を経由し、阿曾原・池ノ平の経路を採った。

三ノ窓に張った登山倶楽部の天幕には、女子用が一張りあった。そこに登山倶楽部の女子会員、安藤安子がすでにひとりで住まっていた。安藤安子は登山用のスラックスを、まるでモンペを穿《は》くように野暮天につけている。上衣もちゃんちゃんこに似ていた。

「垢抜けない女《ひと》ね」と森幸江がのちに言っていたが、たしかに山登りをするよりも、天幕で家政婦役をつとめるほうが適《かな》っているようであった。

「ずいぶん泥臭いわね」とも森幸江は言っていた。

天幕は登山倶楽部の女子用であり、いわば先住していた安藤安子の住まいである。それなのに安藤安子は、あとからきた余所者の寺田陽子や森幸江にたいして小さくなっている。どちらが居候だかわからない。もっとも森幸江にあっては、だれでもそのような気持にさせられてしまうのであった。

挨拶をすませてから三人が天幕のなかへはいった。そのときも喋るのは専《もっぱ》ら森幸江である。安藤安子はむきあって坐ったまま下をむき、話を聴いている。そのあい間にもしきりにまわりの塵を指でひろいあつめていた。聴いているのかいないのか、なにを言われても背をむけて田の草取りをしている姿に似ていた。

登山倶楽部は、いくつかの会社の山好きが数十名あつまって設立したもので、安藤安子も同じ会社の男子数名とともに入会していた。その数名の男子のひとり、安藤安子とおなじ会社の近藤正俊が登山倶楽部の会長役をひきうけていた。

女子用天幕のそばには男子用が張られてある。それらの天幕を張ったままにしておき、数日で構成員がかわる。それが寺田陽子や森幸江にとってめずらしかった。社会人である会員たちが有給休暇をとって、交代にあがってくるためであった。そして剣岳西面の未登の経路を精力的に開拓していった。限られた日数で登攀しなければならないので、会員たちは天候に一喜一憂した。

朝、まだ暗いうちに起きだし、星がみえると〈本日は晴天なりだぞ〉と嬉しそうに怒鳴る。雨が降っていると〈ついてない〉とがっかりした。学生だけの合宿ではあまり天気は気にならない。荒天がつづいても食糧があるかぎり、停滞日は苦にならなかった。むしろ愉《たの》しい。計画表の行動日がおくれても、晴天になればすぐとりもどせた。日数はたっぷりとってある。社会人とはそれなりの違いがあった。

天幕入りした翌日の三ノ窓は山霧《ガス》が立ちこめ、霧雨が降っていた。朝食を済ませてから寺田陽子たち三人は、四人用の男子天幕に招かれ、紅茶を振舞われた。森幸江は早速そこにいた会員のひとり、黒部別山東壁の登攀にも参加したという男をつかまえ、その話を聞きだしていた。

「あそこの直登路は、しょっぱかった」とその男が顔を顰《しか》めている。〈しょっぱい〉は山登りの仲間うちでつかう言葉で、難しいというほどの意味である。その男が語ったところによると、落石で松岡弘が負傷して学院隊が引揚げたあと、近接した登路をそれぞれ選んで東洋外語大と競《せ》り合うかたちで大岩壁に挑んだが、人工登攀のあらゆる手段を使っても壁の三分の一を突破したにすぎず、結局ふた組ともに横断路《トラバース・ルート》へ遁《に》げ込まざるをえなかった、というのである。

「この一、二年のうちには完登されるだろうが、今年の夏はまず無理と踏んだ」

そして夏期に登られれば、つぎに冬期も試みられるだろうとつけ加えた。

「おたくの学院の松岡さん、北川さんあたりが乗りだしてきたとき、正直にいえば、うちにとって脅威だった」

「それならばなぜ合同登攀隊を組織しないのかしらん」と森幸江が訝《いぶか》しげに首をかしげた。

「おたがいに協力しあえば、助け合ってゆけるから、それだけたやすく登れるはずでしょう」

「…………」

それがなかなかそうはゆかないのだ、ともうひとりがこたえた。ちからの強い者があつまったからといって、足し算にならない。負《ふ》にはたらくときもある。三組が合宿しておたがいに気心を知りあえばいいのだろうが、時間や場所をみつけるのがむずかしい。

「学院のあなたがた二人が参加してくれたのは、そういう意味でも有意義だ。それぞれの枠を破って、おたがいの交流のためにつくしてくれることになるから……」と持ちあげた。よこに居たひとりが笑いながらつぎのようにつづけた。

「はじめ、貴女がたふたりに参加を申し込まれたとき、大袈裟《おおげさ》に言えば、われわれの戦力を打診するために派遣された間諜《スパイ》ではないかと疑った。つまり女間諜」

それを聞いて森幸江が吹きだした。そして苦しそうに軀をまげて笑いくずれた。寺田陽子もおかしさを抑えきれなかった。

「笑いごとではなかったんだ」と語る。

「おなじ大岩壁を狙っている他の隊からのはなしだから、警戒して当然なのだ。そして断わろうではないかという意見も一部にはあった。無用な摩擦を避けるために……。ところが滝谷の二尾根で会ったときの貴女が、あまりにも天真爛漫《てんしんらんまん》、邪気《じゃき》がない。ともかく岩登りが好きですきでたまらぬという真摯《しんし》なところがみられたので、ここにいる会長の近藤さんが最終的な断をくだした。そして貴女がたを迎えたわけだ」

それまで黙って天幕の奥に坐っていた登山倶楽部会長の近藤正俊が、はじめて会《え》釈《しゃく》した。まだ二十代でありながら落ちつきがあった。菱形模様の上衣におなじ柄の帽子をかぶり、胡坐《あぐら》をかいていた。よこの罐入りの煙草をひき寄せ、なかから一本抜いた。石油焜炉へ顔ごともってゆき、唇《くちびる》にはさんだ煙草に火をつけた。その横顔が焔に映しだされた。

会長の近藤を紹介されてからの森幸江は、他の三人の男たちをそれからは無視し、近藤にだけ話をもっていった。あいだに置かれた石油焜炉へかぶさるようにして森幸江は軀をのりだし、熱心に喋った。そのため上衣の毛糸が焔にあたり、焦《こ》げる臭いにあわてて身をひくほどであった。そこには群のなかでいちはやく頭目をみつけ、それに阿《おもね》る牝の嗅覚があった。

紅茶を喫みおわり、火を消してからも天幕のなかで山の話がつづいた。それは会長の近藤がそれまで登ってきた岩壁についてのはなしがおもであった。たまたま谷川岳一の倉沢衝立岩に話がおよんだとき、森幸江は、

「あのときは口惜しかった」と新人合宿のときに衝立岩の基部で追いかえされたときの無念さをあからさまにした。

「谷川岳とか、一の倉沢とか、それを聞いただけで、衝立岩が泛《うか》んでくるわ」

「まるで衝立岩に恋しているみたいだな」とひとりがまぜかえした。

「私にとって衝立岩は、忘れられない」

森幸江が目をかがやかす。

「私にちからがついたら、どうか連れていってくださいね」と近藤に頼みこんでいた。会長の近藤は苦笑しながら、学院のなかに優秀な登攀家がいくらでもいるでしょうと婉曲《えんきょく》に話をそらした。

「でも、近藤さんと一緒に登りたいの」

火の消えた石油焜炉にかけてある鍋はまだ熱をもっていた。森幸江はそれに指をあてたり、はなしたりしながら熱心に頼みこんでいた。

天幕のなかが明るくなってきた。〈おや〉というように男たちが屋根をみあげる。天候の変化には敏感になっている山男たちは、朝から山霧に包まれている天幕のなかに居て、その明暗に気を配っていたのである。会長の近藤も、手にした煙草の煙がそれまで真直ぐに立ちのぼっていたのが、急に乱されたのをみとめた。

「風がでてきた」とひとりが呟《つぶや》いた。風に煽られた天幕の屋根のはためきで、煙草のけむりが上下に揺れた。風が山霧を払ってくれれば、晴天のきざしになる。出入口に近いところに坐ったひとりが首をだして外をみた。

「雨があがった」

その声でなかにいた男たちも腰をうかした。たとえ半日であろうとも無駄にしたくない。学生ならば停滞日にするのだろうが、社会人のきびしさがそこにもうかがわれた。

「手近なところをひとつ、稼げるかもしれない」

そう言いながら山靴をつっかけて全員が外へでた。三ノ窓をこえる風に山霧が吹きはらわれ、小窓王の岩壁が仄《ほの》かにみえだした。振りむけば剣主峰へ通じる岩稜も姿をみせている。そこで会長の近藤を中心にすぐ相談がまとまり、短時間で登れる身近な岩で訓練をすることになった。霽《は》れ間をぬっての登攀だけに、目ざす剣尾根の難しい、時間のかかる岩壁はひとまずおいて、鋸歯壁《チンネ》の岩で軀を馴らしておこうというのであった。

近藤をまじえた男四人は上級の登攀路といわれる鋸歯壁左稜線、寺田陽子たち女三人は初歩の登攀路である中央の煙突状岩溝《チムニー》から中央の岩棚《バンド》、そのうえの小さな岩棚から岩の裂け目《クラック》をたどることになった。

高さ約三百メートル、平均斜度七十度をこす花崗片麻岩《かこうへんまがん》の鋸歯壁は、登路図集や山岳雑誌の登攀記録などでその攀じる筋道は寺田陽子たちの頭にはいっていた。しかしはじめて取りつく岩場である。そのため雪渓をくだり、鋸歯壁の取付点までは、左稜線をめざす近藤たちに同行して、案内してもらうことになった。山霧でその取付点を見誤るおそれがあったからである。

女子用天幕に戻った三人は、慌《あわ》てて身仕度をととのえた。四十メートルの綱《ザイル》に三つ道具といわれる三種類の登攀用具、それに若干の非常食を小さな背負い袋《ザック》につめた。

登山杖《ピッケル》は各自が携行した。

近藤を先頭に男・女をまじえた七人が、前衛岩峰《ジャンダルム》の基部を横断してくだり、女子の取りつく地点へでた。そこからさらにくだったところが近藤たちの取付点なので、そこで男女は別行動をとった。

「初級の登攀路といっても即席の構成員だから充分気をつけてくれ」と近藤が言い残していった。寺田陽子と森幸江はすでになんども綱を結び合っていたが、登山倶楽部の安藤安子とは経験がなかった。ひと通りの技術は備わっていると近藤に保証されていたが、協力してゆけるかどうかが懸念された。

それは三人が天幕をでるときにもあらわれていた。素早く仕度をした寺田陽子と森幸江が、天幕のそとで安藤安子がでてくるのを待っていた。つよい風が吹きぬける鞍部に立っているのは辛い。寒さのために足踏みしながら近藤たちとともに安藤安子の身仕度がおわるのを待っていた。なかなか天幕からでてこないので、寺田陽子と森幸江が覗いてみると、なかで安藤安子は、例の塵拾いや、寝袋《シュラーフ》のたたみ替えや、石油焜炉の跡始末をしている。

「そんなもの、帰ってきてから、しなさい」と森幸江がさけんだ。そう言われても安藤安子は、しばらくのあいだそれらの雑用をつづけていた。手早く用意するのが苦手で、一見それと無関係なことが気になり、夢中になって、傍迷惑《はためいわく》をかける。目立たない女が、せめて声をかけてもらうには、それしかなかったのかもしれない。

鋸歯壁の下部、草つきの岩場にはいったときは、振りむけば、山霧の切れめから三ノ窓の雪渓が見おろせた。しかし煙突状岩溝のしたで綱を結びあう頃から視界はとざされてしまった。

先頭《トップ》は森幸江、中間《ミッテル》に安藤安子をいれ、最後《ラスト》に寺田陽子がはいった。森幸江は煙突状岩溝に軀をいれ、尺取虫のように這いあがる恰好をみせたが、すぐその非を悟り、右の岩稜《リッペ》へでた。山霧にとじこめられていたので岩稜に立っても高度感に怖《お》じることなく登れた。先蹤者の錆びた釘《ハーケン》がその岩稜に打ち残されてあったが、森幸江はそれらを使わず、また新しく釘を打つこともなく、自信をもって一区切《ワンピッチ》登った。そこではじめて確保用を一本打った。岩壁に槌でうちこむ釘の音は、はじめ低く、音階をたどってしだいに高くなってゆく。それはまるで歌を唱っているように聴えるので〈釘がうたう〉と謂《い》った。釘がうたえば、その釘がよく利いている証拠になる。安心して使えた。しかし初心者ではなかなか釘がうたわず、西瓜を叩くような鈍い音になってしまうのである。

森幸江の釘は高くうたい、山霧のなかによく響いた。

つぎに中間の安藤安子が森幸江のところまで登る。安藤安子は、上の森幸江が手繰る綱と、下の寺田陽子が繰りだす綱との中間を結んで軀にとめてあったので、足をすべらせても墜落しない。上下に亙る一本の綱で支えられていた。安全である。それにもかかわらず安藤安子の登りかたには余裕がなかった。岩を登るとき、手足四本のなかで常にどれか三本は岩にかけておかないと、滑落の危険があった。その三点支持の原則を守らない。そこには律動がなく、ただ手足を無秩序にうごかし、うしろから誰かに追われているような忙《せわ》しない登りかたであった。一刻もはやく森幸江のところへあがり、ひと安心したいために焦っている。そのうえ岩稜へでるのを嫌った。岩稜に立てば、岩から軀を離さなければならず、山霧が霧れれば足もとから落ちこむ岩壁に、高所にたつ恐怖をあじわう。それを避けるために、煙突状岩溝へ軀をもぐりこませた。なるべく岩壁に吸いつき、接触感をたもち、安堵したいという念《おも》いがつよかった。軀を岩に接着させ、煙突状岩溝のなかを摺りあがってゆく。たとえ衣服が破れても、擦過傷を負っても、そのほうがまだましだとおもったらしい。

最後の寺田陽子は岩稜をあがった。寺田陽子にとって山霧で眺望がきかないのは、むしろ残念だとおもうほどの心のゆとりが、そのときにはあった。数メートルの視界では岩壁のほんの一部がみえるだけで、いくら登っても、同じ所をくりかえしている錯覚にとらわれる。高度をあげたという実感が湧かなかった。

中央煙突状岩溝は約一時間で突破し、岩棚へでた。山霧がその濃さをまし、霧か雨か判別できない雫《しずく》に全身が濡れ、その岩棚で一息ついて休むと、寒さが身にこたえた。

小憩してから岩棚を右上にむかって辿った。そのとき波がうちよせるような音がした。それは雨滴が岩壁をたたくおとであった。風も強くなる。追いたてられるように三人が同時にのぼる連続登攀《コンティニュアス》であがり、壁の割れ目《ギャップ》へでた。

「先頭を交代して、私にやらせて」と寺田陽子がたのんだ。森幸江と安藤安子の登攀を待っている間の寒さをかんがえると、先頭にたって登っているほうがまだましであった。軀がうごかせるので、あたたまる。

小さな岩棚を一区切あがり、そこに確保《ビレイ》用の錆びた釘が残されてあったが、確信が置けなかったので、新しい一本を打って確保し、合図を送った。その頃から雨が激しさをくわえてきた。

二人組ならば、その地点で先頭と最後が逆になる。せっかく頼みこんで先頭にしてもらった寺田陽子は、ふたたび殿《しんがり》に蹤《つ》かなければならない。寺田陽子のよこを通って上部の岩壁へゆく二人を見送るのだ。それを迂闊にも忘れていた寺田陽子は、ふたたび寒いおもいをしなければならなかった。

岩棚に立ち、岩壁に背を凭《もた》せて確保の態勢にはいる。すると岩壁をながれる雨水が容赦なく襟からはいりこむ。その冷たさはまた格別であった。歯の根があわない。軀の顫《ふる》えで釣り合いを失った。

安藤安子の調子がおちる。森幸江が気合いをいれても安藤安子の動作が緩慢になってきた。それがますます寺田陽子を苛立たせた。襟ぐりから流れ込んだ雨水は、背中をとおり、腰にたまる。そこからおもむろに太腿をつたい、膝から膕《ひかがみ》をぬけて足首に達した。そして登山靴のなかにたまっていった。寒さで足踏みすると、靴のなかで雨水が音をたてて軋《きし》んだ。

上から森幸江の合図がきて、やっと寺田陽子が登りだしたとき、軀はすっかり冷えきっていた。それでも確保用の釘を回収して最後の役目を果たした。小さな岩棚を数メートル戻り、そこからつきあげているこれも小さな岩の裂け目にとりついた。雨がたたきつけるように頭巾《フード》にあたるので、耳がきこえなくなる。濃い山霧のなかで雷光が走った。しかし雷鳴は聞こえない。それは登ることだけに夢中だった寺田陽子の耳にはいらなかっただけかもしれなかった。

冷えた軀に岩の裂け目の一区切はきつかった。手がかり《ホールド》に指をかけると、岩壁をながれる雨水がその袖口からはいりこむ。肘から脇の下をぬける雨水に擽《くすぐ》られた。それを操ったいと感じる余裕もなく、岩の裂け目に登山靴をねじ込んで攀じのぼった。

そのあいだなんどか寺田陽子は〈綱を引きあげてくれ〉と頼もうと思ったかわからない。自力で登る限界にきたとさとり、上にいる森幸江の腕力をたのみ、ごぼう抜きに引きあげてもらおうかとかんがえた。しかし、その言葉をかろうじて嚥《の》みこみ、なんとか這いあがった。そのときの寺田陽子の脳裏には、比較するのもおこがましいが、ヨーロッパ・アルプスの北壁で、ある高名な山案内人《ガイド》でさえ、先行者の綱を懇願したという挿話が泛《うか》んでいた。その岩壁の規模も、難度も、また気象条件もはるかに隔《へだ》りがあったが、そのときの山案内人の気持がはじめて痛いほどわかった——。

鋸歯壁の頂上に達したとき、三人は全身ずぶ濡れで、口をきくのも億劫《おっくう》になっていた。〈早く天幕へかえり、あたたまりたい〉というおもいで、綱をたたみ、三つ道具をしまった。そして闇雲に山霧のなかをくだった。〈とにかく登攀は終ったのだ〉という安堵から、三人は岩壁の裏をただくだればいいのだと安易にかんがえていた。

ところが、登路図集には分りきった鋸歯壁のくだりなどは省かれてあった。三人ともに登ることは真剣だったが、くだりは意に介しなかった。それほど風雨にたたかれ登攀に精力をつかいはたし、登りがすんで、もう終ったのだと思い込んでいた。

森幸江が突然立ちどまった。山霧をすかしてみると、足もとから岩溝が切れ落ちていた。そこには雨に濡れた岩屑が堆石されてあった。急峻である。森幸江が一歩踏みだすと、その足もとから湿った岩屑がくずれ、音をたてて落下してゆく。岩雪崩をひきおこした。

「おかしい」と森幸江がつぶやいている。そのうしろで雨のなかを安藤安子が立ちすくんでいた。

岩溝をくだりかけてやめた森幸江は、山霧のなかで下降路をみいだそうと必死だった。寺田陽子もなにかに化かされたような気になっていた。晴れていたならばなんでもない帰路が、山霧のなかで方向を見失うのはよくあることだが、まさか鋸歯壁のくだりで迷うとは思ってもみなかった。〈山というのは一期一会だ〉とつくづくそのときに考えさせられた。同じ岩壁でも、おなじ登攀路でも〈そのときの岩壁〉というのは一回かぎりのものであった。あるときに登れたからといっても、つぎには登れないかもしれないのだ。恰《あたか》もそれは生の演奏に似ていた。その日その時その場所での演奏は、あくまで一過性のものである。再現できなかった。だから、ひとつの山を登りえたと誇るのは、まったく愚かなことである。〈そのときの山〉を登ったにすぎないのであった。鋸歯壁の初級登攀路でさえ、荒天では難度がたかくなる。

帰路をさがしていた森幸江が、こんどは雪渓の上端へでた。なだらかな傾斜にみえたが、そのさきは山霧にかくれてみえない。どれほどの雪の急斜面がつづくのか見当もつかなかった。

「雪渓のしたを偵察してくる」と森幸江が言った。寺田陽子も蹤いてゆくことにした。安藤安子は軀を案山子《かかし》のようにつっぱらせて顫えていた。濡れた衣服に皮膚が触れると、氷をあてられたように冷たい。それをさけるために手足を動かさないようにしているのであった。その安藤安子には、その場を動かずに待っているように言い含め、ふたりは雪渓をくだった。登山杖はもっていたが、鉄の爪《アイゼン》の用意はなかった。

雪渓を数メートルおりたところで傾斜が急になっていた。雪上滑降《グリセード》ができるかどうかを確かめるために谷底を覗いた途端に、森幸江が凍った雪に足をとられて顚倒した。それを助けようとした寺田陽子の足も掬《すく》われ、氷雪の急斜面にたたきつけられた。ふたりとも手にした登山杖の尖端《ピック》をただちに雪面へ打ち込み、事なきをえた。しかしひやりとした。

それから尚、山霧のなかを彷徨《さまよ》い、ようやく踏み跡を発見したときには、あたりは昏《く》れかかっていた。

三ノ窓の天幕へ三人が帰ると、すでに鋸歯壁の左稜線から男子四人が戻っていた。

「あまりおそいので心配になり、探しにゆこうとしていたところだ」と会長の近藤がいった。

その言葉に返事する元気もなく、三人は女子用天幕へ倒れ込むように入った。

翌日、女子だけは休養日に充て、男子は剣尾根の岩壁へむかった。前日の登攀が身にこたえ、女子三人は病気にかかったように天幕の寝袋のなかで朝寝をした。とくに安藤安子は空咳《からせき》をしていた。

午後になって寺田陽子と森幸江は起きだし、夕食の仕度をした。暗くなるまえに男子四人は剣尾根から帰ってきた。

つぎの日、軀の調子が悪い安藤安子を天幕に残し、男子四人と女子二人は池ノ谷《たん》右俣奥壁を目ざした。

まず三ノ窓の鞍部から西へ落ちこむ池ノ谷左俣の雪渓をくだった。左手につらなる剣尾根の岩溝や尾根の瘤をひとつひとつ近藤に説明してもらいながら二俣までおりた。そこから右俣へはいった。

雪渓のうえを単調な歩みで足もとに視線をおとして登りつづけているうちに、寺田陽子は耳の栓がぬけたように、急にはっきりと水音を聞いた。顔をあげると、聳立《しょうりつ》する剣尾根の岩壁と鞍部からの尾根とにかこまれた深い谷の雪渓が切れ、破れ目《クレバス》が口をあけていた。そこから激流の音が聴《きこ》えたのである。

それまでに見た破れ目といえば、残雪の谷川岳マチガ沢のものが最大であった。それにくらべて池ノ谷右俣の破れ目は比較にならぬほどの規模をもっていた。水波の紋様に削られた雪渓の色がかわり、水をかぶって濡れたようにみえるのが破れ目の端であった。割れた口は十数メートルに達し、両側を切り立った岩壁に阻まれている。どうやってそれを越すのだろうかと、寺田陽子は大破れ目を前にして呆然となった。

「懸垂下降《アプザイレン》で、いちど破れ目の底へ降りる」

近藤がそう言って束ねた綱を解きにかかった。

破れ目の底からは無気味な蒸気が立ちのぼっている。雪渓のうえにもながれていた。水音が聴えている筈なのに、寺田陽子はあたりが森閑《しんかん》としているように感じられた。そして軀が萎縮《いしゅく》してゆく。雪渓の破れ目とそれにつづく圧倒的な岩壁をまえにして、自分が一匹の虫けらになってしまった。

「天幕へ帰るわ」

寺田陽子は、妖気のただよう破れ目の底へ降り、そこからふたたび岩壁づたいに奥へむかう登路をみただけで怖気《おぞけ》立った。二日まえの鋸歯壁の疲労が、そのときになってつよく感じられた。そしてふたたび呟いた。

「帰りたい」

それを聞いた森幸江が、

「ひとりで帰れるわね」と念をおした。

寺田陽子は黙って頷いた。森幸江が、

「私は連れていってもらうわよ」と言う。ふたたび寺田陽子がうなずいた。

「大丈夫かなあ」と男たちのひとりが心配している。

「脱け殻みたいになっているぞ、彼女」

それをさえぎり、森幸江が生きいきとした口調で、

「雪渓をくだって二俣へでれば、あとは左俣を辿って登るだけだから、迷うことなんかないわ」と言った。それまでの森幸江と違って、潑剌《はつらつ》としてきた。

会長の近藤は、そのような森幸江を窘《たしな》めた。

「きみも一緒にくだれ」

「私は、登るわ」

「いや、降りろ」

近藤の口調は有無を言わせぬ響きがあった。断乎としている。

「きみだって大破れ目を前にして、恐怖感にとり憑かれていたはずだ。言葉もでずに

立ちつくしていた。その恐怖を、きみは口にしなかっただけなのだ。臆病者と看《み》られたくないために……。きみの友だちがそれを先に言ったまでのはなしだ。するときみは待っていましたとばかりに、その恐怖の念を追い払い、はんたいに颯爽《さっそう》としたところをみせた」

近藤はつづけた。

「どちらの態度が、勇気の要ることだと思うか」

「………」

それにたいして森幸江はなにもこたえなかった。しかし見開かれた目には底光りがしていた。そして会長の近藤を凝視し、その場に立ちつくしていた。やがて森幸江は、「どうしても登りたい」とつぶやいた。目が潤んでいる。

第六章

会長の近藤と森幸江は雪渓のうえでしばらくのあいだ向きあったまま立っていた。傍《かたわ》らで眺めていた寺田陽子は、そのふたりのあいだにかもしだされる張りつめた雰囲気に気圧《けお》され、居たたまれない気持になった。ふたりの気迫が微妙な均衡をたもち、いつ破られるのかとはらはらさせられた。大破れ目《クレバス》からあがる蒸気がなまあたたかく寺田陽子の足もとをつつんでいた。

そして、ついに、その場の釣り合いがくずれた。会長の近藤のほうから動きだしたのである。近藤は、手にした登山杖で雪渓上を軽く叩きながら、

「それほどまでに奥壁へゆきたいのなら……」とつぶやいた。近藤は雪渓のうえに散在していた枯葉を一枚ずつ登山杖《ピッケル》の石突《シュピッツェ》で狙いをつけて丁寧に刺した。串ざしにされた枯葉が石突にたまってゆく。

「しごかれるのを覚悟したうえで、奥壁へいったらいい」

ふたりの睨《にら》み合いは、遂に近藤から折れてでる結果になった。登山杖で枯葉をつついたのは、近藤の気合い負けを意味していた。森幸江はたじろぎもしなかった。しか

し奥壁へ連れていってもらえると聞いた途端に、森幸江の軀がはじめてかすかに揺れた。

「嬉しい」

森幸江が両手をひろげた。登山杖が手から離れる。紐で手首につながった登山杖を曳きずり、近藤に走り寄った。そして近藤の腕に縋《すが》り、

「嬉しいわ」とふたたび言った。

森幸江が頰をつけるばかりに纏《まと》いついたので、近藤は一瞬身をそらせてそれを避けようとした。そばにいた寺田陽子が息わず目をそむけるほどのあからさまな媚態《びたい》をみせた。

「奥壁へつれていってくださるのね」と森幸江が上目づかいに近藤をみた。近藤は、

「すこしオーバーだぞ」と迷惑そうに、森幸江の大袈裟《おおげさ》な仕草に戸惑っていた。そしておもむろに森幸江の腕をふりほどきにかかった。態勢をたてなおした近藤は、寺田陽子にむかって訊いた。

「ここからひとりで天幕《テント》へ帰れるか」

寺田陽子が頷くと、それにあわせて近藤も肯首した。そのときになってはじめて森幸江は、そばに寺田陽子がいるのに気づいたように、近藤から離れた。近藤は、いつ

もと違うすこし甲高い声で、

「気をつけて帰れよ」と言い添えた。

会長の近藤でさえ、森幸江の押しの強さにたじたじとなり、声の調子までおかしくなるのかとおもうと、寺田陽子は近藤を通じて男というものをあらためて考えさせられた。女に体当りでこられては、男も判断を狂わせられる。それまで近藤にいだいていた会長としての偶像が、いちどにくずれてしまった。

近藤は石突に刺した枯葉を抜きとり、その場に棄てた。そして、

「天幕で夕飯をつくっておいてくれ」と言い残し、森幸江と連れだって大破れ目で綱を張っている仲間のほうへあがっていった。

寺田陽子は登山杖をつきながら雪渓をくだった。いちどもうしろを振りむかなかった。雪渓上の降りは、弾《はず》みがつくと自然にスケート滑走の歩きかたになる。その足と登山杖をもつ手とが不釣合になり、操《あやつ》り人形のような恰好になった。二俣へおりた寺田陽子は、そこから左俣をあがった。右側に聳える剣尾根の黝《くろ》っぽい岩壁、左側にそそりたつ小窓尾根の赤い岩壁、廊下と謂われる谷底の雪渓をひとりで登ってゆくと、暗い谷と対蹠《たいせき》的な明るい空が截《た》ち切られて〈窓〉のように鮮かにみえる。それだけ左右の側壁が一段と凄味《すごみ》をたたえていた。すでに近藤たちと共に降っていた雪渓であっ

たが、まるではじめてそこへ入り込んだような錯覚におちいった。それはひとりで歩いていた心細さのせいではなかった。雪渓をあがりながら寺田陽子は、〈おなじ経路でも、登りと降りとではまるで印象が違う〉と気づいた。それとともに眺める角度がかわれば、風景も一変するのにおどろかされた。

二俣から二時間足らずで三ノ窓の鞍部へ到達した。天幕場では元気を恢復《かいふく》した安藤安子が寝袋をひろげ、岩棚にならべ、日に干しているところであった。

天幕で留守番《キーパー》をつとめていた安藤安子は、その所を得たようにかいがいしく天幕の雑用に励んでいる。それをみた寺田陽子は、

〈この女は、山登りよりも天幕番《テントキーパー》のほうが適っているのではないか〉とおもった。さらに家政婦《ハウスキーパー》ならば最適である。そうすると、〈なぜ山へくるのか〉がわからなくなった。

たしかに鋸歯壁《チンネ》で岩登りをしたときは、その魯鈍さに辟易させられたが、そうやって天幕場にいると、やすらぎをあたえてくれる。とくに雪渓の破れ目で敗退してきた寺田陽子にとって、安藤安子がなぐさめになった。ひとりの人間である安藤安子の評価が、その時そのときの寺田陽子の情況でかわる。その身勝手さが寺田陽子は愧《は》ずかしかった。

「あら、戻ってきたの？」と安藤安子が、仲間のできたうれしさをかくしきれずに笑顔で迎えてくれた。寺田陽子が声をおとして言った。

「私のちからで奥壁は無理だった」

「でも森さんは行ったのでしょう？」

「あのひとは……」

それから先の言葉が寺田陽子にはでなかった。森幸江は実力があるから、勇気があるから、強引だから――、なにを言ってもそこに陰口の感じがでてしまう。寺田陽子が黙って干物を手伝いにかかると、安藤安子が、「岩燕だわ」と叫んだ。寝袋をのべていた寺田陽子の耳にも岩燕の鋭い風を切る羽音がきこえた。手をとめて空を仰ぐと、岩壁すれすれに岩燕の飛翔する影がみえた。


その日の暮れがたである。遠くからきこえる跫音《あしおと》で池ノ谷右俣奥壁から五人が帰ってくるのがわかった。天幕にいた寺田陽子と安藤安子は、慌てて石油焜炉の火をつけ、汁鍋をかけてあたためた。

やがて天幕のまえで跫音がとまり、小さな背負い袋や登攀用具をおろすおとがした。寺田陽子は天幕から首をだし、目敏《ざと》く人数をかぞえた。うす暗いなかに五人のかげをみとめたので先ず安心した。すぐ山靴をはいて外へでた。

「お帰りなさい」

「たいへんだったでしょう」

安藤安子もでてきて犒《ねぎら》った。ひとつの岩壁を完登し、無事に天幕へ帰ってきた安堵感からどうしても男たちは饒舌《じようぜつ》になった。なかのひとりが、

「あのときは、ひやりとしたぜ」といって笑った。その話によると、

――男四人ならば中央岩溝《ルンゼ》へむかう予定であったが、森幸江がはいったので、二人と三人の各組にわかれてそれぞれ綱を結びあい、ともに鞍部から正面の壁の中央にある登攀路へはいった。先頭は近藤他一名の二人組が受持ち、それにつづく三人組の中間に森幸江がいれられた。つまり安全を期して森幸江を保護したわけである。ところがそれが森幸江には気にいらなかった。一度でいいから先頭を登らせてくれと近藤に頼みこんでいた。が、聴きいれられない。池ノ谷から富山平野まで眺められる岩棚《テラス》で小憩したとき、ついに森幸江は、試登でいいから先頭の真似だけでもさせてくれと懇願し、ついに近藤が折れた。

頭上数メートルに一枚岩《スラブ》があった。そこへ釘《ハーケン》をうって降りてくるという条件つきで、森幸江は勇躍して登攀を開始した。岩棚では会長の近藤が万全な確保態勢をとっ

ていた。四人の男の目があつまっていると意識した森幸江の登りかたは、はじめから平生心を失っていた。途中で釘を一本打ち、そこから近藤が降りるように指図しても、尚そのうえを目指した。そのとき森幸江が滑落したのである。

一瞬のできごとで、釘に支えられて僅か二メートルの墜落で済んだが、一枚岩に宙吊りになった森幸江の姿は、四人の男たちの心をひやりとさせた。空中にういた森幸江は手がかりや足場をもとめて手足をうごかしたが、一枚岩にとりつけない。むなしく踠《もが》くばかりである。生まれてはじめての滑落にさすがの森幸江も必死だった。

「そのまま動くな」という近藤の助言に耳も藉《か》かず、一枚岩にとりつこうとしてもがきつづけた。ついに近藤は委細かまわず綱をゆるめ、昇降機のように森幸江の軀を岩棚まで降ろしてしまった。わずか二メートルの滑落だったが、森幸江の頬に擦り傷ができ、指先の皮膚がつるりと剝《む》けていた。「大丈夫か」と男たちが空中で支えるようにして森幸江の軀を岩棚に迎えいれた

「まだあんたに先頭は無理なんだ」

「あれで済んでよかった」

森幸江の綱を解いてやったり、応急手当のマーキュロをとりだしたりしながら男たちが口ぐちに窘《たしな》めた。近藤は、墜落の衝撃による綱の摩耗度を調べていたが、

「よい経験をしただろう」とつぶやいた。それを聞いた森幸江は頷いてから、

「本当に良い経験になったわ」と頬の傷に手をあてた。

「落石さえ無かったら、もっと上まで登れたのに……」

「落石？」と男たちが鸚鵡《おうむ》返しに訊いた。

「そう、落石が当たったから滑落したんだわ」

「……」

男たちは狐につままれたようにしばらく沈黙していた。やがて、ひとりが、

「おい、おい、落石なんてあったのか」と仲間に訊いている。きかれたほうが首をかしげていた。

「落石の音なんかきかなかったぜ。で、どこにあたったんだ」

森幸江が頬の傷を黙ってつきだしてみせた。

「それは滑落したときの傷だろう」

「いいえ、落石にやられた傷だわ」

「……」

ふたたび男たちが沈黙してしまった。尾根歩きの登山者がいたり、先行する組があったりすれば、落石もありうる。しかしその登路での落石は、風化した岩石の自然

発生的な落石としか考えられなかった。ところが空をきる石の音も、岩壁にあたって砕けた岩の独得な、あの煙硝の臭いもしなかった。もし森幸江の言葉を信じるとすれば、落石が森幸江にあたった瞬間、消え失せてしまったことになる。下にいた四人があれほど注意深く森幸江の登攀を瞶《みつ》めていたのにもかかわらず、まったく落石を認めなかったのだから——。

「負け惜しみもいいかげんにしろ」とマーキュロの壜を手にしたひとりが怒鳴った。

「落石か滑落か、見ていて分らないほど、そんな甘い山屋じゃないんだ、おれたちは……」

「でも、落石だったわ」

綱の点検をすませた近藤が、あいだにはいった。

「原因がどちらにしても、たいした怪我でなくてよかった。さあ、そろそろ登らなくては」

それから先は森幸江が元の中間にはいり、剣尾根の頭を目ざした——。

天幕へ帰ってきた男たちの話をきいた寺田陽子は、暗かったので森幸江の顔の擦過傷がわからなかった。また握り拳《こぶし》をつくっていたので、指先の傷もわからない。夕食のときに天幕で顔をあわせ、はじめて見ることができた。その傷の痛々しさに同情したが、ふと突き放してその傷を眺めている己の冷たさに気づいて、はっとなった。

夕飯後、女子用の天幕で寝袋にもぐりこんだとき、となりの森幸江が、

「誰も信じてくれないの」と溜め息をついた。

「寺田さんだけは信じてくれるわね」

天幕の天井に吊した燈火《ラテルネ》の灯をうけた森幸江の頰の傷が生々しかった。

「山を降りて、学院の山岳部員たちに訊かれたら、間違いなく落石にやられたのだと弁護して頂戴ね」と森幸江はなんども念を押して〈落石〉による負傷を強調していた――。

翌日は剣尾根の下半分の部分を女子三人だけで登り、寺田陽子たちの山行が終った。

夏期休暇があけて、日に焼けた顔がふたたび学院の山岳部の部室をにぎわせていた。その頃、まだ森幸江の頰には傷跡が残っていた。しかし男子部員たちから〈嫁入りに、心配なし〉という例の冗談を浴びせられたほどの軽傷だった。

休暇あけの初の例会が部室で開かれたとき、森幸江は〈落石〉による事故の不測だったことをしきりに力説していた。そのため部員のあいだでは森幸江の池ノ谷右俣での登攀がたかく評価された。それに反して寺田陽子の評判は下落した。

〈池ノ谷右俣の大破れ目で、恐怖のために動けなくなり、ひとりで天幕へ帰ってしまった〉というような、あるいは〈鋸歯壁の登攀でも雨のなかを泣きながらやっと登った〉とか、森幸江が喋らなければ誰も分らないような微妙なところまで、はなしがひろまった。

〈落石〉による負傷だと部員たちに言ってくれと森幸江に頼まれていたので、部員にきかれた寺田陽子は〈落石〉を主張してきた。ところが森幸江は、寺田陽子のことになるとなんの弁護もしない。いや、逆に誇張して面白可笑《おか》しく部員たちに語っている。たしかに話としてはそのほうがおもしろい。が、寺田陽子にとっては良く言ってもらいたいとは思わないが、なにか割りきれぬおもいであった。森幸江に疚《やま》しいところがあるので、それを隠すために、皆の注意をそらし、寺田陽子のほうにむけようとしたのではないかとおもわれた。

カンナの花が朱の花弁を垂らしている部室の南窓の下を通って、寺田陽子が扉のある東側へむかったとき、なかから部員たちの笑い声がどっとおこった。

「そんなに顫《ふる》えていたのか」という北川修一の頓狂な声がした。

「鋸歯壁にへばりついたままエンジンがかかったようにふるえていたのか」という男子部員の声もした。森幸江がなにか言った。しかしその言葉の内容は分らなかった。

が、また部員たちが笑っている。

部室の扉のところで寺田陽子はすこし躊躇《ちゆうちよ》したが、思いきって扉をあけた。いっせいに部員たちが振りむいた。寺田陽子の姿をみると部員たちは、笑いをひっこめてしまった。そしてとってつけたようにひとりが、

「剣ではご苦労さんでした」といった。〈ご苦労さんでした〉というのが、剣岳での労をねぎらっているのか、それとも冷やかしているのかわからない。寺田陽子にはそれが皮肉にきこえた。部員たちの話題が急にかわり、秋から冬にかけての山登りに移っていった。

やがて主将《リーダー》の松岡弘が部室へはいってきた。黒部別山東壁での事故で負った傷も癒え、頭の繃帯もとれ、顔の腫れもひいていた。ただよく見なければ分らないほどの痣《あざ》がうすく頬に残っているだけである。元気な足どりで奥の黒板のまえに立った。そして数十名の部員をまえにして、秋から冬にかけての山行計画をはなしはじめた。秋に合宿山行は無く、分散登山をして軀を鍛え、冬山に備えるというのがその主旨であった。

「それから個人山行のときは、必ず予定表を提出してくれ。そして入山しない者は、毎日部室へ顔をだし、訓練をつづける」

そこで言葉を切り、さいごに部員のなかにいた森幸江にむかって負傷の程度を訊い

た。森幸江は、

「松岡さんと同じように落石でやられましたが、この通り元気です」とこたえた。〈松岡さんと同じように〉という言い方が可笑しいので、部員たちがいっせいに笑った。副主将の北川修一が、

「松岡より石頭だった」といったのでふたたび爆笑になった。〈面《つら》の皮が厚かったのだ〉とだれかが、まぜかえした。しかし松岡弘は笑わない。そして間を置いてから静かに語った。

「それが不可抗力の落石にしろ、山で負傷するのは自慢にならない。むしろ恥ずべきことなのだ。むかし、名誉の負傷とかいって、戦場で怪我するのもひとつの勲章のように謂われていたそうだが、それは誤りだとおもう。それだけでなく怪我を美化したり、讃美したりする風潮は危険だ。だから私も含めて、負傷は山での敗北につながるのだという認識をあらたにしなければならない」

部員たちのさんざめきが消えた。部室のなかがしずかになる。すると虫の声がきこえてきた。松岡弘はつづけた。

「剣の西面でカモが負傷したのは、敗北だとおもう。手傷を負って正面壁の中央路を登ったにしても、完璧な登山とはいえない。それよりもむしろ、大破れ目で引き返し

た寺田のほうが勇気のある撤退をしたのであり、たかく評価されなければならないとおもう」

松岡弘が言い終らないうちに森幸江がすっくと立ちあがった。部員たちが一斉に森幸江を注視した。森幸江の色黒の顔が赭《あか》みをおび、眼球がとびだすばかりに見開かれた。

「いま松岡さんがおっしゃったのは理想論だとおもいます。完璧主義者の言う科白《せりふ》です。たしかに無傷のままひとつの山を終えられれば、それに越したことはありません。しかし現実にはそれがむずかしいのです。たとえば人類初のヒマラヤ八千メートル峰の登頂に成功した隊長は、手足の指を切断しています」

「それは結果論だ」と松岡弘がこたえた。

「手足の指を切断したのを彼は自慢しているのではない。むしろそれまでして登ったことに疑問を感じているかもしれない。たまたま登頂できて、下山もできたから、世間で指の切断が話題になったまでだ。きみだって正面壁の中央路の一枚岩で墜落死していたならば、無謀な女と非難を浴びていたかもしれない。どうやら生きて帰ってこられたから、笑い話にもなる」

森幸江が挑みかかるようになにか言いかけたが、松岡弘はそれを手で制した。

「カモが負傷したことについて、カモ自身に反省してもらいたかった。だから強く言ったまでだ。それに登山倶楽部の連中にいわせれば、きみの無分別な試登の結果であって落石は無かったというではないか」

「…………」

森幸江は下をむいて黙ってしまった。


寺田陽子は秋山を北八ヶ岳にえらび、独りで夏沢峠から麦草峠までの尾根道を歩いた。森幸江は副主将の北山修一とともに谷川岳へはいり、主将の松岡弘は他の部員数名とともに木曾山脈へいった。

寺田陽子が北八ヶ岳から帰って部室に顔をだすと、谷川岳から戻ってきた森幸江がいた。

「谷川岳で東洋外語大の人たちに会ったわ」と森幸江は、夏の滝谷第二尾根で東洋外語大の山岳部員たちに会って以来の再会に愕《おどろ》いていた。そしてそのとき赤石山脈へゆく約束をしてきたのだと言った。

「だから東洋外語大の人たちと一緒にあなたも南へ行かない？」

「行ってもいいけれど……」

寺田陽子の言葉がつまった。それは登山倶楽部の会員たちと剣岳西面へはいろうとしたとき、北山修一がかたくなに反対したからである。ふたたびおなじ黒部別山東壁を狙っている東洋外語大と同行したならば、北川がどのような態度をとるかは、明白であった。それにどうやら北川は、森幸江が他の者と一緒に山へゆくのを喜ばないふしがあった。

「北川さんは、谷川岳で東洋外語大の人たちと口もきかずに、そっぽをむいていたわ」と森幸江は屈託《くったく》がない。

「焼き餅をやいていたのかしら」といたずらっぽく赤い舌をだしてみせた。

谷川岳で東洋外語大と赤石山脈へゆく話をまとめたとき、北川は怒って食器に八当りして凹ませてしまったそうである。

「私、北川さんを置いて、さっさと独りで下山してきたの」

そこで森幸江が言うには、北川をやめて、主将の松岡弘に話してみたらどうか、というのであった。それをきいて寺田陽子はびっくりした。松岡弘には剣岳西面の事故を指摘されたばかりであり、森幸江はひっこみがつかなかったはずである。はずかしくて、とても次の山行の相談などできたものではない。それなのに森幸江は、そのことをすっかり忘れてしまったようである。

「あの熊のような、頑固な松岡さんでも、きちんとした予定表さえ提出すれば、きっと認めてくれるわ」とひとりで決め込んでいた。

翌日、森幸江の書いた赤石山脈にある北岳の支え壁《バットレス》、その登攀を東洋外語大とともにおこなう予定表は、松岡弘によってあっさり突っかえされてしまった。

「だめだ」

尾根の縦走ならばいいが、岩登りは学院の部員と一緒のときにかぎると念をおされた。他校や他の会員と岩登りをしていて万一遭難したならば、傍《はた》迷惑になる。剣岳西面で森幸江の信用は下落していたのであった。しかし森幸江も負けていない。

「それならば計画を変更して、寺田さんとふたりで甲斐駒から仙丈をこえて農鳥岳まで縦走する経路にします」

「それならばいいが……」

赤石山脈の縦走ならば松岡弘も認めざるをえなかった。それに寺田陽子が同行する。

その日からふたりは食糧の買い付けや装備の点検、過去の縦走路の記録蒐集をはじめた。森幸江が岩登りをあきらめて縦走するのはめずらしい。そのため部員のあいだから〈森幸江は気が変になったのではないか〉と首をかしげる者もでた。そのことばが聞えないかのように、森幸江は赤石山脈行きの仕度に没頭していた。

中央線の急行の最終に乗って早暁に韮崎駅《にらさき》までゆく予定なので、前夜八時頃、寺田陽子は学院の部室へ行った。家をでるときは小さな背負い袋ひとつの軽装であり、部室のそばの備品倉庫で荷をつめるのが通例になっていた。

その備品倉庫は、合宿山行のときの集合場所にもつかわれる。数十名の部員が電灯の無い倉庫で、燈火の蠟燭の火をたよりに装備をつめ込んでいるのは壮観であった。共同装備は倉庫の隅にある秤で計量され、ほぼ均等の重さで人数に従って仕分けされてあった。そこでは背負い易いものや、はやく軽くなる食糧などに人気があつまる。そして運搬にやっかいな油類や、嵩張《かさば》るばかりで形のわるい鍋、食器のたぐいが敬遠された。そのため備品倉庫では、山分けされた共同装備が奪いあいになる。そのにぎやかさも愉しみのひとつであった。要領の悪いものや遅れてきたものは、いつも貧乏籤《くじ》をひいていた。しかし、それはあくまで合宿山行のときであり、個人山行のときは問題にならなかった。

寺田陽子が学院の正門から林をぬけて部室までゆくと、すでに灯がともっていた。なかから森幸江の声がした。

「あんたたち、監視にきたのでしょう」

部室には主将の松岡弘をはじめ副主将の北川修一、他に男子部員が数名、顔を揃えていた。その連中にむかって森幸江がひとりで当りちらしている。

「私たちが縦走するといっても、もし岩登りをしたらいけないとおもって、見張りにきたんでしょう。備品倉庫から綱や三つ道具などの登攀用具を持ちだすのではないかと、目を光らせるためにきたんだわ」

北川が手をふってそれを打ち消した。

「いや、たんなる見送りのつもりで来たんだ」

「うそ」

部員の山行のとき、行かない者は駅頭の見送りをしたり、荷づくりの手伝いをしたりして、せめてもの心づくしをした。なかには餞別《せんべつ》をもってくるものもいた。その餞別を差し入れとよんだ。北川は、

「ここに差し入れ用の品も用意してあるんだ」と脇においた紙包みをさした。

「では、その差し入れをいま、いただきます。ですからどうか、おひきとりください」と森幸江は冷たい。

「登攀用具などひとつも用意してありません。みた通り、机にのっているのが、全装備でございます」

わざと丁寧な〈ございます〉という言葉遣いをして、慇懃《いんぎん》無礼に男子部員たちを追いかえそうとしていた。

「新宿駅まで見送りにゆくから……」と北川がひとりで奮闘している。

寺田陽子の姿をみた森幸江は、ちからを得たように、

「男子部員の疑い深いのには呆《あき》れたわ」といってさっさと装備を特大の背負い袋に詰めた。寺田陽子の装備品目録にも登攀用具は省かれてあった。男子部員がそれを警戒するだけのために、わざわざ夜おそく部室へきたのでもあるまい。歓送するためであろうと、寺田陽子なりにかんがえた。すこし森幸江が神経質になりすぎているのだと、そのときはおもった。

荷をつめおわると、主将の松岡があらためて、赤石山脈の縦走について、注意すべき点をいくつかあげて語った。甲斐駒の登りは夜行で睡眠不足のうえに、初日の軀が山馴れしていないためにしごかれること、赤石山脈の縦走では水場が少なく、それがいちばん苦労させられるところであること、などを話してくれた。

いよいよ部室をでるとき、森幸江の特大の背負い袋は北川が背負ってくれ、寺田陽子の特大の背負い袋も他の部員のひとりが肩代わりしてくれた。

「こんな丁重な見送りをうけて、カモシカさまもご満足だろう」と北川が軽口をたた

いた。

「どうせ見張りにきたついでなんでしょう」と森幸江はにべもない——。

新宿駅に着いてから男子部員のひとりを荷物番に残し、駅のちかくにある喫茶店「山小屋」で寺田陽子たちはお茶を飲んだ。山の行きかえりには、その店に立ち寄らないと気持が落ちつかなかったのである。店をでてから夜の新宿をすこし歩いてから駅へ戻った。

列車がはいり、寺田陽子たちの座席がきまると、男子部員たちが網棚へ特大の背負い袋をあげてくれた。そして落ちないように登山杖で支《か》ってくれた。

発車のベルが鳴ると、男子部員たちが降りていった。

やがて列車が動きだした。窓からみえる北川がいつになく熱っぽいまなざしで森幸江を瞶めていたのが、寺田陽子にはよくわかった。

駅を離れた列車の窓から新宿の灯が遠ざかる頃、まえの座席に坐っていた森幸江が、「昨日、東洋外語大が北岳の支え壁へむかって出発していったわ。登攀用具は借りれば間にあうから、私たちも北岳へ直行しましょう。あとで言い訳はいくらでもできるから……」と目をかがやかせた。

それを聞いた寺田陽子は、しばらく口がきけないほど愕《おどろ》かされた。

第七章

早暁、列車が甲府駅に着くと森幸江が座席から立ちあがり、登山杖《ピッケル》を外して網棚の特大背負い袋《ザック》をおろした。

「甲斐駒へゆくには、つぎの韮崎まで乗らなくてはならない。でも北岳へゆくのだから、ここで下車しましょう」といって皓《しろ》い歯をみせて笑った。新宿を発つとまもなく北岳行きを披瀝《ひれき》した森幸江は、そのままハンカチで顔を蔽《おお》って眠りに就いてしまった。わずか数時間であったが熟睡したらしい。生きいきとした眼つきをしていた。その森幸江に曳きずられ、目論見《もくろみ》に加担しながらも、暗にその先ゆきを見届けてやろうとする不届きな気持もあって、寺田陽子のこころは翳《かげ》った。

駅の南口をでると外はまだ暗かった。駅前のビルの先にバスの発着所がある。そこまでふたりは歩いていった。寺田陽子は、山へはいるまえにいつも感じる軽い亢奮《こうふん》と、寝不足と、そして口中の不快さとにたえていた。そして未明の冷たい風にさらされるのであった。

その日は休日だったので臨時便があり、発着所の行先標示板には、すでに登山者の列ができていた。間もなくバスがきた。

バスのなかで寺田陽子は仮眠をとった。山へ登りはじめたときは、未知の世界へ踏み込むのだとおもうと、神経が昂《たかぶ》ってなかなか乗り物のなかで眠れなかった。それが山行を重ねているうちに、僅かな時間でも、どこででも眠れるようになった。それだけ軀が山登りに馴れてきたのである。隣りに坐った森幸江も目をとじていた。

車内のざわめきで寺田陽子が目醒めたとき、窓のそとが明るくなっていた。夜叉神峠登山口でおりる登山者の声をききながら、また眠ってしまった。

ふたたび寺田陽子の目が覚めたとき、バスは深い谷に沿って走っていた。野呂川右岸の樹林がみえる。むかし、赤石山脈は懐《ふところ》がふかいといわれていた。それは山へとりつくまでの麓道がながいからである。たとえば寺田陽子たちが目ざした北岳へはいるには、ドンドコ沢を遡行しても二、三日かかり、赤薙《あかなぎ》沢を辿っても二日、戸台から入れば三、四日かかるのを覚悟しなければならなかった。それが野呂川林道が墾《ひら》けてバスがはいったので、わずか一日で赤石山脈の最高峰、三千メートルをこす北岳へゆくこともできるようになった。

広河原でバスを降りると、吊橋の彼方、大樺《おおかんば》沢の奥にその北岳が日をうけて聳立していた。しかしそのまわりは、飛驒山脈の稜線にみられる鋭さがなく、まる味をおびた山なみがつづいた。それが野呂川の両岸にせまる鬱蒼と繁った叢林とともに、まず赤石山脈を肌で感じさせた。紅葉の盛りにはまだ間があったが、葉のいろがわずかに褪《あ》せはじめている。

　バスをおりた登山者のさいごについて広河原小屋のまえを左に折れ、大樺沢の左岸にあたる林のなかの道をたどった。原生林のなかをふたりは黙々としてあるいた。単調な歩幅で、調子をつけて歩いていると、それに呼応するかのように、考えることも単純なひとつのことばかりが想い泛んだ。血液が軀の活動にとられて、脳にあがらないためか、寺田陽子は歩くたびにひとつ、ふたつと数を算《かぞ》えるばかりであった。右手からはいる枝沢をわたり、白根お池への分岐点でふたりは小憩した。そのとき森幸江が額の汗を拭きながら、声をたてて笑った。森閑としたなかでその声がうつろにひびいた。

「どうしたの？」と寺田陽子が気味わるくなって訊くと、森幸江が、

「男子部員たちは、いまごろ私たちが、甲斐駒を登っているものとばかりおもっているわ。それをかんがえると可笑しくて……。見張りつきで出発したんですもの」といってまた笑った。

「縦走の許可で入山したんだから、やはり北岳から仙丈か甲斐駒へゆかなくては

……」と寺田陽子が言いかけると、森幸江が手にした汗ふきのタオルを左右に振った。

「だいじょうぶ。縦走したことにして北岳支え壁《バットレス》で数日すごしても分らない。下山してからの報告書には縦走したことにしておくから」

そこからさらに登り、大樺沢の崩壊した岩のあいだを縫ってすすむと、道が傾斜をましてくる。ふたたび崩壊した沢へでて、また樹林へはいる。ふたりは安定した歩調であるきつづけた。先をゆく森幸江の踵《かかと》を瞶《みつ》めながら、その動きにあわせて寺田陽子も足をはこんだ。高度のせいか、軽い船酔いに似た眩暈《めまい》を感じるとともに耳が塞がり、休憩したときに聞えていた虫の声が、熄《や》んだように聴えなくなった。唾液を嚥《の》み下しても、その耳づまりは治らなかった。

〈どこまで深い山なのだろう〉と赤石山脈の森林のふかさに愕かされるころ、灌木があらわれて、さらに高度をあげたことに気づいた。疎林《そりん》から大樺沢へでれば、目のまえに北岳支え壁が立ちはだかるようにあらわれた。磧《かわら》にたつと、花畠に張られた色とりどりの天幕がみえた。

「あとひと息だわ」と森幸江が深く息を吸った。寺田陽子も呼吸をととのえながら、

「やっと着いたのね」とつぶやいた。喋った途端に耳づまりが抜け、瀬の音がきこえてきた。

東洋外語大の天幕場は、二俣からさらに左俣を数分あがったところにあった東洋外語大の頭文字をつけた黄色い天幕がふた張りあった。留守番役がひとりいる。その男は髭面《ひげづら》のなかで白い歯をのぞかせて笑った。

「どこを登るんですか」

「支え壁です」と森幸江がこたえた。

「ようやく許可がおりたんです」

森幸江は腰をおとし、のけ反るようにして背中から倒れ、特大背負い袋《ザック》をおろした。そのよこに寺田陽子も腰をおろした。

「今日はみな支え壁の中央稜へいった」と髭面が背後を指でさした。

「支え壁のなかでもっとも難関だといわれているが、黒部別山東壁を目ざしている連中だ。あっさり片づけてくるだろう」

髭面は、前日の第一尾根登攀で肩に落石をうけたため、その日は留守番にまわったと話した。

「入山した初日はどうしても故障しやすい」と言ってから、寺田陽子たちにむかって、その日はやはり休養日に充《あ》てたほうがいいと忠告した。

ひと休みした寺田陽子と森幸江は、背負いあげた赤い天幕を一段下の台地に張った。

私物の整理がおわると昼ちかくになっていたので、昼食をとり、髭面に天幕を托《たく》して八本歯の鞍部《コル》まであがることにした。北岳支え壁をよく観察しておくためである。

天幕場をでて左岸の道を登ると、支え壁の岩壁がいまにも倒れるのではないかとおもわれるほど、圧倒的な迫力で蔽いかぶさってきた。右手からはいる岩溝《ガリー》や枝沢をこえ、雪渓を左下にみながら上部二俣へでて、そこからさらに登りの道を辿った。

重い荷物をすべて天幕場へ置いてきたのでふたりの足どりは軽かった。とくに小さな背負い袋ひとつで歩きはじめたときなどは、軀が宙に浮いたように感じられ、まるで月面を歩いているかのような錯覚におちいった。急に荷物をおろすと、跳《は》ねあがる感じの歩きかたになる。

八本歯沢を遡り、偃松《ハイマツ》帯へでて、そこをさらにあがると、急に風が強くなった。寺田陽子の頬を吹きぬけてゆく。足元ばかりを瞶めて登ってきた寺田陽子が顔をあげると、そこが鞍部であった。

南にのびる赤石山脈の稜線を目でたどれば、間ノ岳《あいのだけ》、農鳥岳《のうとりだけ》がつらなり、振りかえれば、登ってきたばかりの八本歯沢につづく北岳支え壁の側稜が、高度差六百メートルの大岩壁となって落ち込んでいた。

「北岳へきて、よかったでしょう」と森幸江が風に背をむけて言った。色黒の顔のなかで、鼻のさきだけが寒さで赭くなっている。背中の汗がひいて、氷を押しつけられたような冷たさにかわった。秋の気配がその風に感じられる。

鞍部から降りて戻るときには、ふたりとも電光形の道をとぶようにしてくだった。しかし軀があたたまるとともに、歩く速度をおとした。八本歯沢から上部二俣へおりようとしたとき、左手から人声がした。そこは支え壁を完登したあとの下山路としてつかわれる踏跡のついたところであった。

「………」

ふたりとも立ちどまって耳をすました。やがて数名の男たちが駈けくだってきた。ひと山終って躍動したこころを抑えかねて、なかのひとりが、

「牝《めす》がいるぞ」と叫んだので、寺田陽子たちは吹きだしてしまった。

「牝だなんて、ひどいわ」と森幸江が笑いながら抗議した。東洋外語大の部員たちであった。主将の藤田省二はゆったりした歩調で殿《しんがり》からあらわれた。すでに森幸江や北川修一とは谷川岳で顔馴染だったが、寺田陽子とは初対面である。近づいてきた藤田に挨拶すると、日焼けしたまる顔のなかで細い目が笑った。目尻がさがる。がっしりした体軀で肩幅もひろかったが、柔和な表情が人のこころを落ちつかせた。

「天幕場の一段下を借りました」と森幸江が諒解をもとめた。主将の藤田は微笑みな

がらゆっくり頷《うなず》いた。

そこから天幕場までくだるあいだ寺田陽子は、その男子部員たちの列のなかに入れてもらったが、森幸江は藤田とともに最後尾についた。永年の知己のような森幸江のはしゃぎぶりがうしろから聞えるので、寺田陽子はすこしこころがしずんだ。深い山のなかで淋しいおもいをすると、人恋しくなり、たまたま人に出会えば嬉しくて妙に高調子な声になるのは、北八ヶ岳の単独行で寺田陽子も味わっていたが、そのときの森幸江の狎《な》れ狎れしさには、下心がみえすいていた。主将の藤田に支え壁へ連れていってもらいたかったのである。

天幕場へつくと日は西に傾いていた。留守番役の髭面が、お茶を沸かして迎えてくれた。

「夕飯は、私たち二人がつくります」と森幸江がいいところをみせた。山へはいるまえの計画では、なるべく薪を伐り、竈《かまど》をつかうようにして、石油焜炉は雨の日か不時露営《ビバーク》を余儀なくされた日につかう予定であった。食糧も予備としては二人で数日分の持ちあわせしかない。数名の男子を食べさせるほどの余裕はなかった。しかし森幸江は、東洋外語大の男子にむかって、

「疲れたでしょうから、天幕でゆっくり休んでいてください」と言い残し、赤い天幕

で石油焜炉を組みたてたり寺田陽子を督励《とくれい》して枝沢へ水を汲みにゆかせたりした。

女の二人組がそれほど食糧を持ちあわせていないと、主将の藤田は見抜いたらしい。そこで、カレーの素や野菜などの材料を部員に持たせてよこした。そのうえ米の飯は、藤田たちが女子の分まで炊くと伝えてきた。

「ずいぶん義理がたいのね」と森幸江が天幕の出入口から首をだして馬鈴薯を受取っていった。

仕度ができると、風を避けて天幕の陰へ食器をならべた。夕暮のなかで男女が車座になり、熱いカレーライスを口へ運ぶ。冷《さ》ますために息をふきかけると、それが白くみえた。気温が低下している。

カレーライスを食べる食器に紅茶をうけて飲む髭面を、〈きれいな食器にかえなさい〉と森幸江がたしなめた。しかし髭面は意地にも〈美味《うま》い〉と言い張り、カレーのついた食器で紅茶のお代りをした。それをみた男たちの顔が和んでいる。空腹のために無口になっていた男たちは、食事がおわると饒舌《じょうぜつ》になった。その日の完登した支え壁の中央稜のはなしになる。森幸江は給仕を忘れてその話に聴き惚《ほ》れていた。

残照に赫く映しだされていた岩稜が、やがて夜の闇につつまれる頃、莨《たばこ》の火が赤くみえはじめた。翌日の計画、支え壁の第二尾根を目ざす計画が主将の藤田の口から語られた。それを待っていたように森幸江が、「私たちも同行します」と言い切った。当然連れていってもらえるという確信が、断定した口調にあらわれていた。

「それは困る」

主将の藤田がゆっくりこたえた。暗いなかで穏和な表情はよくみえなかったが、声の調子はおだやかであった。

「谷川岳では同行を約束してくれましたわね」と森幸江が食いさがった。藤田は淡々としてこたえた。

「あなたがたの学院から、正式に要請があれば、引き受けるが、個人的な山行ではつき合いかねます」

藤田はあくまで落ちついていた。まるで雑談でもしているような口ぶりである。森幸江の焦燥《しょうそう》が目立った。

「出発する直前に許可がおりたので、連絡するひまがなかったんです。あとから追いかけるのが精一杯で、今日、やっとここに着いたので……」

「これから機会はいくらでもあります。あらためて一緒に行くことにしましょう。焦ることはありません。縦走に切り替えたらどうですか」

藤田はさらりと受けながし、それからは森幸江の執拗《しつよう》なねばりに相槌をうつだけで、言質《げんち》を与えなかった。

紅茶を飲みおわった男たちが一人去り、二人去りして、天幕のそとには藤田と森幸江のふたりが残った。寺田陽子は食器を片づけていた。

「明日の朝が早いから、これで失礼」

藤田が腰をあげると、それにつれて森幸江が立ちあがった。藤田のあとから男子の天幕へ蹤《つ》いてゆく。

食後の跡始末をおえた寺田陽子が女子の赤い天幕でしばらく森幸江を待っていたが、なかなか戻ってこない。紐《ひも》を締めないで山靴を履き、東洋外語大の天幕へ行った。星空を仰ぐと、風のつめたさで泪《なみだ》がでた。星がにじんでみえる。

——あなたたちに責任はありません。私たち二人に万一のことがあれば、あくまで私たちの責任です——

森幸江がひとりで喋っている。話の切れ目に寺田陽子が天幕の外から声をかけた。すぐ天幕のなかへ招かれた。奥に主将の藤田、左右に髭面他二名の男たちが坐っていた。出入口を背にした森幸江が、男たちを相手に熱弁をふるっているところであった。寺田陽子はそのうしろに坐り、寒い風が吹きこむので出入口の布を閉めた。

「われわれはみな、都会では働いているんだ」と髭面が言った。

「山へ登りたい一心で、稼いでいる」

東洋外語大の山岳部員たちは、そのほとんどがアルバイトをして、山にきているのだと髭面が力説した。だから個人山行の女子を案内するほどのゆとりがない。黒部別山東壁の初登攀を目ざし、計画的な訓練を積んでいるので、あいだに余分な日程を挟む余地がない、学院からの要望がない限り、断わるというのであった
森幸江は怯《ひる》まなかった。

「もし私たちが遭難して、それに拘《かか》わったら困る、というのでしょう」

「ちがう」

「おなじ黒部別山東壁を狙っている学院の山岳部員だから拒否する、というのかしらん」

「それもちがう」

「それならことわる理由がないでしょう」

髭面の顔が上気して赧《あか》くなった。

「学院の山岳部員たちは、恵まれているから分らないんだ」

働きながら山へゆく学生のこころが、学院生には理解できないのだと説明した。そのあいだ天幕の奥で胡坐《あぐら》をかいていた主将の藤田が、微笑をうかべている。その藤田

にはいくら森幸江が食いさがっても動じないところがあり、それは懐のふかい赤石山脈の山容に似ていた。一見したところ、なだらかな山なみで、女性的にみえる赤石山脈が、その奥に厳しさを秘めていた。主将の藤田のきびしさも外見からはそれと察せられない。その違いは、飛騨山脈の剣岳西面で登山倶楽部の会長である近藤が、森幸江の押しの強さに根負けして同行を許したのと対照的であった。近藤のきびしさは外貌であり、藤田のそれはふかく内蔵されてあった。

「わかりました」と森幸江が切り口上で挨拶した。

「私たち二人だけで支え壁《バットレス》を登ります。あなたがたのちからは、いっさい藉《か》りません」

森幸江があらたまって膝を揃え、叩頭《こうとう》した。そのときになってはじめて主将の藤田が口をきいた。

「助力を惜しんでいるわけではないのだ。わるく思わないでくれ」

女子用の赤い天幕へ戻ると、森幸江は寝袋へ両足をいれて暖をとる恰好のまま燈火の灯を仰いでいた。それまで一度として男から拒まれたことのなかった森幸江が、その夜にかぎってはじめて断わられ、いたく誇りを傷つけられた。そのこころの動揺を抑えるために、一点を瞶めていたのである。

「あの連中が二尾根を登るのならば、私たちは四尾根へゆきましょう」と森幸江が憑《つ》かれたように目を据えたまま呟いた。支え壁にはおもな登攀路として、頂上へ突きあげる中央稜を挟んで向って右の第一から第五までの尾根がある。そのなかで東洋外語大がめざす第二尾根は中央稜とならぶ困難な登路であったが、森幸江のいう第四尾根はいちばん親しまれた登路であった。手はじめに支え壁を登るには手頃であった。

そのとき天幕へ近づいてくる跫音《あしおと》がした。

「主将の藤田からの伝言です。もし登攀用具が必要ならば、予備品があるのでそれを貸すそうです。明日の朝、届けますから、自由に使ってください」

髭面の声だった。それだけ言うと跫音が遠ざかっていった。


翌朝、風ではためく天幕の屋根の音で、寺田陽子が目を醒ました。山の生活ではまず天候が気になる。習慣のように天幕の出入口をひらいた。するとそこに敷布をかぶった登攀用具が置いてあった。綱・三つ道具・特殊登攀具などが一通り揃えられてあった。

寺田陽子が天幕の外に立つと、一段うえの東洋外語大の天幕から登攀用具の金属音にまじって人声がした。出発準備をはじめているらしい。その背景の支え壁が黝い岩肌をみせてそそり立っている。明けやらぬ空から吹きつける風が冷たかった。

ふたりが朝食をすませたとき、すでに東洋外語大は第二尾根にむかって出発していた。

「私たちは登攀用具を持ってこなかった。それで疑られたのかしらん。岩登りを学院で禁じられたと……」

森幸江はそう言いながら小さな背負い袋へ若干の携行食糧とともに、借りた登攀用具をつめた。東洋外語大のちからはいっさい藉りないと啖呵《たんか》を切ったが、用具は遠慮なく使うつもりらしい。

天幕の出入口を閉めて沢沿いの道へでたが、その日も留守番役をしていた髭面に声はかけなかった。髭面もまた天幕に籠《こ》もっていて、姿をみせなかった。

東洋外語大がめざした第二尾根は支え壁沢からはいる。寺田陽子たちの第四尾根もおなじ支え壁沢からはいる予定だったので、東洋外語大の部員たちと顔をあわせる気まずさを避け、時間をずらしたのである。

支え壁沢から小さな岩溝へはいり、踏跡をたどって第一尾根の鞍部に立った。そこから緩斜面の偃松帯を横断して第四尾根の側壁にとりついた。

先をゆく森幸江が振りむいて叫んだ。

「富士山がみえるわ」

雲海のかなたに富士が頭をだしていた。旭日に映える支え壁の茜とはんたいに黝っぽい影絵のようで、雲の波間に浮いた嶼《しま》をおもわせる。つめたい風がつよく吹くので、立ちどまって富士を眺めているのが辛かった。かじかんだ指に触れるおなじように冷たい岩肌であったが、まだ登っているほうがましであった。

斜めの岩棚をあがり、第四尾根の岩の段《テラス》にでた。そこでは二俣に天幕を張っていた三組がすでに先行していた。岩の段でふたりは三十メートルの綱でおたがいに結びあい、岩の裂け目に目星をつけた。その八メートルの岩の裂け目を登り、偃松の斜面へでて、さらにあがると、庇《ひさし》状の岩につきあたった。そこで登路をもとめて右へ横断《トラバース》する。そのあたりの岩壁には岩茸《いわたけ》が密生していた。手で触れると乾燥しているので脆《もろ》くも砕け、粉になった。しかし薄い刃物で掌を切られる感触が残った。寺田陽子は登りながらその岩茸を採取していった。

白っぽい岩にはしる岩の裂け目を辿り、第一の鞍部まであがると、そこで確保《ジッヘル》していた森幸江が、「登るのが遅い」と苦情を言い、綱をつよく引いた。はやく登れという合図だった。そして寺田陽子が採った岩茸をみて、

「そんなもの棄《す》てなさい」と吐きだすように叫んだ。

寺田陽子にしてみれば、味噌汁や惣菜に岩茸をいれて料理に風味を添えるのも、また山登りの愉《たの》しみのひとつであり、なにも我武者羅《がむしゃら》に攀じるだけが山登りではないとおもっていた。しかし森幸江にとっては、より困難な登攀を成し遂げるのが目的であった。岩茸は踏みしだかれるべき運命のものであり、それ以外のなにものでもなかった。

森幸江が登る調子を速めようとしたのは、そこからみえた右手の中央稜に山霧《ガス》がかかったせいもあった。はじめての支え壁で山霧に巻かれれば、尾根を忠実にたどる登攀路の第四尾根でも、あるいは迷うかもしれなかったのである。ヨーロッパ・アルプスで難しい岩登りをすれば、目のまえに水晶があっても採取するこころのゆとりがなく、見すごしてしまうのと同様に、山霧が発生して天候悪化の兆《きざし》がみえれば、岩茸に心を奪われてはいられなかった。

第一鞍部から第二鞍部にかけては、快適な岩稜登攀で速度もあがった。第二鞍部には先行のひと組がいた。寺田陽子たちとおなじように支え壁は初めてだというなかのひとりの男が、

「支え壁という名まえで威《おど》かされたが、案外易しいのでがっかりした」とつぶやいた。

そして岩場の練習場としては、もっと手近で良い場所がたくさんあるといった。

それを聞いて寺田陽子は、その男の不遜《ふそん》なかんがえに反撥を感じた。その男が支え壁をはじめて開拓したわけではあるまい。先達《せんだつ》の拓《ひら》いてくれた登路を、その記録をたよりに登っているにすぎなかった。しかもその男が使っている装備は、これも先人が工夫をこらし、失敗をかさねたうえに考案された登攀用具である。登路にしても道具にしても、すべて先駆者からの恩恵をうけながらそれを否定するのは、驕慢《きようまん》だとおもった。

第二鞍部からうえは、先行する組が通称〈マッチ箱〉といわれる岩稜を越すまで待ったうえで、ふたりが出発した。一区切《ワンピッチ》で三角状の一枚岩につきあたる。その上部は綱で軀を吊りあげるようにして、乗りこえた。そして鋭い岩稜を中腰でのぼり、マッチ箱の尖峰《ピナクル》に達した。その頃から山霧がふたりを包んだ。

マッチ箱から第三鞍部へおりる十メートルの岩稜の切れ目《ギャップ》は、懸垂下降である。振られて空中へとびださないように、岩稜を足で挟むようにしてくだった。広い第三鞍部には先行者の姿はなく、すでに出発してしまったらしい。誰もいなかった。山霧がその濃さをまし、視界がとざされる。そこで早目の昼食を摂った。

ふたりがビスケットを齧《かじ》っていたとき、岩壁に豆を撒《ま》くような音がして、霙《みぞれ》がやってきた。寒さに顫え、足踏みしながら口をうごかしていたが、自然に声がでて、そのさむさを追い払おうとしていた。森幸江が紫色の脣《くちびる》をふるわせて、

「夏とちがってやはり秋だわ。秋山というのは、私、好かない」と掠《かす》れ声で言った。

「だって、雨だか雪だか分らないものが降るんですもの。冬の装備では雨に弱いし、そうかといって夏の仕度では雪に耐えられない」

ふるえる手で小さな背負い袋の紐をしめた森幸江は、

「雨なら雨、雪なら雪と、はっきりして頂戴《ちょうだい》」と興奮して叫んだ。空にむかって雨か雪かと尋ねている。その中途半端な天候に森幸江は、神経を逆撫でされたらしい。森幸江の性格からしてそれは耐えられないことであった。

森幸江は乱暴に小さな背負い袋を肩にすると、岩の段から右の岩溝へ通じる岩棚をたどった。合図がきたので寺田陽子がつづく。雨で濡れたうえに風に吹かれると、まるで服を着ていないかのように冷たさが軀に沁みこんだ。まったく山の霙は厄介であった。

岩の裂け目の下で待ちうけていた森幸江は、寺田陽子が到達すると、待ちきれないという顔で、すぐその岩の裂け目にとりかかった。

「登路は左でしょう」と寺田陽子が指さした。そこから狭い岩棚が左へのびている。そ

れをたどって岩の段へでて、尾根の偃松帯へぬけるのが登攀路であると記憶していた。

「いいえ、この岩の裂け目を直登するのが登路だわ」

森幸江は譲らなかった。そのあたりは岩が脆いので、確保のための釘を打つのに寺田陽子は苦労させられた。森幸江は、岩を落とさぬように気遣いながら、慎重にその岩の裂け目をあがってゆく。そして気休めの釘をなん本か打った。勿論その釘は歌わなかった。にぶい音をたてていた。

霙がはげしくなり、上をゆく森幸江のうごきを目で追うのが苦しくなった。粉雪が岩壁に跳ね、目のなかにとび込んでくる。

突然、寺田陽子の頭上で、鈍い、短い音がした。それは釘の抜ける音であった。思わず寺田陽子が確保した綱をつよく握りしめる。まず、岩の裂け目から小石や岩が落ちてきた。それを避けるために寺田陽子が岩壁に軀をつけた。周囲の壁にはねて、その小石や岩が空をきっておちてゆく。つぎに森幸江の軀が落ちてきた。寺田陽子のよこをすりぬけ、あっとおもう間もなく岩の裂け目の下へ墜落していった。

森幸江を追うように岩雪崩が発生した。それは寺田陽子にも降りかかり、くずれ落ち、支え壁に大音響をもたらした。谺《こだま》がかえる。朦々《もうもう》たる岩雪崩のなかで寺田陽子は、確保した綱にかかる重量感に耐えていた。

第八章

岩雪崩とともに森幸江が墜落していったとき、数個の釘《ハーケン》がぜんぶとんでしまった。それにかけた環《カラビナ》とともに綱《ザイル》を伝って落ちていった。歌わない釘であったが、一本ずつ抜けたときに、それらがいくらか制動の役目をはたしたので、墜落の衝撃をすこし緩和させた。森幸江が墜ちた瞬間、寺田陽子は本能的に掌を握りしめ、綱をかたく摑んだので、一重の手袋を摩擦で焦がしてしまった。

数分間、あるいは数十分間かわからなかったが、寺田陽子は岩の裂け目《クラック》のしたで綱を握ったまま呆然と立ちつくしていた。それまで上に伸びていた綱が、そのときになって下へむかって牽かれている意味が、すぐにはのみこめなかった。さらにその綱のさきに森幸江の軀が吊り下げられているのが、ぴんとこない。夢のなかのできごととしかおもわれなかった。

〈これからどうしたらいいのか〉

岩壁から剝げ落ちそうになりながら、寺田陽子は思案した。肩にくいこむ綱の圧迫感が、金縛りのように軀を釘づけにしていた。身動きできない。

ひとりの人間が墜落してゆくときのちからがどれほど強いものかは、経験した者でないとわからなかった。その衝撃に耐えるだけの訓練をしておかないと、その場になって慌てても間にあわない。寺田陽子はそれまでの訓練を思い泛べていた。

——新人合宿の谷川岳で岩場や雪上での確保《ジッヘル》を習ったが、もっとも身にしみたのは都会での練習であった。それは夏山まえに学院の鉄筋四階建の校舎の側壁を使っておこなわれたものである。懸垂下降《アプザイレン》や確保をなんどもくりかえした。

懸垂下降は、綱を肩がらみにして屋上の手摺を跨《また》ぐときが、いちばん恐怖心にかられた。しかし手をすべらして下降をはじめればしめたもので、あとは惰性で下までくにおりられた。学院生が立ちどまって眺めていたので、その視線を意識した森幸江が、反動をつけ、数メートルも跳ねるようにして降りたので、主将の松岡弘に叱られていた。支点に荷重がかからぬように、側壁をしずかに歩いて降りなければならなかった。懸垂下降は肩がらみ、環の利用、下降器の方法をそれぞれ習練した。そのうえ器具をつかっての綱の回収法も覚えた。懸垂下降は数回も繰りかえせば呑み込めたが、確保のほうはむずかしかった。

屋上の手摺に綱を巻いて自己確保《セルフビレイ》し、その綱を握って肩確保の姿勢をとる。それから綱を鉄筋の側壁にたらした。下にいる男子部員がその綱の末端を軀に巻き、摑んだ綱を手繰り、腕力で側壁を数メートルあがり、弾みをつけてわざと堕ちた。綱の伸縮によってまるで蜘蛛《くも》が糸で吊りさがったように男子部員の軀がゆれる。その重量を女子部員が、屋上で支えるのであった。はじめはあまりにも強い衝撃に女子部員の軀がもってゆかれ、手摺にしたたか叩きつけられた。自己確保していたので共倒れにはならなかったが、摑んだ綱が掌のなかで走り、火傷をした。襟無しのシャツを着ていたものは首筋の皮膚を痛めた。屋上での確保は、中間者《ミッテルマン》、あるいは最後《ラスト》の者を確保するかたちだったので、それでも衝撃は少ない。もし先頭の者が墜ちたならば、距離は二倍になり、衝撃も数倍になる。その経験が寺田陽子にはなかった。そのうえ事故がおきたときは、どのように振舞ったらいいのか、それは教えられなかった。鉄筋の屋上で練習したときには衝撃に慣れるだけであり、その後の処置はとくにしないですんだ。まわりに部員が大勢いたので恃《たの》みになる。しかしひとりで事を処理するとなると戸惑った。

〈森幸江の名を大声で呼んで、もし返事がなかったら救助をたのむのだ〉

咽喉《のど》がかわいて声が出ない。それに手にした綱を通じて森幸江の軀がずっしり重く感じられ、しかも物体のように動かないのが不気味だった。

「森さん」と寺田陽子は哀願する声で呼んだ。どうか返事がきますようにという願いが含まれてあった。

「森さん」

濃い山霧のなかでその声はむなしく響いた。氷雨が降りつづいていたが、寒さは感じなかった。寒暖の感覚が麻痺している。足が顫えていたのは、恐怖のためであった。〈遭難信号をだして救助をたのもうか〉と寺田陽子はかんがえた。それには一分間に六回の声音をおくればよい。しかし、もし森幸江が軽傷だったならば、森幸江の勝気な性格から推《お》して、救助を頼んだことを憤《おこ》るかもしれなかった。

〈墜落したのではなく、岩雪崩に流されただけだ〉と負け惜しみを言い、なぜ大袈裟《おおげさ》に人を呼んだのかと、あとで叱《しか》られるかもしれない。

気をとりなおした寺田陽子は、肩がらみの確保の姿勢をたもちながら、一本の釘を把《と》り、岩壁の狭い割れ目《リス》に打ち込んだ。環を通す。その動作は遅々としていた。あまりにも強く綱を握っていたので、そのまま指が硬直していたのである。やっと確保していた綱をその環にかけて留めることができた。

「森さん」

さいごにひと声、おおきく呼んで耳をすましたが、返事はなかった。森幸江が墜落した地点まで下降して見届けるのは不可能である。そこから斜め左にのびる岩棚を自由登攀《フリークライミング》でたどり、偃松帯の岩稜へでて、救けをもとめようと寺田陽子は決意した。

　北岳頂上へ通じる稜線へ寺田陽子がでたとき、第二尾根を完登した東洋外語大の藤田たちが下降してくるのに出会った。寺田陽子から通報をうけた藤田たちは、ただちに第四尾根をくだった。寺田陽子が案内役をつとめた。

　藤田が懸垂下降で宙吊りになった森幸江のところまで降りた。そして森幸江の軀を岩壁に片寄せたとき、気絶していた森幸江がはじめて意識をとりもどした。

「ここは何処？」

　うつろな目で森幸江があたりを見まわした。

「私、どうしてここに居るのかしらん」

　それに構わず藤田が、手早く森幸江の軀に綱をかけた。背負い袋を肩替りする。ひきあげるためであった。

「なぜ、藤田さんがここにいるの？」

　藤田は黙って上に合図をおくった。綱が手繰られる。森幸江の軀が攣《つ》れた。

「なにするの」と森幸江が暴れた。墜落のときの衝撃で記憶を失っていた。

　狂暴なまでに手足を足掻《あが》く森幸江を宥《なだ》めたり賺《すか》したり、ときには嚇《おど》したりして、藤田がつき添ってあがっていった。

「なぜ、こんな真似をするの？」

森幸江は失禁していた。それから顔をそむけ、見ないようにして藤田は登ることに専念した——。

岩稜の偃松帯で気を揉んでいた寺田陽子は、森幸江がひきあげられたとき、安堵のあまりその場に腰が抜けたように坐りこんでしまった。軀のちからがぬけてしまった。その寺田陽子のよこに、東洋外語大の部員たちに支えられた森幸江が、しずかに運びおろされた。

「なんでこんなことをされるのか、さっぱりわからない」と森幸江が呟《つぶや》いた。鼻血が黒いかたまりとなって鼻翼にこびりつき、その撥《は》ねて髭のように掠《かす》れたところだけが赤かった。土埃《つちぼこり》をあびた眉毛が白っぽくみえる。惨憺《さんたん》たる顔貌にかわっていた。それが、森幸江自身にはわからないらしい。そのうえ軀を痛めていたのにも、はじめのうちは気づかなかった。帽子《ヘルメット》を脱ごうとして頭へ手をもっていったとき、森幸江は〈あっ〉と叫んで右肩をおさえた。鎖骨をいためて腕があがらなかった。さらに立ちあがろうとして右に倒れた。足首もやられていたのである。

「私、どうかしたのかしらん」と森幸江が真剣なまなざしで寺田陽子に訊いた。寺田陽子はこたえられなかった。足もとの偃松にたまった雨滴が、玉のように光っている。そのうえにさらに氷雨が降りつづいていた。そのときになってはじめて寺田陽子は寒さが身に沁みた。

「ねえ、教えてくれない？」

森幸江が尋ねる。寺田陽子は偃松に目をむけたままこたえた。

「墜落したんだわ」

「うそ」

はげしく頭《かぶり》を振った拍子に、森幸江は顔を顰《しか》めた。肩に手をあてる。寺田陽子がつづけた。

「岩の裂け目で滑落した」

「………」

森幸江が記憶を辿る目付きになった。それを思いだそうとつとめていたが、朧気《おぼろげ》にも泛んでこないらしかった。肩が痛むので、寝違えたときの恰好で、たしかめるように軀ごとうしろを振りむいた。離れたところで東洋外語大の部員たちが黙々と環や釘の始末をしていた。藤田が綱を巻いている。いずれも寺田陽子たちが東洋外語大から借用した登攀用具であった――。

雨のなかの下山は森幸江にとって難渋をきわめた。背負われて降りるのを潔《いさぎよ》しとしない森幸江は、あくまで自力で歩いてくだると言い張って譲らなかった。それにたいして東洋外語大の主将の藤田が、やさしく言いきかせた。

「怪我をした直後は、あまり痛みも感じないので、つい無理をする。あとになって響くから、我を張らずに言われた通りにしなさい。ひと晩たったら、身動きできなくなる。あれほどの距離を墜落したんだから……」

灌木の枝を折って杖がわりにした森幸江は、手を藉そうとする部員たちをかたくなに拒《こば》んだ。それだけでなく岩場での事故にしないでくれとたのんでいた。

「尾根を縦走していて偃松の根に躓《つまず》いたことにして……」

「それはいけない。事故の原因を曖昧《あいまい》にするのはよくない」と部員のひとりが言った。

その途端に森幸江が手にした灌木の枝で、その部員を小突いた。

「だれが助力をもとめたのかしら、だれも救助を頼んだおぼえなんかないのに、余計なことをして、勝手に綱で牽きあげられたんだわ。それにはじめからお世話にならない約束だった。私たちは独自に四尾根へ行ったんだから……」

血だらけの顔を引き攣《つ》らせて森幸江が言った。

「縦走路でつまずいたんですもの」

「…………」

東洋外語大の部員たちは降りしきる雨のなかで、稜線を吹きぬける風に背をむけて立ちつくしていた。目にはいる雨滴を払いもせず、森幸江の言葉を聴いていた。やがて藤田が口をきった。

「われわれは事故の原因について、なにも言わない。だから安心しなさい。山のなかではおなじ登山者なのだ。危急のときには見棄てておけない。それに助けられるのは屈辱ではない」

藤田は微笑みながら、おたがいに力を貸すのは当りまえのことなのだと繰りかえした。

「われわれの役目はこれで終ったようだ。これからは別行動をとろう」

藤田は部員たちを促して、ひと足さきに下山をはじめた。山霧のなかを全員が黒い影となっておりてゆく。やがて視界から消えていった。

森幸江は杖をつき、右足を曳いて一歩あるいては吐息をもらす。ときどき右肩をおさえていた。しかし、ついに〈痛い〉という言葉を発しなかった。そのうしろから寺田陽子がいたわるように、歩調をあわせてくだった。その夜おそくなったが、ふたりは天幕までたどりつくことができた。

ひと晩中森幸江が唸《うな》り声をたてていたので、寺田陽子は天幕で眠れなかった。森幸江は、医者を呼ぶことも救けをもとめることも拒否した。前夜、留守番の髭面が足首と肩を冷やすようにと雪渓の雪を採ってきてくれたが、それを天幕の外へ抛《ほう》ったまま ついに手をつけなかった。

朝、第一尾根へむかう東洋外語大の藤田が出発まえに様子をみにきたが、森幸江は〈大丈夫、独力で歩いてくだれます〉とこたえた。一夜あけた森幸江の顔は、鼻血や土埃が拭きとられてあったが、醜く歪んでいた。右腕は動かなくなり、右足首は腫れて登山靴を履くときに痛みでとびあがった。それでも天幕をたたみ、背負い袋に詰める作業を寺田陽子とともに果たした。

ひと雨ごとに秋がふかまってゆく赤石山脈は、寺田陽子たちが下山にとりかかると葉のいろが紅みをましていた。桂の林はおどろくほどの濃い黄いろをみせている。歩きだした直後から、森幸江は山の唄を口ずさんでいた。それはまるで肩や足首の怪我などはなんでもないといいたげな鼻歌の調子だった。〈引かれ者の小唄〉だと寺田陽子はおもった。

赤石山脈から下山した寺田陽子たちは、すぐ学院の山岳部からの呼びだしをうけた。北岳支え壁での事故は、東洋外語大に箝口令《かんこうれい》をしいても効果がなかった。おなじ二俣に天幕を張っていた他の組の口から洩れて、たちまち学院の山岳部員たちの耳にとどいてしまったのである。

下山後ただちに森幸江が入院したので、部室へ喚問されたのは寺田陽子ひとりであった。主将の松岡弘以下数十名の部員が顔をそろえていた。部室の南に生えている七竈《ななかまど》の葉が色づいていた。

部室の雰囲気は剣悪だった。弁解の余地がない支え壁での事故で、部員たちがいきりたっていた。縦走すると誓いながら、急遽予定を変更して岩登りにむかい、あまつさえ墜落したのは許せない行為だと、部員たちは息巻いていた。

寺田陽子が扉をあけて部室へ踏み込むと、部員たちの鋭い批判の声があった。

「規律違反」

「査問にかけろ」

「除名だ」

そのようなことばを間断なく浴びせられ、寺田陽子は立ち竦《すく》んでしまった。やっと出入口にちかい席に腰をおろすことができた。肩をつぼめてじっとしていた。

副主将の北川修一が立ちあがった。

「こんどの支え壁での事故は、カモの身からでた錆で、入院しているカモに同情の余地はまったくない。だから山岳部としては責任をとる必要がすこしもない」

「異議なし」

拍手とともに〈異議なし〉という叫びがあちこちでおこった。それでもはじめのうちは、ただ面白がって騒いでいるという感じがしないでもなかった。ふざけ半分に尻馬に乗っている部員が、大多数であった。それが囃したてるような拍手の仕方にあらわれていた。それを手で制して鎮《しず》めた北川が、言葉をつづけた。

「カモのような部員が在籍しているのは山岳部にとって不利である。これからも同じような事故をおこす可能性がある。それを未然にふせぐには、すぐにでもカモを退部させることだ」

「異議なし」

「それとともに寺田の処遇だ。寺田はカモと一緒に赤石山脈へはいりながら、それを停めなかった。カモに曳きずられて支え壁を登っている。共同正犯だ」

「異議なし」

手をたたきながら足踏みする部員がでて、床板が軋《きし》んだ。埃が舞いあがる。そのころから部員のようすがかわってきた。面白半分に〈異議なし〉と叫んでいるうちに、ほんとうに〈異議なし〉になってしまったようである。部屋のなかに熱気がこもる。数十名のほとんどが熱に浮かされたように頰を紅潮させている。演説会場にあつまった聴衆が、ひとりの男の言葉に酔っているのに似ていた。

北川修一のはなしが激しさを加えてきた。それを聞いている部員たちの熱狂もはげしくなる。寺田陽子は面《かお》を伏せていた。そして北川のあまりにも酷《きび》しい論告に、きな臭いものを感じた。たしかに支え壁へむかったふたりの行動は責められるべきであった。しかし北川には、その正邪を糺《ただ》すという姿勢のなかに、森幸江への報いられぬ慕情がかくされているようであった。森幸江に冷たくあしらわれてきた恨みを、そこで一挙にはらそうとしているかのようでもあった。腹癒《はらい》せがうかがわれる。森幸江を〈酸《す》っぱい葡萄《ぶどう》〉として見すごさずに、叩きつぶそうとする意図が感じられる。そのためには寺田陽子をも同罪にした。

「カモを即刻、山岳部から放逐《ほうちく》しろ」

「異議なし」

「寺田にも責任をとらせろ」

「異議なし」

憑（つ）かれた目を輝かせて部員たちが〈異議なし〉をくりかえしていた。北川の遂（と）げられない想いが、裏返しになって攻撃性をましていた。

「ちょっと待ってくれ」

黒板のまえにいた主将の松岡弘が立ちあがった。その声をきいて寺田陽子はほっとして面をあげた。北川が渋々腰をおろす。部員たちのざわめきがなかなかおさまらなかった。

「いまの北川のはなしは正鵠《せいこく》を得ている」と松岡が話しだした。

「カモが嘘をついたのは事実である。それに寺田がひきずられたのもたしかだろう。しかし翻《ひるがえ》ってわれわれのことを考えてみると、いや、自分のことを反省してみると、そこまでカモを追い込んでしまった一半の責任を感じるのだ。カモと寺田が出発する日の夜、部室で監視したり、新宿駅までついていったりして、それで岩登りを断念させることができたと思いこんでいた。まるで手続きさえ済ませておけば、あとはどうなってもいい、言い訳がきくから、という形式的な慰撫《いぶ》だけで、事をすませていたきらいがあった。それは安易だった。もしカモが事故をおこしても、自分は事前に禁止しておいた、だから責任はないという回避の姿勢がとれるからだ。本当は、上級生の男子部員が支え壁へ同行すればよかった。その労を惜しんで、ただ〈岩登りをするな〉と言葉で止めるばかりだったのは安直だった」

「しかし規律違反した」と北川が口を挟んだ。

「規律違反といえば……」

松岡弘が口籠った。言いにくそうにしていたが、やがてきっぱりと喋りだした。

「規律違反といえば、今年の春、カモたちの新人合宿の後半に、ひとり北川がおくれて参加した。しかも休養日に充《あ》てられた日に衝立岩を登っている。おくれてきたのは新人を訓練するという初歩的な段階が莫迦《ばか》らしかったからである。また全員が休息しなければならない日に岩登りをしたのは、それこそ規律違反だ。しかし、あまり規律をきびしくすると、せっかく伸びようとする芽を摘むことになる。そして規格品のような人間をつくる危険がある」

松岡が部員たちを見渡した。まだ亢奮からさめやらぬ部員たちの顔を、ひとりずつたしかめながら松岡は話をつづけた。

「いま全員が〈異議なし〉と叫んでいるのを聞いて、むかしナチスの演説に酔っていた聴衆をおもいだした。ファシストの恐怖をあじわったのだ。規律違反した者は〈異議なし〉で、情容赦もなく断頭台へ送りこまれた。一人一人の考えが無く、思わず知らず煽動者に誘導されて、ひとつの考えに縛られてゆくのだ。その煽動者が、個人的な怨念からでた処罰の提唱者であっても、それが一見正当の衣《ころも》を着てしまうと、見分けがつかなくなる。おそろしいことだ。かつて若者のちからが戦争にむけられた。山登りにむけられているわれわれのちからが、またいつの日にか破壊にむけられるかもしれない。それをふせぐには、異端者を排斥しないで、包含しつつ伸びてゆかなければならない」

「しかし剣の西面でカモが滑落したとき、松岡は難詰《なんきつ》しただろう」と北川が顔いろをかえて迫った。

「だからカモが嘘をついたことを許してはいないのだ。しかし退部させるのはどうかとおもう」

部員たちがそれぞれ私語をかわし、ふたたび部室のなかがさわがしくなった。寺田陽子は松岡のはなしを聞いているうちに、北川にたいして抱いていた胡散臭さが、おなじように松岡のこころにもあったのを知り、それで救われたような気持になった。

その年の冬山合宿は後立山連峰を縦走することになっていたが、森幸江が支え壁で事故をおこして以来、部員たちのあいだにひとつの目標へむかってすすむ気迫がうすれてきた。まとまりに欠けてきた。北川は森幸江の処分を主張してゆずらない。森幸江を退部させないのならば、かわりに北川が辞めると言いだして松岡を手古摺《てこず》らせた。部室の雰囲気がかわってきた。副主将である北川にやる気がないので、冬山への準備も滞りがちになる。北川は部員たちに不平を洩らすばかりでなく、山岳部長や先輩の家にまで押しかけて、不満をぶちまけていた。

それは丁度、森幸江が数週間の病院生活をおえて退院した日のことであった。主将の松岡弘と副主将の北川修一、それにマネジャーの柴田と寺田陽子の四人が先輩大久保武雄の家に招《よ》ばれた。その年の夏、寺田陽子は柴田につれられてはじめて信濃町の大久保邸を訪ねていた。しかしその後、無沙汰をしていたのであった。

大山岳部の部室をでたときから四人のあいだには気まずい空気がたちこめていた。大久保に招かれたのが、ただたんに遊びにゆくのではなく、決裁を仰ぐという意味が含まれていたためである。北川の訴えを採りあげた大久保の判断が、摑めなかったためでもあった。

大久保邸の応接室に通された四人は、腰が落ちつかず、羚羊《かもしか》の皮をひろげたソファに浅く腰かけていた。剽軽者《ひょうきん》の柴田がいつもならば羚羊の皮をさして〈カモの親戚がいた〉とでも言って皆を笑わせるところであるが、そのときは毛皮を撫でるだけで、なにも言わなかった。

和服の大久保がひろい額を光らせ、笑顔で応接室へはいってきた。その笑いに四人はそれぞれの思惑で安心した。酒が運ばれる。

「飲んでゆっくりしていってくれ」と大久保が酒甕の封印を切った。杯が手渡しでくばられる。氷がきた。寺田陽子には果汁がすすめられた。

「たまには現役と山の話がしたいので、来てもらったわけだ」と大久保に蟠《わだかま》りはない。乾杯の音頭をとった。

大久保は酒と氷を勝手にやるようにと言いわたしておいてから、戦前の蒙古生活から戦後のヒマラヤ生活にわたって、過去の山行を語りだした。四人が謹聴する。大久保は座の空気を和《なご》やかにするため、ときに冗談をはさんで話をすすめたが、四人はあまり笑わなかった。背筋をのばしたまま聴き入る恰好である。大久保はまたたくまに数杯の酒を飲み干してしまった。日焼けした額がいっそう艶をまし、舌もなめらかになってゆく。男三人のまえにあるそれぞれの杯へ酒甕をかたむけてゆくとき、手もとがゆれて、酒をこぼした。

「山というのは理屈ではない。山というのは登るものなんだ。あとからいろいろと能書きがつけられる。登りたくなければ、止めればいい。それだけだ」

さらに数杯呷《あお》ると大久保の軀が左右に揺れだした。

「あれはたしか去年の春だった。夜半すぎに学院から電話があって起こされたことがある。夜中の電話というのは、すぐ遭難に結びつく。だれがやったのかと、不安になった。ところが電話の声は教務課員でも、はなしの内容はちがった。〈いま山岳部の学生が酔っぱらって、素っ裸でプールのまわりを踊り狂っています。もしプールにとび込んで心臓麻痺をおこしたらたいへんです。なんとかしてください〉というのだ」

それをきいて男三人が吹きだしてしまった。それぞれ身に覚えがあったからである。寺田陽子たちが入部する前年の四月、新人男子部員を迎えて男だけの懇親会《コンパ》をひらいた。部室に石油焜炉を据え、鍋料理をかこんで酒を鯨飲《げいいん》した。あげくの果てに部室から歩いてすぐのプールへ押しかけ、乱痴気騒ぎをしたのである。

「〈そんな部員はすぐ豚箱へでもほうりこんでください〉といったら教務課員が黙ってしまった」といって大久保が大笑いしている。

「酔って裸で狂いまわった部員たちは、全員退部するのかとおもっていたら、なんとそのまま居坐っているではないか。いいかね、規律を破ったとか破らなかったとか、そんな瑣末《さまつ》なことに拘泥して、神経をすり減らすのはよくない。それよりもいちど懇親会をひらいて、部室で酒を飲んだらどうか。もっとも深夜の電話で起こされるのは、もう御免蒙るがね」

　そこで男三人がまた苦笑した。それまでの身構えていた姿勢がほぐれ、杯を口へもってゆく回数がふえてきた。

「そうだ、いちど懇親会で徹底的に飲もう」とマネジャーの柴田がさっそく追従している。北川が酒壜を把って自分の杯に注いでいる。氷は貰わなかった。松岡も微笑しながら杯を口へ運んでいた。

　それから男三人の飲みぶりが調子づいた。傍にいた寺田陽子はその勢いに圧倒された。さらにそれから二時間ほどたって辞去するために立ちあがったときには、男三人の足もとがさだかでなかった。大久保が玄関まで見送りにでた。

「また近いうちに飲みにきたらいい」

　男三人は靴を履くのに手間どっていた。軀がふらついている。玄関をでると闇のなかから木犀《もくせい》の花の香りがただよってきた。

　門を潜って外へでた。邸町が森閑としている。四人が揃って歩きだしたとき、突然、北川が、

「松岡の野郎」と叫んでとびかかっていった。松岡の腰のあたりに組みついて薙ぎ倒した。そのうえに馬乗りになって拳《こぶし》をふるう。鈍い音がした。下になった松岡がすぐ

跳ねかえし、北川と組みあったまま地面をころがってゆく——。

寺田陽子は息もとまる思いでそれをみつめていた。二人のうちどちらかが死ぬまで殴りあうのではないかとおもった。それほど激しい叩きあいであった。助けを呼ばなければならないと気づき、大久保邸の門へひきかえそうとしたとき、そばにいたマネジャーの柴田が呟いた。

「ひと山終ったあととか、懇親会のあとでは、ときどきこんなことがあるんだ。心配はない。明日になったら二人ともさっぱりして、また協力して山の計画を練りはじめる」

初出：「山と溪谷」一九七二年十一月号〜一九七四年四月号
底本：『ひとつの山』（文藝春秋）一九七四年十一月発行

井上靖

氷壁（抄）

井上靖（いのうえ　やすし／一九〇七年―一九九一年）
北海道旭川市生まれ。京都大学卒業後、大阪毎日新聞社に入社。一九四九年、『闘牛』で第二十二回芥川賞受賞。一九五一年、毎日新聞社を退社。一九五八年『天平の甍』により芸術選奨文部大臣賞、一九六〇年『敦煌』『楼蘭』により毎日芸術大賞受賞など数々の名作、受賞作多数。一九七六年、文化勲章受賞。『氷壁』は社会派小説、恋愛小説としても知られる名作。全十一章より、主人公の魚津恭太が小坂乙彦とともに厳冬期の前穂高東壁に挑む第三章を抜粋。なお本書のカバー写真はこの前穂高東壁である。

魚津と小坂とは、予定通り二十八日に、新宿発二十二時四十五分の夜行で発った。松本に着いたのは四時五十七分で、まだ夜は明けていず、ホームに降り立つとひどく寒かった。ブリッジを登って行く時、

「眠れたか」

魚津は小坂にきいた。

「五時間は眠ってる」

「じゃ、大丈夫だ。おれもそのくらい眠っているだろう」

二人はそれ以外言葉は交わさなかった。寒くもあり、寝不足でもあったが、山での無口の習慣が松本駅へ着くともう二人に取りついている。

一時間程待って島々《しましま》行きの電車に乗り、四十分で島々に着く。そこの待合室で沢渡《さわんど》行きのバスを待つ間に、漸《ようや》く夜は明けて来た。

魚津も小坂も、いずれもカッターシャツにセーター、スキーズボンのいでたちで東京を発って来ていた。魚津は寒かったので、松本駅に着いた時アノラックを取り出して着たが、小坂は白のトックリ首のセーターをまとった。

荷物は、二人ともサブ・ルックとスキーだけである。サブ・ルックは申し合せて一切余分のものは入れないで、できるだけ軽くしてある。内容品は道中の弁当と肌着類

のほかは、魔法壜（まほうびん）、懐中電燈（かいちゅうでんとう）、山日記、メデ帽、雪眼鏡、手袋、オーバー手袋、靴下、こういったものだけである。

テント、ツェルト・ザック（小型テント）、ザイル、三ツ道具、アブミ、捨て綱といった登攀（とうはん）用具一切は先きに上条に頼んで徳沢小屋まで運んでもらってあった。ピッケルもこんどは梱包（こんぽう）の箱の中へ入れてある。食糧も、コッヘル、ラジウス（石油コンロ）等の炊事道具も、みな先送りの梱包の口である。

二人とも、上条の手紙でバスは稲核（いねこき）までしか行かないものとあきらめて来たが、島々に来て訊（き）いてみると、沢渡まで通じているということだった。

「一日もうかったな」

小坂は言ったが、実際、稲核から沢渡まで歩くとなると一日行程で、その場合は一晩沢渡で泊らなければならなかった。

「今日中に上高地まで行ってしまうんだな」

魚津が言うと、

「そうだな。うまく行く時は、万事こうしたものだ」

すでに成功が既定の事実であるような言い方を小坂はした。

少数の客を乗せたバスは沢渡に向けて走った。駅から少し離れたところにある島々の部落を抜けるあたりから、細かい雪が舞い落ち出した。

バスは時々木材のトラックとすれ違いながら走った。二十分程で稲核橋《いねこき》を渡り、梓川の右岸に出る。家の屋根に石をのせた稲核の部落は、寒さにちぢこまってでもいるように、ひっそりとしている。人の姿は見えず、稲核菜とつるし柿《がき》が傾きかかった家々の羽目に吊《つる》されてある。

「山はひでえ雪ずら」

運転手が土地の人らしい乗客と話している。

バスが終点の沢渡の部落に着いたのは十時である。雪は一尺近く積っている。バスを降りたすぐ傍にある西岡屋の店内へ飛び込む。

二人はザックとスキーをここに預けておいて、少し離れたところにある上条信一の家へ出掛けるつもりだったが、奥から出て来たこの店の内儀《かみ》さんが、上条からの言伝《ことづ》てを伝えてくれた。

それによると、上条は今日は稲核まで出掛けなければならぬ用事があって留守だが、帰りにぜひ立寄ってくれということだった。そして上条から預ってあるといって、内儀さんは新聞紙に包んだものを木炭ストーブの傍の卓の上に置いた。魚津が手紙で頼んでおいてあった餅《もち》である。

二人はここでザックから弁当を取り出すと、朝食とも昼食ともつかない食事をとった。この店は、乾物も果物も駄菓子も、荒物も、雑貨もごちゃごちゃと並んでいる、よく田舎に見受けるよろず屋であるが、木炭ストーブの傍には粗末な卓と腰掛けが置かれてあって、飲食店といった格好でもある。実際にうどんとか蕎麦《そば》がきとかは、頼めばすぐ作ってくれる。

さらにここは旅館でもある。土間のすぐ突き当りに六畳程の炬燵《こたつ》のある部屋があって、現に土地の人らしい老人が一人炬燵にあたっているが、冬山の登山者たちは誰も一度や二度はここに厄介になった経験を持っているはずである。魚津たちは上条信一と知り合になってから大抵上条の家へ泊めてもらうが、その前はやはりこの西岡屋の厄介になったものである。

店には多少正月向きの商品が並べられてある。右手の方には、数の子と蜜柑《みかん》の箱が肩を並べ、その横に昆布とスルメの束が積まれてある。左手の方には長靴と地下足袋と木綿の手袋のほかに、幼児用の赤い毛糸のセーターが三枚吊り下げられてある。やがて、部落の女の子の誰かがこのセーターを着て正月を迎えることであろう。

雪を仕事着の肩につけた五十年配の村の人が一人店へはいって来た。

「お寒いこってす」

彼は魚津たちの方へ挨拶《あいさつ》して、

「神主さん、仕事は休みかい」

と、炬燵へはいっている老人の方へ声をかけた。

「神さまも寒くてちぢんでなさるでな」

老人は言った。どこかこの近くの神社の神主さんらしい。みると炬燵の上には銚子《ちょうし》が一本置かれてある。

魚津と小坂は勘定して店の戸をあけると、ここでスキーを履いた。雪は依然として舞っている。

「行こう」

小坂が先きに雪の中に出た。

——十一時に沢渡の西岡屋出発。坂巻一時、中ノ湯二時。釜《かま》トンネルまでの間の吹だまり雪深し。二時半釜トンネル。トンネルを脱《ぬ》けるのに十五分かかる。ツララ予想外に少なし。出口はいつものように雪でふさがっている。この辺から雪やみ、薄ら陽射《さ》す。焼岳《やけだけ》見え出す。白煙真直《まっす》ぐに上がっている。大正池三時四十五分。穂高の一部見える。大正池の売店四時五分。ここからの林の中の道で、多少疲労を感ずる。ホテルの番小屋到着五時、いつものことだが真暗い中に番小屋の電燈が見えて来た時は有難かった。夜はホテルのTさんとストーブを囲んで歓談。十時に二階に寝る。

――三十日、八時ホテルの番小屋出発。雪一尺位。河童橋《かっぱ》まで三十分。徳本峠《とくごう》への岐《わか》れ道付近までは梓川流れているが、上は凍っていて流れなし。この辺り、磧《かわら》の吹通しのため雪の少ないこと例年の如《ごと》し。川幅もほとんど変りなし。河童橋より明神《みょうじん》まで一時間かかる。更に徳沢小屋まで一時間半。十一時徳沢小屋にはいる。

――徳沢小屋の主人は山を降《くだ》っているが、番人のKさん居る。一休みして昼食後すぐ荷物の整理。偵察を兼ね、ここに届けられてあった荷物の一部（テント及び登攀用具）を松高ルンゼの入口まで運んでおくことにする。片道三時間の予定で、一時に徳沢小屋を出発。梱包の箱一個ずつザックの上に背負う。ほかに荷物少々。林の中の道を抜けて、磧にはいる。新村橋の下をくぐる。この辺より次第に、雪深し、押し出しで北尾根を仰ぐ。ここまで一時間。奥又の本谷にはいると急に雪深くなる。雪の詰まった河底沿いに行くこと一時間。両側の林なくなり、視野開け、北尾根全体神々《こうごう》しく見える。付近白一色、立枯れの樹木点々と見ゆ。間もなく右岸に上がりダケカンバの林を横断、松高ルンゼの入口に出る。雪崩れの危険のない地点を選んで荷物をデポする。梱包は一個を解き一個はそのまま。目印しに赤旗立てる。煙草《たばこ》を一本喫《の》んですぐ帰途に就く。七時、徳沢小屋に帰る。
——三十一日、朝七時出発。昨日歩いた雪の上の足跡を踏んで行く。昨日に較《くら》べれば大分らくなり。十時に荷物を置いてある松高ルンゼ入口の地点につく。ここでスキーを脱ぎ、荷物を仕分け、身ごしらえして、いよいよ出発、雪崩の危険を避けて、松高ルンゼの左岸の尾根沿いに中畠新道を行く。急坂。尾根の背すじに出たところでワカン（かんじきの一種）を履く。ここで昼食、十二時なり。尾根をぬけると急斜面、雪胸のあたりの深さ。奥又白の全貌《ぜんぼう》を大きく仰ぐ。左斜めのコル（鞍部《あんぶ》）のタカラの木、ひどく近く見える。しかし、それから一時間かかる。奥又の池畔に三時到着。タカラの木の根もとにテント張る。雪落ち始める。夜になってから風出る。

魚津はペンを置いてウイスキーの空びんの口に立ててある蠟燭《ろうそく》の火を消すと、真暗い中で、

「風が出ているな」

と言った。二人用のテントの裾《すそ》が風に鳴っている。

「明日になればおさまるだろう」

小坂は答えた。昭和三十年の大晦日《おおみそか》の夜を、二人はいま雪に埋もれた奥又白の中腹

の、タカラの木と呼ばれている一本の大きなダケカンバの根もとで過していた。

現在二人がテントを張っている地点は奥又の池の付近では唯一《ゆいいつ》の安全な場所であった。タカラの木の根もと以外は、どこも雪崩でやられる危険があった。

二人はこの地点に三時に到着すると、すぐ雪をかき、足で地ならしし、長さ一間、高さ四尺ぐらいの二人用のテントを張ったのである。荷物の一部はテント内に入れ、他は外に置いた。雪が落ちていたので夕食の支度もテントの内部でした。コッヘルに雪を入れて、ラジウスにかけ、水を作って、それで徳沢小屋から持って来た握り飯と豚肉で雑炊を作った。

五時に雪の山には夜が来た。それから魚津は一時間程かかって蠟燭の光で日記を認《したた》めた。魚津はどんなに疲れていても、いつもその日の行動は簡単にノートに書き込むことにしていた。

蠟燭を吹消すと、急に風の音が強く聞えて来た。津浪《つなみ》のようにごうごうと鳴っている。

「明日、雪がやんでいたら、三時半起床、五時出発だな。――とにかく風のやつ、やんでくれねえかな」

小坂が言った。

「大丈夫だろう。今夜吹くだけ吹けば。――寝るか」

それで二人は黙った。

魚津は寝袋の中へもぐり込むと、体をのばして眼をつむった。相変らず風の音が鳴っている。魚津は何も考えようとしなかった。考えるとなると、考えることは沢山あった。明日は元日であった。元日ということに繋《つな》がって、家で今頃せっせと正月を迎えるために立ち働いている母親の姿、年越の酒を飲んでいるにちがいない父親のこと。丁度一年会っていない二人の弟妹《きょうだい》。それから会社のこと。下宿のこと。

しかし魚津は、冬山へ登っている時、いつもそうであるようになるべく何も考えないようにしていた。そんなことを考えるために、山に登って来たのではなかった。何も考えず、山へ登るために山へやって来たのである。

魚津と小坂のこんどの計画は前穂の東壁を征服することであった。東壁といっても幾つかの壁から成り立っていた。Aフェース、Bフェース、Cフェースの三つの大岩壁とその側面の北壁とを総称して、東壁とよんでいる。

東壁にも幾つかのコースがあるが、こんど二人が選んだのは、北壁よりAフェースを経て、前穂の頂上へ登ることであった。冬期にはまだこのコースでの完登の記録はなかった。北壁だけなら今までに三パーティーがいずれも十二時間前後の時間を費して登っている記録があるが、二人は一日でこの北壁とAフェースを同時にやる予定だった。

魚津も小坂も一日で完登できる自信があった。何回も夏期に下調べのために登っていたし、前穂東壁に関する記録の研究もしつくしていた。秋、新雪の頃撮《うつ》した写真だけでも厖大《ぼうだい》な量になっている。

もし、二人にとって解決しない問題があるとすれば、それは先人たちのパーティーが北壁を登るだけにどうして十二時間も費したかということであった。夏登っただけの知識ではちょっと考えられないことだった。

魚津は眼覚めた。寝袋から這出《はいだ》して、マッチをすると三時である。風はやんでいる。テントの外部へ顔を出してみると、星のちらちらしているのが見える。凍りつくような寒気をへばりつけたまま魚津は顔をテントの内部へ引込めると、小坂の寝袋を揺すぶった。

「起きろ、星が出ている」

「うむ」

と言うや否《いな》や、小坂も起き上がって来た。そして魚津の言葉を確めるように、彼もまたテントの外へ顔を出した。

「豪勢だな」

それからテントの内部へ引込めると、すぐラジウスの前にかがみ込んで火をつけた。昨夜コッヘルに作っておいた水は厚い氷となっていた。魚津はそれを火にかけておいて、上条が寄越した餅をザックの中から取り出した。

「雑煮は毎年おれの役だな」

魚津が言うと、

「なんの因果か知らんがお前の雑煮ばかり五年食ってる」

そう言いながら小坂は屠蘇《とそ》の支度をしている。

ラジウスの火で、テントの内部は幾分暖かくなった。二人はウイスキーを一杯ずつ飲み、雑煮とは名ばかりの餅を三きれずつ食べ、それからチョコレートを二かけらほどかじった。昭和三十一年元旦の食事は四時半に始まり五時に終った。

いよいよ出発準備。——魔法壜に紅茶を入れ、クラッカー、チーズ、チョコレート、乾葡萄《ほしぶどう》、羊羹《ようかん》等の食糧をそれぞれザックに詰める。ザイル、ハーケン、カラビナ、ハンマー、アブミ、ツェルト・ザックも一応点検してこれもザックに入れる。

アノラックを着、オーバー・ズボンを履く。靴にはもちろんオーバー・シューズ、その上にアイゼンを履く。手の方は毛糸の手袋の上からオーバー・手袋。

五時半、ザックを背負い、ピッケルを持って、テントを出る。そとはまだ暗い。

二人は奥又の本谷へ降り、そこを横切り、B沢へはいる。B沢は急な坂だが、幸い雪はさほど柔らかくない。それでも一歩一歩膝《ひざ》までもぐる。

「一時間かかってる」

背後で小坂が言った。

「あと一時間で行けるだろう」

魚津は答えた。二人の目指しているところは北壁のとっつきである。そこまでに七時半には着きたいものである。

B沢を上り切ったところで丁度七時。背後より元旦の陽が出て、あたりは急に明るく、暖くなった。両岸の岩は露出しているが、あとは白一色、樹木も一本も見えない。

B沢のどんづまりに北壁の百五十メートルの岩壁がそそり立っている。その根本に雪の斜面を登ってたどり着いたのは、予定通り七時半。

斜面の雪をかき、平坦《へいたん》にして、そこにザックを降ろす。二人はそこで大仕事を始める前の、あの妙にあんのんな気持で煙草を喫んだ。雪のついた岩壁は、向うから自分たちに挑《いど》んでいる。魚津はそんなことを思いながら、自分たちがこれから登る百五十メートルの大岩壁を仰いでいた。また雪がちらちらし始めた。

――八時きっかりに、魔法壜の口より茶を一杯ずつ飲んでザイルをつける。長さ三十メートル。ナイロン・ザイルは初めてなり。トップ魚津。壁の裾を登り出す。急な雪の斜面で、雪をかくと体も一緒に下がる。ピッケルを突きさして、体をせり上げるのが精いっぱい。最初の雪のリッジ（岩稜《がんりょう》）に上がるのに苦労する。それからワンピッチいっぱい伸ばして岩場にぶつかる。そこを登り始めると、間もなくチムニー（煙突のような割れ目）状の岩場あり。上の方がかぶり気味なので、ハーケンを打ってカラビナをかけ、それにアブミをかけて乗り越す。

――そのあとは岩と雪まじりの場所。

――次に雪のリッジ続く。

――そのあとに最後の岩場あり。非常に急なり。ここで左右二つのルートをとれることを知る。右の方がらくらしいが時間がかかる。思いきって真直ぐに突き上げることにする。二ピッチで抜ける。しかし、ここだけで一時間半くわれる。

――三時、北壁を登りきって、漸《よう》くにして第二テラス（岩棚）に出る。結局これまでの所要時間は七時間。ここで昼食。

――三時半、Aフェースに取りつく。このころより陽かげり、風が出て、吹雪《ふぶき》模様となる。登攀苦難。

——五時半、全く暗くなり、登攀不可能。Aフェースの上部でビバーク（露営）する。露営地の発見は全くの天佑《てんゆう》なり。魚津ジッヘル（確保）するためにピッケルで岩の窪《くぼ》みの雪をかき出すと、岩と岩とのかなりひろい間隙《かんげき》が現われる。丁度二人並んで坐《すわ》れるくらいの場所。ビレー・ピン（確保支点）を打ち、二人の体をザイルで結び合う。ツェルト・ザックを頭からかぶる。

——吹雪前面より吹きつける。暖を取りたいが蠟燭の芯《しん》に雪がつき、どうしても火がつかぬ。ライターを持っていないことを悔む。疲労相当なり。

魚津は真暗い中でペンをノートの上に走らせた。自分でも文字になっているかどうか判《わか》らなかった。

魚津はそれから何回もうとうとし、何回も眼を覚ました。眼を覚ます度に、最初に思うことは、いま自分たちがAフェースの上部に居るということであった。おそらく岩場はあと三十メートルほどで尽きるはずであった。頂上はもうすぐそこである。ここで寒さに参らなければ、もうあとわずかの時間で目的は達せられるわけである。

「ひでえ目にあってるな」

小坂が言った。表情は判らないが苦笑している口調であった。

「眠ったか」

魚津が訊くと、

「ううん。全然。とにかく雪がやんだら登りきっちゃうんだな。こんどはトップを交替するよ」

小坂は言った。魚津は自分より小坂の方がまだ元気そうなので、彼の言う通り、こんどは彼に先に立ってもらう方がいいかも知れないと思った。

「とにかく凍傷に気をつけろよ」

魚津は言ったが、小坂の返事はなかった。小坂は眠っていた。魚津はツェルト・ザックの雪を払ったが、小坂は眠りつづけていた。

そのうちにいつか魚津も眠りに落ちた。どれだけ経《た》ったか、こんどは小坂の何か話しかけている声が、魚津の耳に、ひどく遠くから聞えて来た。

「大丈夫か。――おい、大丈夫だろうな」

小坂の声が急に大きく聞えて来たと思うと、魚津は眼を開けた。

「大丈夫だ」

魚津が答えると、

「眠るなよ、眠らん方がいい」

小坂は言った。魚津の右にぴったりくっついている小坂の体は大きく震えている。おかしいほどがくがく震えている。

「余り震えて落ちるなよ。ここは畳の上じゃないんだぞ」

魚津が精いっぱいの冗談を言うと、

「お前が震えてるんだ。お前の体が震えてるんで、おれの方が伴振れしてるんだ」

小坂も負けずに言った。どっちの方が伴振れか判らないが、とにかく二人の体ががくがく震えていることは事実だった。

風は少し静まっているが、雪の方は相変らず舞い落ちているらしい。凍ったツェルト・ザックが雪で重くなっている。

「何時ごろだ」

「四時ごろじゃないのかな」

小坂はマッチをすった。一瞬ツェルト・ザックの内部が明るくなった。

「四時だ」

「じゃ、あと三時間の辛抱だな。七時にはここを出られるだろう」

それから二人は何度目かのウイスキーを口に含んで、手探りでザックの中からビスケットとチーズをつまみ出して口に入れた。寒気はその頃からますます烈《はげ》しくなった。明方の寒さが二人を凍りつかせるために襲って来た。

魚津は両腕で胸を抱き、体を縮めるだけ縮めた姿勢で、小坂に言われたように、眠らないために眼を大きく見開いていた。雪はまだ手袋の中にも、衣類の中にもしみ込んではいない。疲労もこのくらいならそれほどひどいとは言えない。充分に食糧もある。三千メートルの高処で、岩壁の岩の隙間《すきま》にいま自分たちが張りついているということだけを除けば、必ずしも悪い状態とは言えない。魚津はそんなことを考えていた。しかし、それでいて、彼はツェルト・ザック一枚向うの虚空《こくう》に死が充満しているような気がした。二人が隙を見せれば、死はいつでも二人をつまみ出そうとしている。

「小坂、何を考えている」

魚津は言った。

「早く明るくならないかということだ。明るくなったらすぐ登り出すんだな」

「吹雪《ふぶ》いていてもか」

「もうそうひどくなることはあるまい」

そして験《ため》すように、小坂はツェルト・ザックの裾をめくった。とたんに雪片と凍りつくような風が下から烈しく吹き上げて来た。

「大丈夫だよ。朝になったらやむよ」

小坂は自分にとも、魚津にともなく言った。

六時半に明るくなった。相変らず吹雪いていて、視野はほとんどきかない。二人は吹雪が少しでも静まる時を待っていた。少しでも静まったら登り出すつもりだった。ここに長く留《とど》まっていることはできなかった。降《くだ》ることは考えなかった。あと三十メートル程で登攀完了だったし、それに、ここまで来てしまえば登る方がらくなことは判りきっていた。

七時半に、雪はやみはしなかったが小やみになり、登ろうと思えば登れぬこともないと思われた。

「やるか」

小坂は言った。

「よし」

魚津は応じた。雪で覆《おお》われた岩の隙間に一晩中じっと身をひそめて来た二人は、たまらなく現在の状態から抜け出したくなっていた。いかなる状態もこれ以上悪いとは思われなかった。三十メートル程で岩場は尽きるはずであった。どんなに多くみても、三時間程岩と雪と格闘すれば穂高の頂上に立てるだろう。それからあとはA沢を下って、昨日の朝そのままにして来たタカラの木のテントまで戻るわけだが、それは、今までの仕事に較《くら》べれば嘘《うそ》のようにらくな仕事であった。

もちろん帰路も雪崩《なだれ》のおそれもあるし、吹雪のために一歩も動けなくなる心配もあったが、しかし、昨夜一晩悪場で過した二人には、それはたいしたことには思えなかった。雪崩は慎重に注意さえすれば避けられるものだったし、吹雪の方は雪洞を掘ってもぐり込めばいい。昨夜のビバークにくらべれば、雪の中の住居は金殿玉楼みたいなものである。

二人はツェルト・ザックをたたみ、雪の中で登攀準備に二十分程の時間をかけた。

「いよいよ最後のピッチだな」

ザイルの点検を終えると、「さあ、出発するぞ」というように、顔全部を包んでいるメデ帽の中で、小坂の眼が笑った。今朝は小坂がトップである。魚津も登攀準備を整えると、すっかり元気が回復しているのを感じた。これならトップを小坂に譲らなくてもよかったと思った。

小坂は長身を少し前屈《まえかが》みにして、一歩一歩足場を確めながら、雪に覆われた岩の斜面を登り始めた。

一時間半程かかって二十メートル程登った。あとわずか十メートル程で登攀終了地点へ達するだろう。

小坂が確保し、魚津が小坂の立っている地点へたどり着いた時、

「一服するか」

雪だるまのように、全身に雪をへばりつけた小坂は言った。そしてシガレットケースを取り出し、一本くわえると魚津の方へ差し出して寄越した。魚津はそれから一本抜いた。二人はそれぞれ自分のマッチで煙草《たばこ》に火を点《つ》けた。

下から吹き上げる風のため、時々雪煙りが二人を襲っていたが、雪の落ちるのは先刻よりずっと少なくなっていた。この分だと、雪も間もなくやむのではないかと思われた。

「こんど失敗したのはライターを持って来なかったことだな」

魚津が言うと、

「おれは一度ザックの中に入れたんだが、また出しちゃった」

小坂は言った。魚津ははっとした。いつか小坂が持っていた赤い女持ちのライターが、その時魚津の眼に浮かんで来た。

小坂はそれ以上ライターのことには触れず、飲みさしの煙草を棄《す》てると、

「行くぞ」

と言って、ちょっと魚津の眼を見入るようにすると、すぐ背を向けた。

魚津は岩と岩との間にピッケルをさし込むようにして立ててそこで確保していた。こんどは最後の難場であった。雪をへばりつけた岩が屏風《びょうぶ》のように前面にそそり立っている。四、五間程隔ったところで、小坂は長いことかかって足場を探していた。落雪による雪煙りが二回、小坂の姿を魚津の視野から匿《かく》した。雪煙りが去って行くと、相変らず岩壁にはりついている小坂の姿が見えた。小坂は徐々に登り始めていた。が、やがて、

「よし、——来い」

小坂の合図で、魚津はピッケルを岩の間から抜くと、小坂の立っている岩角へ向けて登り始めた。

雪の積っている個処と、全然雪をつけず灰褐色の岩肌を露出しているところが入り混っている。魚津は、そこを小坂がやったように一歩一歩足場を確めて登って行った。やっとのことで、魚津が小坂の立っているところから半間程下の地点へ着くと、代って、小坂はすぐ登り始めた。二人は言葉を交わす気持の余裕はなかった。苦しい危険な作業が二人から言葉を奪《と》り上げていた。

魚津はピッケルを岩の間に立てたまま、友の姿に眼をやっていた。風は斜面の左手

から吹きつけて、絶えず雪煙りが下方の空間を埋めている。時々落雪が不気味な音をたてて魚津の足場に散った。

その時小坂は魚津より五メートル程斜め横の壁に取りついて、ザイルを頭上に突き出している岩に掛ける作業に従事していた。ふしぎにその小坂乙彦の姿は魚津には一枚の絵のようにくっきりと澄んで見えた。小坂を取り巻いているわずかの空間だけが、きれいに洗いぬぐわれ、あたかも硝子《ガラス》越しにでも見るように、岩も、雪も、小坂の体も、微《かす》かな冷たい光沢を持って見えた。

事件はこの時起ったのだ。魚津は、突然小坂の体が急にずるずると岩の斜面を下降するのを見た。次の瞬間、魚津の耳は、小坂の口から出た短い烈しい叫び声を聞いた。魚津はそんな小坂に眼を当てたまま、ピッケルにしがみついた。その時、小坂の体は、何ものかの大きな力に作用されたように岩壁の垂直の面から離れた。そして落下する一個の物体となって、雪煙の海の中へ落ちて行った。

魚津はピッケルにしがみついていた。そして、小坂乙彦の体が彼の視野のどこにもないと気付いた時、魚津は初めて、事件の本当の意味を知った。小坂は落ちたのだ。

魚津は、無我夢中で、

「コ、サ、カ」

と、最後の力の音を長く引いて、ありったけの声を振りしぼって叫んだ。そして再び、同じ絶叫を繰り返そうとして、それをやめた。小坂乙彦の名をいくら大声で呼んでみても、それがどうなるものでもないことに気付いたからである。

魚津は足許《あしもと》の下の方に視線を落した。相変らず風が岩壁の雪をさらって、それを吹き上げており、視野は全く利《き》かなかった。もっとも雪煙がそこを鎖《とざ》していなくても、この前ピッケルを立てた地点から下方の岩は、そっくり大きく削りとられていて、その下への見透しは利かないはずであった。二人はその絶壁をさけて、横手の方からここまで登攀してきていた。

魚津はザイルをたぐった。ザイルはそれ自身の重さだけを持ってずるずる高処から岩肌を伝わって彼の手許にたぐり寄せられて来た。ショックを全然感じなかったことは不思議であったが、魚津はそんなことを考えているゆとりはなかった。ザイルはなんらかの理由で、小坂がスリップし、その体重がかかると同時に途中で断ち切られたのである。

ザイルの全部が手許に来て、すり切れたように切断されているその切口を眼にした時、魚津の心を改めて、言い知れぬ恐怖が襲いかかって来た。小坂乙彦は落ちたのである。どこへ落ちたか判らなかったが、とにかくAフェースの上部から渓谷の深処へ墜落したのである。

「コ、サ、カ」

夢中で、魚津はまた友の名を絶叫した。その自分の声が恐怖を倍にして彼の許へ返って来た。

魚津は、とにかく、降りなければならないと思った。いま、彼が神に祈っていることとは、小坂乙彦の体が第二テラスのどこかに横たわっていてくれということだった。普通の状態では小坂の体は第二テラスにはとまらず、そこの雪の急斜面を落ちて更に深い奈落《ならく》の底へ沈んで行くはずであった。しかし、なんらかの偶然の力が働いて、小坂の体が第二テラスの雪の中に埋まっていないものでもなかった。

しかし、そうした僥倖《ぎょうこう》があり得たとしても、この地点から第二テラスまで百メートル近い垂直距離のあることを思うと、絶望が再び魚津をとらえた。

魚津は、いま自分は何をすべきであろうかと思った。彼は自分がこれから取るべき行動について考えた。そして一分後に、魚津は自分がなすべきことが、降りること以外にないことを知った。第二テラスに向かって降りなければならない。

しかし、降りることは容易なことではなかった。今や彼は一人であった。自分一人の力でAフェースを降りなければならない。呆然《ぼうぜん》と突立っている魚津をめがけて、立てつづけに落雪が見舞っている。魚津は身をかがめた。小坂の体が横たわっているかも知れない第二テラスに降りるために。

雪がまた横なぐりに魚津の顔を打ち始めていた。

魚津は第二テラスに降りるまで、全く何も考えなかった。一刻も早く第二テラスに降りるというただ一つの目的のために全力を投入していた。

その間に、雪は降ったり、やんだりしたが、そしてまた全身に落雪をかぶったり、横なぐりに吹きつけて来る吹雪のつぶてにじっと踞《うずくま》ったりしたが、しかし、魚津はその間も何も考えず、アップザイレン（懸垂下降）の慎重を要する技術に全力を費《つか》っていた。岩のはだにハーケンを打ち、すて綱をかけ、それに切れ残りのザイルを通し、それにすがって降りるのである。そしてザイルが無くなる地点で、ザイルを抜きとると、また同じことを繰り返す。ハーケンを打ち、すて綱をかけ、それにザイルを通し、それにすがって体を降下させて行く。

魚津は全く時間の観念というものを失っていた。どのくらいの時間が経ったか判らなかった。Aフェースを降り切って、第二テラスの雪の斜面に出た時、魚津はふらふらになっていた。岩の壁は一応ここでつき、四十メートル程の雪の斜面がかなりの急傾斜でひろがっている。

魚津は第二テラスに降りたところで、

「コ、サ、カ」

と、大声で友の名を呼んだ。二、三回、たてつづけにどなった。雪の面は昨日魚津と小坂が踏み荒した足跡を消してすっかり化粧直しされている。どこにも小坂乙彦の姿は見えず、彼がここを滑り落ちて行ったらしい形跡すら見えない。美しい一枚の雪の板である。

その雪の板の上を、魚津はわずかな期待にすがって、ピッケルを雪の中に突きさしながら歩き廻《まわ》った。

やがて、魚津はへとへとに疲れて、その悲しい作業を打ちきると、呆然とその場に立ちつくした。そしていま自分が立っている地点が、昨日三時に小坂と立ったままで昼食を摂《と》ったところであることに気付くと、いきなりその場に坐《すわ》り込んで仕舞いたいような気持に襲われた。

「コ、サ、カ」

こんどは低く口から出して辺りを見廻した。小坂乙彦が自分の傍にいないことが不思議であった。小坂がいず、自分一人が今ここに立っていることが信じられなかった。

魚津は時計を見た。十二時である。二時間かかっている。魚津はこれから自分がやらなければならぬ仕事を一応頭に描いてみた。これからV字状雪渓を横切り、松高第二尾根を越す。それからA沢にはいり、踏みかえ点を通って、奥又白のテントへもどる。普通なら二時間程の仕事であるが、体がひどく疲れているので倍の時間を要するとみなければならない。それにしても、四時か四時半にはテントのところへ到着できるだろう。それからすぐ徳沢へ下らなければならない。テントから徳沢までやはり五、六時間みなければなるまい。

第二テラスに小坂の姿が見えない以上、これから魚津の為《な》すべきことは、一刻も早く徳沢にかえり、救援隊を組織することである。

魚津は這《は》うようにして体を運びはじめた。ひどく疲れてはいたが、それより第二テラスに小坂の姿を発見できなかったことが、魚津から僅《わず》かに残っていた気力を奪っていた。

第二テラスからV字状雪渓への降り口は急傾斜をなしていた。魚津は腰まで埋まる雪の中にピッケルを深く突きさして、それにすがって、一歩一歩足を運んでいた。自分でも、いま自分がひどくのろのろと動いているのが判《わか》った。

ザイルはどうして切れたのであろうか。確かにザイルはショックなしに切れたのだ。小坂がスリップして、彼の体が岩壁から離れた時、自分はピッケルにしがみついていた。しかし、なんのショックも感じられなかった。ザイルには小坂の体の重みはかからなかったのである。

どうしてショックがなかったのか。ショックがないということは、小坂の体の重みがザイルにかかった瞬間、ザイルが切れたということになる。ザイルが切れるなどということがあり得るだろうか？

魚津は同じ命題と、繰り返し、繰り返し、取り組みながら、体を運んでいた。そして、何かの拍子にザイルに関する思念がとぎれると、今どこかに横たわっているに違いない小坂の姿が眼に浮かんで来た。

魚津の瞼《まぶた》に浮かぶ小坂は、なぜかいつも雪の上に仰向《あおむ》けに倒れていた。仰向けに倒れるという場合は非常に少いはずで、俯伏《うつぶ》せに倒れている小坂の姿を想像することの方が自然であったが、どういうものか、魚津の瞼には、真直《まつす》ぐに体を伸ばし仰向けに横たわって、顔を空に向けている小坂の姿ばかりが浮かんで来た。

魚津はそんな小坂の姿を想像することから、小坂はまだどこかに生きているに違いないと思った。小坂を死と結びつけて考えることはできなかった。

小坂、待っていろ、待っててくれ！　小坂、生きてろ、生きててくれ！　魚津は一刻も早く徳沢小屋へ降《くだ》ろうと思った。実際は、徳沢小屋に降る代りに、自分で小坂が転落したと思われる場所を捜索したかったが、この天候と、現在の彼の体の状態では、それは望めないことだった。

魚津の瞼から仰向けに倒れている小坂の姿が消えると、それに代って、決まってザイルの問題が彼の頭へ登場して来た。ザイルはどうして切れたのか？

その間、雪は吹雪いたり、やんだりしていたが、魚津はそうした自然の変化には鈍感になっていた。雪が吹雪こうが、やもうが、そうしたことには無関心になっていた。ザイルのことと、小坂の仰向けに倒れている姿が交互に魚津をとらえていた。

タカラの木の根本にたどり着いた時、魚津はほとんど一歩一歩足を運ぶことがやっとだった。疲れは烈《はげ》しかった。テントは雪明りの中に、雪を重くかぶっていた。いつかすっかり夜になっている。

魚津はテントへはいり、ザックの中へ食糧を補給すると、そこへは腰も降ろさないで、徳沢小屋へ下るために再び外へ出た。テントを出た時、長く忘れていた雪の夜の、高山の死のような静寂が自分を取り巻いているのを、初めて魚津は感じた。

＊

美那子は朝食の後片付けを終ると、縁側の籐椅子《とういす》で新聞を読んでいる教之助のために珈琲《コーヒー》を、パーコレーターから、葡萄色《ぶどういろ》の小さい硬質陶器の珈琲茶碗《ぢやわん》に移した。

教之助は珈琲が好きである。毎朝のように食後に濃い珈琲を二杯飲まないと承知しない。最初の一杯を飲み終ると、必ず手をたたいて二杯目を要求する。家で飲むだけならいいが、会社へ出掛けてから、会議だとか、訪問者の応接だとかで、やはり何杯かのこの刺戟《しげき》性の茶褐色の液体を、胃の腑《ふ》へ落し込んでいるようである。

美那子は以前から、教之助の珈琲の量を少なくしようと思っていた。濃いお茶の方はまあ仕方がないとして、珈琲の方だけは何とかしたかった。この二、三年、教之助の体はめっきり衰えている。別にどこが悪いというのではないが、食事はひどく少量である。朝など、半熟の卵一個に、パンは半きれ、それにトマトジュースを小さいコップに半分と、生の野菜を極く少量。毎朝、ママゴトのような朝食の膳《ぜん》をつくってひどく情けなくなる。

それでいて珈琲だけは飲む。食欲《しよくよく》の減退の主な理由は珈琲にあるのではないかと、美那子は思っている。それで、朝の珈琲だけでも一杯にさせようと思っているが、それがどうも実行できない。

美那子は暮に小さい珈琲茶碗を買って来てあった。洋式の食事のあとに出るあの小型のものである。これなら二杯飲まれても、今までの一杯分である。年が改まったら、これを使うつもりでいたが、正月早々ごたごたして、五日の今日がこの小さい珈琲茶碗の使い初めである。

美那子は夫の分と自分の分と二つの茶碗を盆の上に載せて縁側へ運んで行った。教之助は硝子《ガラス》戸越しの朝の弱い陽を浴びて、ぼんやりした表情で体を籐椅子の背にもたせかけていた。

美那子は盆をテーブルの上に置いて、自分も夫と対《むか》い合って腰を降ろした。

教之助は珈琲茶碗を取り上げて、その形と色を確めるように、暫《しばら》くの間視線をそれに注いだ。

「きれいでしょう、これ」

実際に濃い葡萄色の陶器は陽の光の中で見ると美しかった。

「いやに、ちいちゃいのになったな」

「これなら二杯差し上げますわ」

美那子は、夫が手に持っている茶碗をすぐそのまま口に持って行くものと思っていたが、教之助はそうしなかった。茶碗を置くと、こんどは同じように、これもこの日が初使いの銀のスプーンを取り上げて、それを点検するように、引っくり返して見ていたが、やがて、突然教之助は口を開いた。

「小坂君という人と、君とはどういう関係なんだい？」

美那子は顔を上げて、夫の方を見た。夫が突然小坂の名前を口に出した意図が判らなかった。

教之助は顔を上げないで、それからなおも銀のスプーンを弄《いじ》っていたが、それを皿の上に戻すと、

「きれいだよ、なかなか」

そう言って、初めて美那子の方へ顔を向けた。

「どういう関係って言いますと――？」

美那子は言った。さすがに脛《すね》に傷持つ身で不安な気持だった。

「単なる友達か、それとも多少――」

「もちろん、お友達ですわ」

「いや、友達なことは友達だろう。だが、そこに多少、好きだとか、何とか――」

教之助は曖昧《あいまい》に言って、

「僕は、気持の上のことを言っているんだがね」

とつけ加えた。美那子は自分の顔の色が蒼《あお》ざめているのではないかと思って、そのことが気になった。

美那子は、こんな質問をした夫の気持をはかりかねていた。一体、どういうつもりで、こんなことを言い出したのだろう。この場合、とっさに考えられることは、小坂が手紙でも寄越して、それを夫が読んだかも知れないということだった。ありそうなことである。

美那子はスプーンで小さい珈琲茶碗の中をかきまわしていた。スプーンが少し大きすぎたようである。よほど静かにスプーンを動かさないことには、珈琲が茶碗からこぼれてしまう。

美那子は夫への返事は保留しておいて、心を落着かせるために、茶碗を取り上げて珈琲をすすった。そしてそれを皿の上に戻した時、美那子は、一応、ここで自分の小坂に対する気持を夫に披露《ひろう》しておく方がいいだろうと思った。

美那子は顔を上げて夫の方を見た。こんどは教之助の方がスプーンを茶碗の中で動かしていた。

「わたし、本当を言いますと、小坂さんに少し困っておりますの。いい人なんですけど、見境いのないようなところがありますわ。純粋っていえば純粋なんでしょうけど。――で、わたし、あの人にもうおつきあいを断ちたいと申しましたの」

「ふうむ。見境いないって?! 君が好きだとでも言うのかい」

「ええ、——まあ」

「君の方は？」

「いやですわ。そんな——」

「いや、君の方を訊きたいんだ。あの青年の方は、大体、そんなことではないかぐらい判っている」

「わたしの方って⁈　わたし、どんな気持も持ちようもないじゃありませんか。変にうたぐっていらっしゃるのかしら」

「うたぐりはせんよ」

「じゃ、なぜ、そんなことをお訊きになりますの。——じゃ、わたし、はっきり申しますわ、あの方、嫌いなんです。厭《いや》なんです。だから、おつきあいしたくないんです」

「判った。それだけ聞けばいい」

「どうして、また」

「いや、いいんだよ」

教之助は、少し気色ばんで来た美那子を制すると、

「珈琲をもう一杯もらおう。それから茶の間に朝刊があるから持っておいで。——君

が小坂君に対して特別な感情を持っていなければ、それでいい。新聞を見てごらん」

教之助は言った。

美那子は、新聞を見てごらんという夫の言葉を不安な思いで聞いた。何か小坂に関することが新聞に出ているらしいことは予想されたが、それがどんなことであるか見当がつかなかった。

「何かありましたの？」

「まあ、見てごらん」

美那子は、教之助に二杯目の珈琲を持って来るために空の茶碗を持って立ち上がると、茶の間へはいり、珈琲の方はあとまわしにしておいて、新聞を取り上げてみた。社会面を開いて、主な記事の見出しを見て行ったが、「穂高で初の遭難」という文字を見ると、ああこれだと思った。美那子は、小坂と魚津が暮から前穂へ行くと言っていたことを、この時思い出したのであった。

――一部に新鋭登山家として知られている魚津恭太氏と小坂乙彦氏の二人は、去月三十日前穂の東壁を登るために、上高地を出発、奥又白に向ったが、二日にAフェースで、ザイルが切れ小坂氏は壁より落下、事件は徳沢小屋に下山した魚津氏によって伝えられ、直ちに徳沢小屋にいたM大山岳部員六名が救援のため現場へ向っている。

現場は雪の深い場所で捜索は難航を極める模様で、小坂氏の救援は半ば絶望視されている。

美那子は読み終ると、思わず、あーっと声を立てそうになったが、危くそれに耐えた。岩の間にはさまって倒れている小坂乙彦の姿が眼に浮かんだ。小坂は顔を上げている。小坂はあの精悍《せいかん》な顔を上げて、その岩の間から抜け出そうともがいている。美那子は冬の山がどんなところか、岩登りということがどんなことをするものか、全然そうした方面の知識の持ち合せはなかったので、小坂の遭難を何となくそのようなものとして想像した。

美那子は、台所へ行くと、夫のために二杯目の珈琲をパーコレーターの口から移したが、手が震えてなかなかうまく行かなかった。

縁側へ戻ると、教之助は、

「冬山というものは危険なものらしいな」

と言った。その話題を変えるように、美那子は、

「同じことでございましょう、この小さいのでも」

珈琲茶碗について、美那子はそんなことを言ったが、たまらなく夫の前から離れて一人になりたくなっていた。つい二、三分前に小坂乙彦を嫌いだと言ったことも、厭

だと言ったことも決して嘘《うそ》ではなかった。それでいて、相手が遭難したことを知ると、やはり平静ではいられなかった。小坂にずっと冷たい態度を取って来ていたので、こういうことになってみると、心に咎《とが》めるものもあったし、小坂が可哀《かわい》そうでもあった。

「君、ひどく顔が蒼いよ」

教之助は言ったが、言われない前から、美那子はそのことを知っていた。貧血の前触れの、あの一種独特の気の遠くなるようなじいんとした思いが、彼女を襲っていた。

美那子には、夫がいつもよりぐずぐずしているように思われた。教之助はいつもなら、珈琲を飲むと、一刻も惜しいといった風に椅子から立ち上がるのだが、今日はいやにゆっくりと構えている。

「シュークリームか何か甘いものはないかい」

「それが、あいにくありませんの。お羊羹《ようかん》があったんですが、昨夜、わたしがいただいちゃいました」

「果物は?」

「お林檎《りんご》なら」

「じゃ、それをもらおう」

いつもなら林檎の冷たいのは歯にしみると言って食べないのに、と美那子は思った。

それでも、その林檎のために、美那子は夫の前から離れることができた。美那子は林檎をすって、夫のところへ持って行くように女中に言いつけると、自分が先刻見たのとは別の新聞二種類を持って来て、台所でそれを立ったまま開いた。

遭難記事は社会面の同じようなところに、同じような大きさで載っている。内容も大体同じであった。ただ一つ違っていることは、こんどの二種の新聞の記事では、小坂乙彦の死がすでに確定的なものとして取り扱われてあり、結局はこの一両日で捜索は打ち切られ、五月まで待たなければならないものと見られている。そういったことが書かれてあった。

「旦那《だんな》さまがお出掛けでございます」

その言葉で美那子は新聞から眼をはなした。

「着替えなすったの?」

「はい」

「自動車は?」

「いま、参りました」

「そう、知らなかったわ、わたし」

美那子が玄関へ行くと、教之助は靴を履いていた。背を曲げて、前へ屈《かが》んでいるところは、老人の感じである。美那子には、時々何かの拍子に、夫の老いが目につくことがある。

夫を送り出すと、美那子は玄関の上がり口のところに立っていたが、ふと先刻の夫の言葉を思い出して腹立たしい感情に襲われた。

わたしが小坂乙彦に特別の愛情を持っていたら、あの人は新聞に遭難記事の載っていることを知らせないでおこうと思ったのであろうか。自分の前でわたしが取り乱すのを見るのが厭だったのかも知れない。あるいはまた、そんなわたしを、かばってくれる気持だったのであろうか。

いずれにしても、それは年の違いすぎる若い妻を持った夫の、特別な感情に違いなかった。取り乱す妻の態度を見たくないというのは自分本位の冷酷さだし、妻を自分の前でそのようにさせまいとする労《いたわ》りなら、それは若い妻に対する卑屈さというものだ。そんな夫がふいに美那子には厭《いと》わしく感じられた。

そしてその反動で、かつて自分を息苦しい程しめつけた小坂乙彦の若い肉体が、ふいに思い出されて来た。そしてその小坂の肉体がいま岩と岩との間に雪を浴びて横たわっていると思った時、美那子はがくがくと体が震えて来るのを感じた。

小坂の勤めている会社へ電話をかけるためダイヤルを廻《まわ》している時の美那子の顔は、

全く恋人の生死を心配している女の真剣さを持っていた。

小坂の勤めている登高出版社は、お話中ばかりで、なかなか掛らなかった。美那子は短い時間をおいては、何回かダイヤルを廻した。

そのうちにやっと掛ったが、ひどく不愛想な男の社員の声が聞えて来た。美那子が、

「ただいま、小坂さんの遭難の記事を新聞で見ましたが、何か詳しいこと、そちらにお判りでしょうか」

と言うと、相手はそれには答えず、

「あなた、どなたですか」

と、反対に質問して来た。

「わたし、小坂さんの知合いの者ですが」

「御親戚《ごしんせき》ですか」

「親戚じゃありませんが、親戚同様の関係ですが」

美那子は答えた。すると、それではといった風に、

「まだこっちへも、遭難したという電報が一本はいっているだけで、なんの通知も来ていません。こっちでも新聞社へ訊いているくらいです」

小坂の事件で、社内もごたごたしているのか、電話はすぐ向うから切れた。全く取

りつく島のない感じだった。

美那子は仕方がないので、自分もまた新聞社へ問い合せてみようと思った。美那子はB新聞社へ電話をかけたが、どこへ取次いでもらったらいいか判らなかったので、交換手に用件の趣を伝えた。

暫く待っていると、電話口へ出て来たのは、社会部の記者だった。

「さあ、判りませんなあ」

ひどく面倒臭そうだったが、それでも、

「待って下さい。ほかにつなぎますから」

と、その若いらしい記者は言った。次に出て来たのは、地方部の記者だった。美那子が用件を話すと、

「さあ、判りませんなあ」

先刻と同じような返事だったが、これも、

「ちょっと待って下さい」

と言って、別の記者に代った。こんどは今までよりも年配の人の声で、

「こっちにも、新聞に出ただけのニュースしかはいっていません。御親戚の方ですか」

と言った。

「はあ」

と、美那子が返事すると、

「御心配なことですな。冬山は危いですよ。何かニュースがはいったら、お知らせしましょうか」

そう言って、美那子の方の電話番号を訊いた。

美那子は言われるままに、電話番号を伝えておいて、電話を切った。そして、その時、ふと、小坂乙彦に妹が一人あり、小坂がその妹と二人で、住んでいたことを思い出した。美那子はもう一度小坂の勤め先の出版社のダイヤルを廻した。小坂の住居を訊くためだった。

美那子は小坂の勤め先の会社へ二度目の電話をかけながら、今さらのように自分が小坂乙彦について何も知らないことに驚いた。彼の住所が三田であることは、彼からの手紙で知っていたが、三田のどの辺であるかは手紙を全部返してしまってあったので知ることができなかった。また彼の話から、彼がどこかへ勤めている妹と二人で住んでいることは知っていたが、もちろんその妹に会ってもいなかったし、彼がその妹と二人でどのような生活をしているかということに思いを馳《は》せたことさえもなかった。

そうした小坂乙彦に対する自分の無関心さに対して、このような場合になってみると、あるひんやりとした感慨があった。

こんど電話口へ出て来たのは、先刻とは別の社員だった。美那子が小坂の住所を訊くと、相手は親切に教えてくれた。

「三田警察の横の道を上って行き、丁度坂を上りきって、これからまた下りになろうとするところを左に折れると、原田という家があります。大きな家です。もっともその辺は大きな家ばかりですが、とにかく、その原田家の門に、小坂さんの表札も出ていますから、すぐ判りますよ」

「確か、妹さんと御一緒にお住まいのはずでしたわね」

「そうです。妹さんはつい今まで社の方に見えていたんですが、いま帰ったところです」

受話器を置くと、美那子はとにかく小坂の住居を訪ねて行ってみようと思った家の方へは何か別の報《しら》せがはいっているかも知れない。

美那子が外出の支度をして家を出たのは十時だった。

電車で目黒駅へ出て、それから初めて行くところなのでタクシーに乗った。昨日あたりから気温が下がって、雪にでもなりそうな曇天が拡《ひろ》がっている。しかし、街はまだ正月のよそおいである。どの店舗《てんぽ》にも門松が立っていて、人通りも幾らか少ないようである。

三田警察の横手を曲ると、なるほどかなり急な坂になっていて、右側はどこかの大使館とでも言いたい大きな洋風建築が二つ三つ広い地面を取っており、反対の左側の方は、住宅とも料亭とも見分けのつかない家が、やはり二つ三ついかめしい玄関の構えをのぞかせている。

坂を上りきったところを左に折れ、美那子は運転手に原田という家を探してもらった。

くるまの停まったところで、門の表札を見ると、原田という表札の横に、いかにも離れの住居人にふさわしく、小坂という小さい表札が出ていた。

美那子はそこでくるまを返した。表札の出ている門はかなり古びたものだが、庭は相当広いようである。門をはいると、すぐ母屋《おもや》の玄関に突き当る。この母屋の建物も古びている。呼鈴を押すと、女中らしい若い女が出て来て、建物を右手の方へ廻ると、すぐ別棟《むね》の離れがあり、そこが小坂の住居であることを教えてくれた。

言われた通り建物に沿って廻って行くと、以前は庭番でも住んでいたのであろうか、二部屋程の小さい家があった。そして丁度その家から、黄色いセーターに黒いスラックス姿の二十二、三の娘が下駄をつっかけて出て来るところだった。

娘はかけ出すつもりらしかったが、自分のところへの訪問者に気付くと、そこに立ち停まったままで、美那子の近付いて行くのを待った。

「小坂さんの妹さんでいらっしゃいましょうか」

美那子は言った。

「そうでございます」

多少いぶかしそうな表情だったが、すぐ眼をいきいきとさせると、

「八代さんでいらっしゃいますか?」

と訊いた。いかにもそれに違いあるまいといった言い方だった。美那子は相手が自分を知っていることも意外だったが、それより自分に向けられている上気した相手の顔の若い美しさに、はっと射すくめられたような思いだった。じっと見詰めるような眼付は、兄の小坂に似ていた。

「はあ、八代でございます。お兄さま、御心配なことになってしまって――」

美那子が言うと、

「今までのところ遭難したという電報一本だけですので、詳しいことがわかりませんけれど、多分、もう兄はだめだろうと覚悟しております」

そう言ってから、

「どうぞお上りになってらして下さい。わたし、電話がかかって来ておりますので、行って参ります。すぐ戻って参りますから」

それから、

「狭いところですが、どうぞ、お上がりになっていて下さいませ」

重ねて言ったので、

「じゃあ、失礼して上がらせていただいております」

美那子が言うと、小坂の妹は、母屋の方へ小走りに走って行った。美那子は小さい玄関から部屋の中へ上がった。縁側に向って、小坂のものらしい坐り机が置かれてあり、その横に天井まで届きそうな書棚が、部屋に不似合な大きさを見せている。そのほかには、部屋の中には一物もなく、こざっぱりした感じであった。隣りにもう一部屋があり、そこが妹の部屋兼茶の間にでもなっているらしかった。

五分程すると、小坂の妹は、相変らず上気した顔で戻って来ると、美那子と向かい合って坐り、

「御心配おかけしてすみません。いま会社の方へ電報がはいったそうでございますが、やはり、捜索中だというだけの報せだそうでございます。——今日会社からも現場へ

二人行って下さるそうですので、わたしも一緒に行こうと思います」

「何時にお発《た》ちですの」

「十二時三十五分の準急だそうです」

「じゃ、もう時間ございませんわね」

時計は十一時近くをさしていた。

「それじゃ、お邪魔になりますから」

美那子が腰を上げかけると、

「いいえ、どうぞ。——支度って別にありませんの。暮からお正月へかけて奥日光へスキーに行っておりまして、実は昨日帰って来たところなんです。まだリュックも解かないでありますから、それに二、三枚着替を入れれば、それでいいんです。いま、お茶を入れますわ」

そう言って、彼女は奥へ立って行った。暫くして、煎茶茶碗を二つ盆の上にのせて来ると、それを盆ごと美那子と自分との間へ置いてから、

「いつか、兄はすぐれた登山家で山で遭難した人のことを雑誌に書いたことがありました。大部分が外国の登山家でしたが、日本の登山家も何人かはいっておりました。兄も、こんどは自分でその中にはいってしまいましたわ」

小坂の妹が言葉を口から出している間、美那子は少し固い感じのその横顔を見守っていた。兄の遭難事件でこの娘の顔の線は固くなっているに違いないが、普通はもっとやわらかい感じであろうと思われた。

「でも、小坂さんは——」

美那子は言いかけて口をつぐんだ。美那子は小坂の生死がまだ判ってはいないと言おうとしたのであったが、急にそんな言葉の空虚さが感じられて、危いところで、その言葉を飲み込んで、

「わたしのこと、お兄さんからお聞きになっていましたの」

美那子は訊いてみた。すると、

「わたし、八代さんがどういう方か存じませんの。ただいつか兄が封筒へ書いてましたので、お名前を覚えていたんです」

そう言うと、相手は少し顔を赤くした。

結局美那子は、小坂の妹と一緒に家を出ることにして、彼女が支度をする間、一人で小坂の部屋に坐っていた。火がなかったので寒かった。

「お待たせしました」

小坂の妹が顔を出したのは、彼女が支度をするために美那子の前から立って行って

から、ほんの五分か十分してからだった。美那子は自分の外出の場合を思って、少なくとも三十分はかかると思っていたが、全くあっという間のことだった。

二人は玄関を出た。小坂の妹は戸締りしてから母屋の方へ顔を出しに行ったがすぐ戻って来ると、玄関の前の三和土《たたき》の上に置いてあったリュックサックを背負うと、

「さ、これで参れますわ」

と言った。二人は広い道へ出ると、丁度折よくそこへ来たタクシーを拾った。

「新宿駅へ行って下さい」

美那子が運転手に言うと、

「わたし、どこか途中で降ろしていただいたら結構です」

と小坂の妹は言った。

「新宿までお送りいたしますわ」

「でも」

「いいんです。別に用事はありませんもの」

美那子は小坂の妹を駅まで送るつもりだった。小坂の妹に会うまではそうでもなかったが、会ってからあとは、なぜか小坂に関する吉報はもはや望めないのではないかという気持になっていた。

それに考えてみれば、事件は二日の朝起っていた。今日は五日である。すでに三日経《た》っているのに、先刻小坂の会社へはいって来た報せでは、小坂は未《いま》だに救出されていないのである。

美那子は車の動揺に体を任せながら、岩と岩との間に倒れて薄く雪をかぶっている小坂の姿をまた眼に浮かべていた。

「山へ登れるんでしたら、わたしも行くんですけど」

美那子はふとそんな言葉を口に出した。するとその言葉を真に受けて、

「まあ、でしたら御一緒に行っていただくんでしたのに。わたしもスキーはやりますが、冬山へ登ったことはございませんの。だから、どうせ、どこかずっと下の方の部落で待っていることになります。それにしても、もし、行っていただけるんでしたら、兄はどんなに喜ぶでしょう」

小坂の妹は言った。美那子はあわてて

「でも、それができませんの。家《うち》もありますし」

「お家って?」

反射的に訊いたが、暫くしてから美那子の言葉の意味に気付いたのか、

「あら、わたし、どうしましょう」

と、どぎまぎして言うと、あとは黙り込んでしまった。そして新宿駅がすぐそこになってから、

「帰りましたら、すぐ御報告いたしますわ。お名刺いただけませんかしら」

と、ひどく生真面目《きまじめ》な表情で若い娘は言った。

美那子は名刺を持っていなかったので、住所と電話番号を小坂の妹に書き取ってもらった。

新宿駅でくるまを降りると、小坂の妹はもうここまでで結構だからと断ったが、美那子は入場券を買ってホームまで見送ることにした。

二人が改札口を入って、松本行の列車が着いているホームへの階段を上って行くと、ホームには大勢の乗客がひしめいていた。間もなく小坂の妹が右手を高くあげたが、美那子にはその合図をした相手がどこに居るのか、すぐには見わけがつかなかった。

美那子は小坂の妹について人波をかき分けてその相手の方へ近付いて行くと、会社の若い青年が二人、登山姿に身を固めて列車の窓近くに立っていた。

「本当にすみません。お忙しいところを皆様にまで御迷惑をかけてしまって――」

小坂の妹が頭を下げると、大柄な方の青年が、

「小坂さんのことですから、めったなことはないと思うんですがね」

と言った。

「雪洞でも掘ってもぐっているんじゃないかな」

もう一人が言った。うしろで聞いている美那子の耳には、その二人の言葉は虚《うつ》ろな響きを持って聞えた。

「でも、ザイルが切れて落ちたと言うんですから」

小坂の妹の方がむしろ冷静な口調で、断定的な言い方をした。

「ザイルが切れるなんてことは、ちょっと考えられんがな」

大柄な方がまた言った。

「お席は取れました?」

美那子が横から列車の中を見透かすようにして言うと、

「いやあ、満員なんですよ。しかし甲府あたりまで立つ積りでしたら何とかなると思うんです。荷物の棚だけは確保しておきました」

一人が言った。ホームには登山姿の青年たちが何人か見えた。ピッケルを持っている者も居た。美那子は冬山へ登ろうとしているそうした若者たちを、生れて初めてある関心をもって眺めた。

小坂の妹はいったん車内にはいって荷物を網棚に納めて来ると、またホームに出て来て、美那子に改めて見送りの礼を言った。

発車のベルが鳴り渡った時、デッキに立った小坂の妹は心持ち蒼い顔を真直ぐに美那子の方に向けて、その頰にわずかだが微笑を浮かべていた。列車が動き出すと、暫くの間小坂の妹は手を振っていた。ホームに一人になると美那子はひどく疲れている自分を感じた。

*

小坂の事件の起った日、魚津が疲れきった体をひきずるようにして徳沢小屋へたどり着いたのは十時であった。幸いその時、徳沢小屋にはM大学の山岳部員が六名泊っていた。

五名の学生と小屋番のSさんの六名で編成された捜索隊が徳沢小屋を出たのはそれから幾許《いくばく》もしない三日の午前二時であった。学生の一人は、遭難を報せるために、捜索隊とは小屋の前で別れて、上高地へと向った。魚津が徳沢小屋へはいってから四時間とは経っていなかった。

捜索隊が出発してから、魚津は正午まで死んだように眠った。そして午後は、眼を開けたまま布団《ふとん》の上に横たわっていた。

魚津は時々布団から脱け出して、ストーブのある土間に降り、入口の扉にはめ込まれてある硝子《ガラス》から戸外をのぞいた。いつも青空は見えていたが、重さというものの全く感じられない羽毛のような軽い雪が空間を舞っていた。

魚津は時々時計を見ては、捜索隊がいまどの辺にいるかということに思いを馳せていた。魚津は捜索隊の取るべき行動を、あらかじめ学生たちと打合せてあった。

魚津の考えでは、自分自身が第二テラスを通って来ていたので、そこは探す必要はなかった。それから第一テラスの方もこの際オミットすべきであると思った。ここは非常に狭いところで、テラスというよりもむしろBフェースとCフェースとを分けているバンド（帯状地帯）にすぎなかった。ここに小坂の体が停まることはまずあるまいと思われた。

従って探すならまずCフェースの下である。捜索隊はB沢を見ながらCフェースの下へ出て、その辺一帯に捜索の主力を注ぐべきである。それから次に奥又の本谷へもどる。本谷はかつて、松高生のV字状雪渓における遭難の時、遭難者がここに流れ込んで、五峰のあたりに停まっていたことがあった。小坂ももしここまで流れ込んだと仮定すれば、五峰あたりに停まっていないものでもない。ここにも捜索の主眼は置かれねばならない。

以上のようなスケジュールを、魚津は学生たちと話し合ってあった。

三日の日は魚津にはひどく早く暮れたように思われた。ことに午後の時間は短く、夕暮がやって来たと思っていると、小屋を取り巻く白い静かな世界にはあっという間に夜がやって来た。

救援隊は夜八時に小屋へはいって来た。一人一人雪にまみれた男たちは、魚津がストーブをたいて暖かくしてあった部屋へはいって来た。誰も一言も口をきかなかった。

六人目がはいって来て扉を背後にしめた時、魚津は、重い絶望の思いにゆられながら、

「御苦労さま!」

と言った。

「だめでした」

一人が言った。

「御苦労さま!」

「全く休みなしに動いたんですがね」

他の一人が言った。

「御苦労さま!」

魚津は同じ言葉を口から出していた。

六人の捜索隊が空《むな》しく帰って来てから一時間程すると、思いがけず七人のパーティーが小屋へはいって来た。これはこの日の午後上高地のホテルの冬期小屋に着いた第一山岳会のメンバーで、遭難の報《しら》せで北穂へ登るために明朝出発して横尾まで行く予定であったのを変更して、直ぐ捜索隊を編成して出向いて来てくれたものであった。この方は一番年少者が十八、九、年長者が三十ぐらいの一団であった。

この上高地から来たパーティーは第二回の捜索隊として、やはり夜半二時に徳沢小屋を出発して行った。

四日は朝から雪が落ちていた。学生たちは昨日の疲れで午頃《ひるごろ》まで眠っており、午前中に起きているのは魚津一人だった。魚津はストーブを燃し、学生たちのために炊事の仕事を受け持っていたが、時々昨日と同じように扉の傍に立って戸外をのぞいた。いつも雪はしんしんと降っていた。昨日とは違って大粒の雪がこやみなく、いかにも重たそうに落ちていた。午近くなると、一層ひどくなった。

「大雪だな！」

起きて来た学生の一人が言ったが、確かに大雪になる降り方であった。

三時に、昨夜半出発した第二回の捜索隊が、これもついに小坂の姿を発見できず、空しく引き揚げて来た。雪崩の危険が出て来たので捜索を続けることはできなかったということだった。

雪は翌五日になってもやまなかった。こうなると、もう捜索隊は打ち切る以外仕方がなかった。いくらじだんだ踏んでもほどこす術《すべ》はなかった。大勢の若い登山家たちは、狭い小屋の中にごちゃごちゃに詰め込まれていた。

魚津はなるべく小坂のことは考えまいとしていた。小坂のことを考えると、気が狂いそうだった。小坂の仰向《あおむ》けに倒れている（そう魚津は思い込んでいた）体の上に、おそらく雪はもう一尺も二尺も降り積っていることだろうと思う。

魚津は、ほかの連中と一緒にストーブを囲んでいたが、いつも彼は黙り込んでいた。他の連中も、遠慮して魚津には話しかけなかった。いかなる言葉も、友を喪《うしな》った登山家の気持を癒《いや》すものでないことを、よく知っていたからである。

魚津は黙り込んでいたが、彼の眼や耳や口は活潑《かっぱつ》に活動していた。眼は小坂の顔を見詰めていたし、耳は小坂の声を聞いていた。そして口は絶えず小坂としゃべりづめにしゃべっていた。たとえばこんな風に――。

――トップを交替したのがいけなかったな。おれがやるべきだった。なぜ、あの時、小坂、お前はトップを交替するなどと言い出したんだ？　トップさえ交替していなければ、こんな事件は起っていなかったはずだ！　それにしても、あのAフェースの岩のすき間にはさまっていた時は辛《つら》かったな。吹雪が真正面から吹きつけて来やがった。やけに寒かったな。あの時、お前はマッチをすった。ツェルト・ザックの中が急に明るくなった。そしてすぐまた暗くなった。その時、小坂、お前はあの呪《のろ》うべき言葉を口から出したのだ。明日はおれがトップをやるよ、と。

魚津はまたこんな風に、小坂と話していた。

――小坂、お前は好きだったな、デュブラの詩が。酔っぱらうと、いつでもデュブラの〝モシカアル日〟を朗読したたな。

モシカアル日、
モシカアル日、私ガ山デ死ンダラ、
古イ山友達ノオ前ニダ、
コノ書置ヲ残スノハ。
オフクロニ会イニ行ッテクレ。
ソシテ言ッテクレ、オレハシアワセニ死ンダト。オレハオ母サンノソバニイタカラ、チットモ苦シミハシナカッタト。

親父《おやじ》ニ言ッテクレ、オレハ男ダッタト。

弟ニ言ッテクレ、サアオ前ニバトンヲ渡スゾト。

女房ニ言ッテクレ、オレガイナクテモ生キルヨウニト。オ前ガイナクテモオレガ生キタヨウニト。

息子タチヘノ伝言ハ、オ前タチハ「エタンソン」ノ岩場デ、オレノ爪《つめ》ノ跡ヲ見ツケルダロウト。

ソシテオレノ友、オ前ニハコウダ――

オレノピッケルヲ取リ上ゲテクレ。

ピッケルガ恥辱デ死ヌヨウナコトヲオレハ望マヌ。

ドコカ美シイフェースヘ持ッテ行ッテクレ。

ソシテピッケルノタメダケノ小サイケルンヲ作ッテ、ソノ上ニ差シコンデクレ。


小坂、デュブラが望んだように、おれもお前のピッケルを取り上げてやる。ピッケルが恥辱で死ぬようなことのないためにな。そしてそのお前のピッケルを、おれたちがビバークしたあの小さい岩のすき間に運んで行く。あそこにケルンを作る。そしてお前のピッケルを差し込む。

実際に魚津は小坂のためにそうしようと思った。魚津は時々涙で頬をぬらしていたが、いつも自分ではそれに気付いていなかった。そんなことに気付く暇はなかった。魚津は身動きもしないで、ひっきりなしに小坂乙彦と話していた。――小坂、お前は、と。

それでも、魚津は夜が来ると早く眠ることができた。昼間ひっきりなしに小坂と話していることが、すっかり彼を疲らせていた。

六日も、雪は降り続いていた。M大学の学生たちも、第一山岳会のメンバーも、小坂の捜索を打ち切らざるを得ない今、何もここに居なければならぬことはなかったが、この雪では次の行動に移ることはできなかった。天気さえ回復すれば、二つのパーティーはそれぞれ本来の目的地である北穂と奥穂をめざして出発するはずであった。

六日の夜、このすし詰めの小屋へさらに二人の訪問者があった。二人は雪だるまのような格好で入口からはいって来ると、

「小坂さんはどうでした？　小坂さんは！」

同じような言葉を同時に口から出した。小坂の会社の若い社員だった。

雪は七日になっても、まだやまなかった。M大学の学生たちと、第一山岳会のメンバーは、なんとなくお互いに相談するような格好になって、この日、十時に雪の中を

横尾の小屋まで出掛けることになった。学生たちの方は奥穂、第一山岳会の方は北穂で、それぞれめざすところは違っていたが、ここで無為に雪のやむのを待っていても仕方がないので、ひとまず横尾の小屋まで前進しておこうというわけであった。

十三人の若者たちは、それぞれスキーをはき、ザックを背負って、口々に、魚津に短い慰めの言葉をかけて、徳沢小屋から出て行った。魚津は小屋の戸口に立って、彼等を見送った。小屋の前をすぐ右手に折れて林の中へはいるまで、若者たちの元気な話し声があたりに響いていたが、やがて一人一人木々の間に姿を消して行った。あとには、雪の細片だけが小止《こや》みなく空間を埋めていた。

魚津は、その日も一日、急にひっそりした小屋の中で、ストーブの傍に腰かけて、黙り込んでいた。今日はもう昨日までのように、小坂乙彦に話しかけることはなかった。気持は昨日よりもっと参っていた。

小屋番のSさんと、小坂の会社の二人の青年が小声で話す声が、時々、魚津の耳にはいって来た。この小屋では、小坂の遭難の話題は禁句になっているらしく、彼等の話も小坂とは無関係なことばかりだった。

しかし、夜になって、この日初めて小坂に関することが、彼等の話題に上った。

「とにかく、明日、晴れたら、おれたちでもう一度捜してみるんだな」

そう言ったのは二十八、九の枝松という青年だった。

「本谷を丹念に捜すんだな」

宮川という、これも同年配の青年が応じた。二人とも山関係の書物の出版社に勤めているだけあって、登山には相当の経験があるらしかった。

その二人の話を耳にすると、それまで黙っていた魚津は、

「おれも行くよ。しかし、天気は大丈夫かな」

と言った。

「多分やむと思うんです。幾らか明るくなってますからね」

宮川は言ってから、

「雪は大丈夫でしょうが、それより魚津さんの方は大丈夫ですか」

と訊いた。その時、小屋番のSさんが、炊事をしていた手をとめて、

「雪がやもうが、やむまいが、本谷あたりに出て行ってみなさい。すぐ雪崩でやられますよ」

そう少しきびしい口調で言った。雪崩の危険のあることは魚津も充分知っていたが、しかし、これきり小坂を捜索しないで帰ることは、魚津には耐え難いことだった。

「多少、危ないかも知れないが――」

枝松が言いかけると、

「危ないか、危なくないか、誰ぞに訊いてみなされ」

Sさんは言った。

「心配しなくてもいいよ、おれが行くから」

魚津が言うと、

「だめですよ。だめ、だめ！」

Sさんは、魚津の言葉を取り上げないような言い方をした。あまり風采《ふうさい》の上がらない、どちらかと言えば、ぐずとしか見えないお人よしのSさんだったが、この時のSさんの言葉には強いものがあった。

二人の青年は、魚津とSさんの間に立って、困ったような表情をしていたが、Sさんがまた重ねて、

「魚津さんという人は絶対にむりを押さない人でしたのに、――いかんですよ。気持は判りますが、いかんですよ」

と言った。それを聞くと、

「魚津さん、やめましょう。やめましょう。僕たちが言い出していけなかったですが、小坂さんだって喜ばんと思います。やめましょう」

と、枝松が言った。

「そうさ。それが当り前ですよ」

Sさんがとどめを刺した。魚津は黙って、ストーブの火を見詰めていた。

これで自分までが捜索を打ち切ると、小坂の体は春まで雪の中に放置されることになる。四月か五月になって、雪が融けるまで、小坂は仰向けの姿をそのまま、雪に包まれていることになる！　顔も、手も、足も、その上に積る三、四尺の雪でどんなに重いことだろう。その重さの実感が、ふと心に感じられると、魚津は顔を上げた。その魚津の眼を、Sさんは見返しながら、

「小坂さんの体は、わしがここで春まで番をしてるから大丈夫ですよ。それより早く山を降りて、小坂さんの遺族の人たちを慰めた方がいいですよ」

と言った。そのSさんの素朴な言葉が、魚津からそれまでの妙にこじれていた気持を取り除いてくれた。

「よし、小坂はSさんに任せて、おれたちは明日山を降りよう」

と、魚津は言った。

翌日起きると、雪はほとんどやんでいた。小屋を出てみると、ふかぶかとした雪が、小屋をも、広場をも、木々をも押し包んでいた。陽は出ていなかったが、空は明る

かった。魚津と、二人の青年は、午前中に徳沢小屋を発《た》つことにした。

朝食はSさんを混えた四人で一緒にストーブの傍で食べた。朝食がすむと、煙草を一本喫《の》んでから、魚津はすぐ出立の準備にかかった。この小屋を出るや否や、自分を襲って来るに違いない淋《さび》しさを心の中で計算しながら、魚津はザックの紐《ひも》をしめた。

これからここで冬を越すSさんに別れを告げて、魚津が二人の青年と徳沢小屋を出たのは十時だった。小屋の前の広場を突っきった時、魚津は背後を振り返って見た。小屋の入口のところに、Sさんはまだじっとこちらを見ていた。魚津はSさんの方へちょっと手をあげ、それから体をひるがえすようにSさんの視野から抜け出した。

魚津はSさんの眼から完全に自分の姿が見えなくなったと思った時、立ち停まって、前穂を仰いだ。陽は照っていなかったが、全山雪に覆われた山は、すぐそこに、まるで手の届きそうな近さで聳《そび》えてていた。東壁も雪を落してそこだけ黒っぽく小さく見えている。

魚津は、これからもう間もなく前穂が見えなくなってしまうことを知っていた。それを思うと、おいそれと、この場を立ち去ることができない気持だった。

「ウオヅサーン」

枝松の自分を呼んでいる声が聞える。

「オーイ」

魚津はそれに応《こた》えたが、なおもそのままそこに立っていた。すると、魚津のことを心配して引返して来たらしい枝松の姿が、はるか前方から現われて来た。

それを機に、魚津は雪の上を動き出した。小坂、ひとまず帰るが、またすぐやって来る!

あとは遮二無二《しゃにむに》滑った。二人の若者に追いついた時、三人はそこで小休止した。梓川《あずさがわ》は凍っている。梓川を隔てて、向う側に明神連峰の幾つかの峰が鋸《のこぎり》の刃のようなきびしい姿を現わしている。もはや小坂の眠っている前穂は魚津たちの視野の中にはなかった。

三人は十二時半にホテルの冬期小屋に到着した。ホテルのTさんにいろいろ厄介になった礼を述べ、それからTさんに、松本から沢渡《さわんど》まで自動車をまわす電話の手配を頼んで、すぐそこを出発した。

魚津たちが沢渡にはいった時は、もう六時近くになっていた。部落は全村雪をかぶって、ひっそりと静まり返っている。すでに夜になってはいたが、雪の路面は明るく、部落の人たちが通った道が一本あけられてあった。

魚津が一人遅れて西岡屋の前に着いた時、その店の前に内部の電燈の明りを背にして、ひとつの影がすっくりと立っているのを見た。魚津がスキーを脱ぐ間も、迎えに出ているらしいその姿は、ただ黙って見下ろしていた。

最初魚津はそれが部落の娘であろうと思っていたが、店の内部へはいろうとした時、魚津はふと香料の匂《にお》いを感じて、初めて小坂の妹であることに気付いた。小坂の妹のかおるが沢渡まで来て待っているということは、二人の青年から聞いて知っていたはずであるが、魚津はその時初めて知ったような驚きを覚えた。

魚津は相手を小坂の妹と知っても、すぐには口がきけなかった。小坂の死について、どのような言葉を口から出してよいか判らなかった。魚津は、相手が真直ぐに自分の方へ顔を向け、自分の眼を見入っているのを感じた。店の内部の電燈の光が相手の顔半分をくっきりとそこに浮き出している。極く短い時間が、むかい合って立った二人の間を流れると、魚津は相手の体がふいに二、三歩自分の方に近付いて来るのを感じた。

魚津は、かおるが二つの掌《てのひら》を自分の胸に当てるようなそんな格好で、自分の方に倒れかかって来たのを知った。魚津は相手の体を支えながら、

「許して下さい」

そう口から出した。極く自然に口から出て来た言葉だった。すると、かおるは、雪

でぬれている魚津の胸にぴたりと頬を当てたまま、ううっというような嗚咽《おえつ》の声をあげた。

「疲れている僕をかばうつもりで、トップを代ったんです」

「――」

「それがいけなかった！」

「――」

「もう十メートル程で岩場がつきるというところなんです」

魚津が口をきく度に、相手はしがみつくようにして、顔を魚津の胸に押しつけて来た。そして暫《しばら》くしてから、

「わたし」

初めて、小坂の妹は口を開いた。

「今だけ泣かせて下さい。あとではもう決して泣きませんわ。今だけ！」

そう言うと、いかにも許可でも得たように、改めて嗚咽で羚羊《かもしか》のように細く緊《し》まった体を震わせた。魚津は相手のするままに任せていた。

そこへ西岡屋の内儀《かみ》さんが顔を出して、

「とにかくおはいんなさいよ」

と言った。その言葉で、かおるは弾《はじ》かれたように魚津の胸から離れると、二、三歩退《さが》って、丁度先刻と同じように魚津とむかい合って立った。

「とにかく、許して下さい、兄さんをとんでもないことにしちゃった!」

魚津がまた言うと、こんどは相手は子供がいやいやでもするように、ゆっくりと首を左右に振った。依然としてその二つの眼は魚津の眼に当てられたままだった。そしてやがて、手で眼をぬぐうと、

「兄は魚津さんと一緒の時で、きっと喜んでいたと思いますわ。いろいろお世話かけました。有難うございました。兄に代ってお礼申します」

泣いたあととは思われない確《しっか》りした口調だった。

魚津は西岡屋の店内へはいった。

「えらいことでしたな」

内儀さんが言った。

「この間、あんなに元気でここでお茶を飲みなされたのに」

魚津たちは、西岡屋の土間で、ストーブの傍に腰かけて夕食を摂《と》った。魚津にとっては、久しぶりの夕食らしい夕食であった。

夕食が終らないうちに、松本から自動車がやって来た。上高地のホテルのTさんが

電話を松本へかけて頼んでくれた自動車であった。若い運転手も店内へはいって来て、うどんを食べた。

「途中、雪がひどいし、夜道ですから、少し時間を余分にみておいて下さいよ」

運転手がそう言うので、魚津たちはすぐここを発つことにした。ここからはもうスキーの必要はなかった。歩く必要もなかった。魚津は着替えをし、最後のザックの整理をしながら、いつもならこうした場合、ひと仕事終えたというほっとした気持があるのにと思った。いま魚津にあるものは烈《はげ》しい疲労と、友を山で喪《うしな》い、その友をそのまま山へ残して来たという、何とも言えないやり切れない気持だけであった。中学時代から十何年か山へ登って来たが、このような気持のめいりそうな淋しい帰り方は初めてであった。

支度を終えて、西岡屋の店を出た時、魚津は、こんどここへ来る時は一人だなと思った。もう誰と一緒に来るという当てはなかった。小坂さえ生きていたら、小坂とこれからも長いこと山へ登ったろうと思う。それが、小坂が居なくなってしまったのだから、これからはもう一人で来る以外仕方がない。

魚津は雪の路面に立っていた。なんとなく、自動車の内部へはいる気持にはなれなかった。昼間、徳沢小屋を出て暫く来たところで、もう前穂が見えなくなると思った時、その場を離れるのが堪まらなく苦痛だったが、その時と同じ思いが、いま再び魚津のところへやって来ていた。

魚津は運転手が路上に屈《かが》み込んで、タイヤに巻いてあるチェーンを点検している間、雪の道を上手の方へ向けて歩いて行った。そして歩きながら、ああ、ここを離れるのはいやだなと思った。おれは、いま、ここから雪のないところへ行こうとしているのだ。一片の雪も載せていない鋪道《ほどう》が続き、電気が点《とも》り、ネオンが輝き、この事件となんの関係もない人々がいっぱい群っている場所へ行こうとしているのだ。

「魚津さん、お乗りになりません？」

魚津は背後を振り向いた。かおるが立っていた。

「でも、まだ少しぐらいなら大丈夫ですわ」

魚津は自分の耳を疑った。しかし、かおるは確かにそう言ったのだ。魚津は思わず相手を見詰めるようにした。もちろん、雪明りだけでは相手の表情は判らなかったが、魚津はじっと視線を相手の顔に当てていた。この娘は、いま自分がここを去りたがらないでいることを知っている。そしてそうした自分の気持をかばってくれているのだ。

「乗りましょう」

短い時間を置いて、魚津は言った。そしてかおるのあとから、ズボンに雪をくっつけたままで、自動車の方へ歩いて行った。

自動車は雪の夜道をゆっくりと走った。時々、くるまが空廻《からまわ》りすると、その度に少しあとずさりして、こんどは少し勢いをつけて、そこを乗り切って行った。

魚津は、崖《がけ》の下を梓川が流れている左側の窓の方へ席を取っていた。そして真ん中が小坂の妹で、右側が枝松だった。宮川は運転手の横に腰かけている。長い間、だれも言葉を口から出さなかった。小坂乙彦を山に残して、その山から刻一刻遠ざかって行くやり切れない思いは、誰の胸の中にもあった。

雪明りか、それとも月でも出かかっているのか窓外にはにぶい光が漂っていて、物の形がぼんやりと浮き上がって見えている。魚津は時々、窓硝子《まどガラス》を通して窓外をのぞいたが、いつのぞいても、そこには小坂乙彦を思い出す何かがあった。煙草に火をつけている小坂の横顔や、黙々と足を動かしている小坂の背後《うしろ》姿や、長身を二つに折って、靴の紐を直している小坂の姿が、どこからでもすぐ現われて来た。

小坂が居る！　小坂がどこにも居る！　魚津はそんなことを心の中で言っていた。そして、その小坂の姿が辛《つら》くなると、もう窓から外は見まいと思った。

「お疲れになってますわね」

かおるが言った。

「いや、僕はもうたいしたことはないんです」

「でも、先刻から煙草に火をお点《つ》けになりづめ！」

「そうですかね」

そうかも知れないと思う。無意識に煙草に火を点けているのであろうか。なるほど神経は疲れているかも知れない。

前川渡《まえかわど》の一軒家は深い雪の中に埋もれている。自動車はずっと山裾の道を走って行く。やがて奈川渡《ながわど》の部落を過ぎ、稲核《いねこき》の部落に入る。細長い部落が、ここもひっそりと雪の中に息をひそめて眠っている。上条信一の家の前を通過する時、魚津はよほど声をかけようと思ったが、それをやめた。胸の傷口が上条と話すことに依《よ》って、また大きく口を開きそうな気がする。

島々の部落へはいった時、魚津は派出所の前で、自動車を止めて、自分だけ降りて、派出所の中へはいって行った。そして小坂の遭難のことを正式に届けた。

島々の駅の前を過ぎると、そこから道は平坦《へいたん》になった。小坂の眠っている前穂はもう遠くなっている。いまは夜で見えないが、雪を頂いた遠い山脈の中の一部分としてしか見えないだろう。

「兄の死を一番悲しむのは母で、次は魚津さんで、三番目がわたしですわ、きっと」

かおるは言った。

自動車の前方に松本市の燈《ひ》が見えて来た時、魚津は急に胸が熱くつまって来るのを感じた。燈がたくさんある！　雪とも、山とも、岩場とも無関係に、都会の燈がたくさん固まってまたたいている！

やがて自動車は松本市の繁華地区へはいり、そこを抜けて、駅へ到着した。枝松が降り、かおるが降り、最後に魚津が降りた。雪のない地面だった。駅の待合室には大勢の人が群っていた。四人はそこの一劃《いっかく》へ荷物を置いた。枝松が一行の四人の乗車券を買いに行くと、かおるが自分が買うつもりなのか、小走りにそのあとを追った。

魚津は、駅の時計を見て、まだ自分たちの乗る十時三十何分かの準急の発車時刻まで三十分以上あることを知ると、荷物の番を宮川に頼んでおいて待合室を抜け、駅前の広場へ出た。天鵞絨《ビロード》のように黒い夜空には、無数の星が散らばっていた。ここの空には星が出ていると、魚津は思った。

魚津はまた一人で駅前の広場を歩いた。次々に、自動車は広場へ集まって来つつあった。人もひっきりなしに広場を横切っていた。魚津はゆっくりと足を運んでいた。もし人々が魚津を見たら、列車の発車するまでの時間を持てあまし、駅前の広場を歩いている屈託ない山帰りの青年と思っただろう。

しかし、魚津はその時、彼が三十二年の生涯で、今までに一度も感じなかった孤独の時間の中にいたのである。周囲のだれにも理解されない時間の中に身を置いていたのである。魚津は思う。いま自分の周囲に居る人たちに事件を報告したら、人々は誰も小坂の死を理解しないに違いない。人々は言うだろう。なぜそんな雪に覆われた高い山の中へ出掛けて行ったのだ。そして、なぜ夜中起きして、ザイルを体にまきつけ、そんな絶壁を攀《よ》じ登ろうとしたのだ。危険なことは初めから判っているじゃないか。

しかし、おれたちはそれをしなければならなかったのだと、魚津は思う。人々は生きている間、どのようなことをしてもいいじゃないか。おれたちは誰もあの前穂の東壁を登っていなかったから、そこを登ろうとしたまでのことだ。それが一文にもならないことだから、それが生命を賭けるような危険を伴う仕事だったから、それが雪と岩と自分の意志との闘いだったから、おれたちはそれを敢《あえ》てしようとしたのだ。ダンスをする代りに、マージャンをやる代りに、映画を見る代りに、おれたちは雪の岩場を攀じ登ろうとしたのだ。

そして、小坂は落ちた！　その冷たい思いと一緒に、魚津は足を停めた。そこは待合室の入口だった。魚津は周囲を見廻した。小坂の死とは無縁な、それを理解しないに違いない人々が、大勢動いていた。

魚津は、自分の荷物の置いてあった待合室の向うの隅へ眼を遣《や》った。枝松と、宮川と、小坂の妹の三人が、一枚の新聞を熱心にのぞき込んでいる姿が眼にはいった。

魚津は待合室の三入の方へ歩いて行って、

「何か出てますか」

と声を掛けた。すると、かおるはこちらを振り向いたが、すぐ、

「いいえ」

と言いながら、新聞をたたむと、鞄《かばん》の中へ入れ、

「もうすぐ改札しますわ、列《なら》びましょう」

と言った。魚津はその時、何となく、その場の空気に異様なものを感じたが、たいして心にもとめなかった。三人は改札口の前に作られている何本かの列のうしろの方に並んだ。

ホームへ出ると、かおるは二等の着くところを駅員に聞いて、

「向うですって」

と言って、先に立って歩き出した。魚津は乗車券も何もかもみな人任せになっており、誰が払ったか知っていなかったが、あとで清算すればいいと思った。いまはそうした一切のことが煩《わずら》わしかった。

列車は二つ三つ席を残して、あとは全部乗客が占めていた。魚津はかおると並んで腰を降ろし、枝松と宮川は少し離れたところに、やはり二人並んで席を取った。

魚津は列車に乗ってもまたいつか一人になっていた。隣りにかおるが坐っていても、かおるが居るということが、どうしても頭に来なかった。自分一人でそこに坐っているように、自分だけの思いの中にはいっていた。

かおるがお茶を買って来たが、いつ彼女がそれを運んで来たか、魚津は気付いていなかった。いつか列車は走っていた。東京へ刻一刻近づきつつあるという思いが、また魚津を苦しめ始めていた。小坂はまだ山の雪の中に眠っているのだ。それなのに自分はいま列車に乗って、東京へ帰ろうとしている。なんのために、東京へ帰ろうとしているのであるか。

列車が動き出して三十分程してから、魚津は、

「新聞を見せて下さい」

と、かおるに言った。新聞でも拡《ひろ》げていたら、いまの小坂にひっかかっている気持が横にそらされるかと思った。

「新聞ですか」

かおるは言って、

「新聞はありますけれど」

と、ちょっと困ったような顔をした。その時初めて、魚津は新聞に何かこんどの事件のことが書かれてあるのではないかと思った。

「何か書いてあるんですか」

魚津が訊くと、かおるはちょっと悲しげな表情をして魚津の目を見入った。

「見せて下さい」

「でも、お読みにならない方が」

「どうして」

「ずいぶん興奮してらっしゃるんですもの」

かおるは言った。その新聞を出しそうもない態度が、少し魚津の目にはかたくなな感じに映った。

「大丈夫ですよ。何か出ているんなら、やはり読みたいですね」

魚津が言うと、

「じゃ」

かおるは立ち上がって、網棚に載せてあった小型の鞄を降ろすと、その外側のポケットに入れてあった新聞を取り出して、また席へ坐った。そして、

「きっと不愉快になられると思いますわ。でも、気になさらない方がいいと思います」

そう言って、魚津に新聞を渡した。魚津には自分が不愉快になるという記事の内容が見当つかなかった。

魚津はすぐ社会面をあけた。そしてその見出しにざっと目を通したが、そこには何もそれらしい記事は見当らなかった。次に視線をその右のページに持って行ったが、その時、魚津は思わず息をのんだ。それは小さい箱ものの記事であったが、そこに、

「ナイロン・ザイルは果して切れたか」

という見出しがついていたからである。

——こんど前穂東壁の登攀を試みて、犠牲者を一名出す事件があった。まだ生存者の魚津恭太氏が帰らないので真相は判らないが、ナイロン・ザイルが切れて犠牲者小坂乙彦氏は墜落したと言われている。ただ、ここで問題になることは、果して、ナイロン・ザイルが実際に切れたのであるかどうかということである。ナイロン・ザイルは普通の麻ザイルより強靭《きょうじん》で、絶対に切れないとされ、現在世界各国の登山者に使用されており、日本でもぼつぼつ使用され始めている。ナイロン・ザイルが切れるということが果してあり得るものかどうか、登山家の意見を聞いてみよう。

こうした前書きがあって、次に三人の、魚津もその名を知っている登山家たちの意見が掲載されてあった。一人は、ナイロン・ザイルが切れるということはあり得ないから、技術的に何か失敗があったのではないかと述べており、一人は、ナイロン・ザイルが切れたという話は今までに聞いたことがない。何かの間違いではないか、と言っている。そしてもう一人は、ナイロン・ザイルが切れたことが事実とするなら、いつか知らないうちに、アイゼンででも踏んで、傷をつけていたのではあるまいかと述べている。

魚津はその三人の先輩登山家たちの意見を読み終ると、新聞をたたんで、小坂の妹に返し、

「ザイルが切れたんですよ」

と静かな口調で言った。

「そんなこと、もちろん判ってますわ。でも、どうして、こんなことを言うんでしょう」

「さあ」

魚津にも判らなかった。なるほどナイロン・ザイルは普通のザイルより強いということは定説になっている。それだからこそ、自分たちもこんど、わざわざ麻ザイルを

よして、そのかわりにナイロン・ザイルを使ったのである。しかし、そのナイロン・ザイルは切れたのである。確かにザイルは切れたのだ。

魚津は新聞記事を読んで、どうしてもその記事が、小坂乙彦が死んだこんどの事件を取り扱っているものとは思われなかった。どこにも小坂という一人の人間の死については語られていなかった。それについてのひときれの悲しみもなかった。そこで問題になっているのは全くほかのことであった。

なるほど事故の原因はザイルが切れたことである。ザイルを切れないものとして考え、そのザイルに生命を託していたのであるが、それが切れたのである。切れないはずのザイルは、どうして切れたのであろう。新聞記者は、この事件をそうした観点から取り上げ、三人の高名な登山家に意見を聞いているのである。そして、三人の登山家はそれについて、それぞれ自分の考えを述べている。

切れないはずのザイルが切れた！　確かに、それは問題であるだろう。しかし、いまの魚津にしたら、そんな論議はどうでもよかった。とにかくザイルは切れ、小坂は落ちたのである。そして、小坂乙彦はもうこの世に居ないのである。この記事を読んで魚津はまた、自分がひとりであるという思いを新たにした。

「気になさらない方がいいですわ。そんなこと！」

かおるは言ったが、その言葉さえも、魚津には不思議であった。

「気になんてしてませんよ、少しも」

実際に、魚津は気にしていなかった。心は小坂がいま自分と一緒に居ないということでいっぱいであった。

「僕は、こんなことより、もう少し徳沢の小屋に居るべきではなかったかと、いま思っています。僕があそこにいるだけで、小坂は安心していたのではないかと思う。小坂はきっと今頃ひとりにされたことを怒っていると思うんです」

自分の言葉に刺戟《しげき》されて、ほとんど涙があふれるほど、悲しみが魚津の心に押し寄せて来た。

魚津はいつか眠った。——吹きつける雪煙りの中で、魚津はピッケルを岩の隙間《すきま》にさし込む仕事をやっていた。小さい雪の固まりが、絶えず上から落ちて来る。手はこごえている。ピッケルはどこにも安定しない。

魚津は眼をさました。かおるが、通路に立っている枝松と話しており、その声が魚津の耳にはいって来る。

——下宿では、もちろんお一人なんでしょうね。

——そうだと思いますね。

——誰かついていないと心配ですわ。ひどく疲れてますもの。わたし自身、兄のことを悲しむ余地がないくらいですのよ。わたしの分まで取り上げて、魚津さんが悲しんでるんですもの。

そんな会話が聞えている。自分のことを喋《しゃべ》ってるなと思いながら魚津はまたすぐ眠りの中へはいって行った。——雪が左手から吹きつけている。落雪が滝のように落ちている。魚津は雪煙の静まるのを待って、小坂の姿を探そうとする。小坂の姿は見えない。そのうちに小坂はもうこの世の中に居ないのだという冷んやりした思いにつき当って、はっとした。

魚津はここで、また苦しい眠りから眼を覚ました。

初出：「朝日新聞」一九五六年十一月二十四日〜一九五七年八月二十二日
底本：『氷壁』（新潮文庫）一九六三年十一月発行、二〇〇二年六月改版

夢枕獏

山を生んだ男

夢枕 獏（ゆめまくら　ばく／一九五一年―）

神奈川県小田原市生まれ。東海大学卒。一九七七年に作家デビューし、一九八九年『上弦の月を喰べる獅子』で日本ＳＦ大賞、一九九八年『神々の山嶺』で柴田錬三郎賞、二〇一一年『大江戸釣客伝』で泉鏡花文学賞と舟橋聖一文学賞、二〇一二年に同作で吉川英治文学賞を受賞。伝奇小説的色彩も強い本作品は一九七八年、デビュー翌年に発表された。

〈母〉は苦悶《くもん》していた。

助けが必要なのである。

強い力――それもただの力ではない、別の質を持った力が必要なのだった。

なんとかしなければ、この新しい生命はねじまがり、成長するにつれ、〈母〉そのものにまで影響をおよぼしてしまう。ようは、その生命の意識の問題なのだ。

幸いにも、その生命はまだ柔軟性を持っている。はっきりしたかたちをとり始める前に、まっすぐな方向をあたえられればいいのである。生命――エネルギーにとって、方向を持つということは、意志を持つということである。

だが、成長を妨げる力は巨大すぎた。

――助けを
〈母〉は意識を伸ばした。

――助けを
――強い力を
そして、〈母〉はそれを発見した。

1

すごい吹雪だった。

風が、羽毛服の上から根こそぎ体温を奪っていく。

体温を奪われるということは、体力を奪われることである。体力の消耗は、過酷な環境下の冬山では、すぐ死に直結する。

ふいの天候の急変だった。

昨夜、ラジオで聞いた予報では、あと二日は晴天が続くはずだった。だが、今さらそれを悔やんでもしかたがない。予報のはずれは下界においてもよくあることだし、三千メートルを越える山上ではあたりまえのことである。

むしろ、山の、予想通りにいかないそのことにこそ、梅津《うめづ》忠人《ただひと》は魅かれるのだ。

梅津の身体は、汗のため、羽毛服の中で湯につかっているような状態だった。もともとが汗をかき易い体質である。しかも、北穂高から南岳へ向かう稜線のキレットの途中で吹雪かれ、ピッチをあげていっきに南岳を越えた。夏山でさえ、慣れない者はおじ気をふるう難コースである。それを単独でやっつけた。

その余熱を風がさらっていく。

しかし、体力にはまだおつりがあった。奪われる分だけ、熱を身体に補充すればいいのだ。動いているうちはそれができる。恐いのは、この状態で動けなくなることだ。風が吹けば、マイナス三十度くらいまではいっきに下がる。汗が凍りつき、数時間で人間の氷づけができあがってしまう。

梅津は、足を止め、前方を睨《にら》んだ。

何も見えない。

視界一面、真横に吹きぬける雪の、灰色の直線が被《おお》っていた。

風は、止まる、ということをしなかった。

ふいに風が止んでも、瞬間こんどは下から吹きあげてくるのだ。

梅津の身体は、南岳と槍ヶ岳とを結ぶ稜線の途中にあった。ついさっき、冬は無人の南岳小屋を通ったばかりである

槍に向かって、屋根の右側が信州、左側が飛騨。風は飛騨側からたたきつけていた。

雪片は、凍った砂のようだった。

何度も通った道《ルート》だった。

足の方がその起伏を記憶していた。

足が踏んできた雪の傾斜の具合と、歩いてきた時間とで、自分の位置をつかむこと

ができる。だが、それにも、そろそろ限界がきていた。

適当な岩陰に風を避けてビヴァークするか、予定通り、もう少し先の中岳避難小屋まで進むか、決断する時がきていた。

——おれは落ち着いているか。

梅津は自問した。

「だいじょうぶだ」

梅津は声に出して答えた。

「おれは落ち着いている」

——さて、どうするか。

普通の者であったら、もうとっくに道を間違えているだろう。いや、普通の者だったら厳寒期に単独でこんな所までやって来はしない。

ここまでなら道を間違えていない自信があった。しかしこれから先は分からない。左右から、この稜線へ向かって集まっている山襞《やまひだ》ひとつ間違っても生命《いのち》にかかわってくる。視界がきかないこの状態では、足が覚えた起伏を読み違えることもある。吹雪の中で、十メートルも離れてない小屋へたどりつけずに、遭難した例はいくらでもあった。

背の食料は二日分。食いのばせば四日分はある。しかし、上高地へ出るまでの二日分を残すとして、二日間のビヴァーク分しかないことになる。

吹雪が止まない可能性は十分にあった。

吹雪がおさまっても新雪雪崩をさけるため、雪が静まるまで少なくとも一日は動けない。

避難小屋までたどりつけば、秋にデポしておいた食料が、三日分あるはずである。

まずビヴァークをして様子を見、いよいよとなったら小屋まで行くのが順当だった。

吹雪が続く可能性もあるかわり、明日には止む可能性もあるからである。

「どうする?」

吹雪にまかれたのは初めてではなかった。今よりもっとやっかいな状況を経験したこともあった。

——おれの山はケンカなのだ。

梅津はそう考えていた。

ケンカであるからこそ、山へ登るのはいつも独りなのである。

文明社会の中に隠されている、人間の生き方が、山ではおもいきり単純にされる。

自分の体力で担《かつ》げる範囲の食料が、その分だけ山で自分を生かしてくれる。三日分担《しょ》えるやつは三日間山で生きることができ、五日分担えるやつは五日間生きることができる。自分の足で歩かないことには登れない。担うことと歩くこと。それをささえる体力と知識。

単純なことであった。

自分の生き方に対する、実に明解なものがそこにあった。

「行くか」

そうつぶやいていた。

つぶやいたとたんに歩き出していた。

ごつい梅津の両肩から、吹雪にもゆるがない、熱気に似た生気が立ちのぼっているようだった。

2

二時間後、梅津は中岳避難小屋の前に立っていた。

小屋の回りに積んである石の上にさらに雪が積もり、一見、雪を被った巨岩のようにしか見えない。この吹雪の中では、数メートル近い所にいても、見落とす可能性は十分にある。

「どうだ」

梅津は声に出した。

とりあえず、ケンカはおれの勝ちだ、という意味だった。

入るには、まず、入口に軒まで積もった雪を、取りのぞかなければならない。ザックを降ろし、小型のスコップを取り出した。機械的な動作で、雪をかき始める。同じペース、同じリズムで、息も乱さなかった。

引き戸を開けて中へ入る。

内部は暗かった。

どんな透き間からでも吹き込む雪が、入口に吹きだまっていた。ふたつある窓の高さにまで雪が積もり、上に十センチほど空いた、わずかな空間から光が入ってくるだけである。が、まわりを雪が包んでいるということは、透き間風を防ぐことになり、かえってありがたかった。〝かまくら〟の内側を、板張りにしたのと一緒だった。

小屋の内部は十畳ほどの広さがあった。三分の一が土間で、残りのスペースが、膝くらいの高さで板張りの床になっている。

土間の中央に、熱でボロボロに錆びた、石油の一斗缶が置いてあった。ストーブ代わりに使用されたのであろう。無数にあけられた穴から灰がこぼれ落ちていた。すぐ上に、斜めに針金が張ってあったが、薪《まき》はなかった。

梅津は、羽毛服をぬぐと、いっきに上半身裸になった。身体の表面から湯気があがった。乾いたタオルで汗をぬぐい、乾いた下着と取りかえる。下半身も同じようにすると、ようやく落ち着いた。

コッフェルに雪をかきとって、山盛りにすると、ラジウスに火を点《つ》け、その上に乗せる。雪は、始めは山盛りでも、溶けてしまえば実にあっけないほどの量になる。それでも、三杯分のコーヒーは飲めるはずだった。

梅津は、スコップを握って外へ出た。

昨年の十一月、小屋の裏手へデポしておいた、食料と燃料を取りに行くためだ。いくらも掘らないうちに、幾重にもビニールに包んだ、見覚えのあるダンボール箱が姿を現わした。

中にある肉や野菜のカンヅメのどれかを、今晩は丸々食ってやろうと想った。

スコップを横の雪に突き立て、回りの雪を手でかき、ダンボール箱に手をあてると、それは、空気のようにふわりと持ちあがった。

冷たい、クモの触手がぞろりと梅津の背を走りぬけた。

軽かった。

うなり声をあげてダンボールを開くと、中に入っているはずの食料の全てがきれいになくなっていた。

かわりに、一枚の紙きれと、一万円札が入っていた。

紙きれは、手帳のページをさいたものらしく、その上に、鉛筆でこう走り書きがしてあった。


ごめんなさい。

そしてお許し下さい。

キジウチに出かけて、偶然にこれを発見しました。その時、私たちは雪にとじこめられ、食料がつきかけていたのです。私たち三人は何度も話しあいました。生きるためとはいえ、他人のデポしておいた食料に手をつけるのは、山に登る者にとって、最も恥ずべき行為です。けれど、私たちは、それをせざるをえませんでした。

けれど、もしあなたが私たちと同じ立場だったら、きっと同じことをしたろうと思います。

帰りの電車賃のつごうでこれしか置けませんが、私たちの気持として一万円置いて行きます。総額三千円ほどの食料と思いますので、七千円よけいに置いて行けることが、せめてものなぐさめです。

ありがとうございました。

そして、あなたにメイワクをかけてしまったことをおわびいたします。

PS　このことは、しばらくは私たちの心のキズとなって残るでしょう。

「くそお」

梅津はうなった。

高校生か、大学生にしても十代っぽい筆跡と文体だった。

「迷惑」を「メイワク」と片仮名書きしてあるのが目に痛かった。

強烈な吹雪が、音をたてて羽毛服のフードをゆすっていた。

「ばかやろうめ!」

風が吠《ほ》えた。

3

梅津はおそろしく用心深くなっていた。

歩き方にまで気をくばった。

悪いことがたて続けにおこったからだった。天候の急変と、デポしておいた食料の盗難。その悪いこと――不運にはずみがつくのをおさえるためである。

今までの経験から、こういう時には、さらにアクシデントが重なることを知っていた。幾つかの偶然が重なれば、あっさり人は死ぬ。街でもそうだ。たまたま老人がころんだ。たまたま車を運転していた人間がよそ見をしていた。それだけのことで人が死ぬのである。どちらかひとつだけなら老人か車かが相手をよけたろう。

ここは、ころんで片足をくじいただけで、それがそのまま死へつながる世界なのだ。よくない偶然にはずみをつけさせないためには用心しかなかった。幸運に変えられないまでも、こうして注意深くすごしていれば、自然に不運の方が通り過ぎてしまうことを、梅津は知っていた。梅津が、身体で覚えた山とケンカするコツだった。

山とのケンカが、目に見えないかたちのものにかわったのだ、と梅津は想っていた。

梅津は床の上にテントを張った。

こうすれば、百目ロウソク一本で、広い小屋はだめでも、テントの中はけっこう暖まるのである。

針金にぶら下げておいた下着をとりに行くと、それはすっかり凍りついていた。端を握って立ててもかたちがくずれない。その下着を乾かすことも含め、とりあえず、することはいくらでもあった。

アイゼン、ピッケル、登山靴等の手入れ。食料の点検。

食料に関しては、きっちり計画をたてねばならなかった。

寒さは恐くなかった。たいていの寒さなら耐える自信があった。問題は食料である。寒さに耐えるには体力がいる。体力を保つには食料がいるのである。

さしあたっては、ラジオの天気予報を聞いてからだった。その後で見通しをたてればいい。

戦《ケンカ》が何日になるか分からない以上、ラジオの電池も重要だった。一日に、一時間とか、時間を決めなければならないだろう。

沸いた湯で入れたコーヒーを、小型のコッフェルにそそぐ。金属のコッフェルは熱く、ぐん手で握らなければならなかった。コーヒーをするにも、そっと唇をあてないと、やけどをしてしまう。

砂糖をたっぷり入れた熱いコーヒーは、内側から梅津の肉体を暖めた。

〈七千円よけいに置いて行けることが、せめてものなぐさめです〉

紙きれの文句を想い出した。

「ちくしょうめ」

胸くその悪くなるような手紙だった。

いざとなれば、自分でも他人の食料に手をつけるにちがいない。なにしろ生命にかかわることである。そのことに関してはあきらめがついた。

しかし、あとに手紙と金を入れておくという、彼らのとんでもない発想が理解できなかった。いや、理解はできても、それにはむかつくようないやらしさがあった。金と手紙を入れておくことで、自分たちのキズを少しでも軽くしようという魂胆なのだ。なんというえげつなさだ。

——だが、それも山がおれにふっかけたケンカかもしれない。

梅津は想った。

そうなら正面から受けてやる覚悟だった。

少なくとも、現在のところ、気力、体力ともに十分であった。

コーヒーをすすると、もう冷たくなっていた。金属のコッフェルの保温力の悪さだ。

食料を点検すると、非常食とあわせても六日分しかなかった。むろん、いつもの半分以下にきりつめてのことである。上高地までを強引に一日とみても、この小屋にいられるのは五日、新雪による表層雪崩を避けるため、一日おくとして、四日で吹雪がおさまらなければ、残りの二日分をさらに食いつないで救援を待つしかなかった。

凍ったかまぼこを、ナイフで四分の一ほど削り、それをかじった。全部消化してやるつもりだった。何度も何度も咀嚼《そしゃく》してから、ゆっくり飲みくだした。

夜は急速に訪れた。

頭上の風の音が、ひときわ激しくなった。強烈な山の寒気が、四方からしんしんとおしよせてくる。空気には凍った鉄のようなざらついた肌ざわりがあった。

寝袋《シュラフ》にもぐり込んでいてさえ、その冷気が感じられる。

むろん、このくらいの寒さは初めてではない。初めての時は、歯が一晩中鳴り続け、眠ることさえできなかったが今では熟睡することも可能である。

懐中電灯を点《つ》け、寝袋《シュラフ》の中で時計を見ると、天気予報まではまだ十五分あった。それまで音楽でも聞こうと、梅津は携帯ラジオのスイッチを入れた。

そして、その日二度目のおぞけが彼の背を貫いた。

音が出なかったのである。

何ものか、山の見えない圧力が、闇の奥からじわりとにじりよって来る気配があった。

4

三日目。

梅津は寝袋《シュラフ》の中にもぐり込んで目を閉じていた。

することがないのである。

用具は、何度も手入れをしなおし、すぐにでも出発できるようになっている。

独りで雪の中に閉じこめられた人間にとって、最もつらいのは、飢えを別にすれば、孤独感である。だが、梅津は孤独には慣れていた。単に独りでいるだけなら、一カ月でも耐えることができた。ただ、何もしないでいることがつらかった。

しかし、梅津はこういうケンカのやり方を心得ていた。このような状況下では、己れ自身が最大の敵となるのだ。何をしようが、何もしなかろうが、吹雪は止む時には止み、止まぬ時には止まぬのである。けものがそうするように、今はただじっと待つことが必要なのである。

寝袋《シュラフ》の中で目を閉じている梅津に、背中から吹雪のうなりが聞こえてくる。それは、子守唄《こもりうた》のように快い響きを持っていた。

こういう時、梅津は昔のことを回想するのがくせになっていた。それも子供の頃のことを。ひとつのできごと、ある光景を、その細部にわたるまで、たんねんに想い出していくのである。

よく想い出す映像があった。

その〝絵〟は、特に丁寧に仕上げられていた。

初めて母になぐられた時のことだった。

夜である。

裸電球が光っている。

その黄色い光の中で母が腕を上げている。

子供の梅津は、立ったまま、自分の足元を見つめていた。

赤い靴下の色や、やぶれめのかたち、空気の味や匂いまでも覚えている。

泣いているのは母の方だった。

だが、何故泣いているのか。それが分からなかった。それともうひとつ、母の顔がどちらの母のものであったのかが分からない。

打《ぶ》たれた頰の熱さ、母の白い二の腕、着物の柄さえも鮮明に覚えているのに、それが分からない。手を上げた格好のまま、涙をこらえている光景だけが、はっきり絵となって焼きついている。

何故なぐられたのか。

どちらの母だったのか。

幼いうちに死に別れた母であったか、やがて父の再婚した相手であったか。その顔は、妻の顔のようでもあり、それらの全てが重なっているようでもあった。

それは、郷愁にも似た感情を、梅津に呼び起こさせた。梅津はそれがいらだたしかった。他人には生臭いだけの、自分の体臭のしみ込んだ毛布のようなものだった。

──想い出せないのは、おれがそれを想い出したくないからなのだ。

梅津は、いつもそう考えることにしていた。

新しい母には、ついに最後までなじめなかった。高校を卒業すると同時に、梅津は家を出た。それしか方法がなかった。

母であるにしろ、妻であるにしろ、それらの人々は、すでにこの世の人ではなかった。新しい母は、二年前に、父と相次いでこの世を去り、妻はさらにその一年前に、梅津との子供を流産して共に死んでしまっていた。

梅津は、自分が特別に不幸だとは考えなかった。

人とは死ぬものなのだと想った。

人は死ぬ。生きているものは死ぬ。そのことだけが、小石のように腹に残った。

遠い所で、吹雪の音が激しさを増した。風は、頭上で鳴っているようでもあり、寝袋《シュラフ》のすぐ内側で、梅津をくるむように鳴っているようでもあった。その音の中で、重さのなくなった肉体が漂っている。

眠りに落ちる寸前の、意識の模糊《もこ》とした領域に、梅津は声を聴いた。

〈なんとかしなければ〉

不思議な、男とも女ともつかない声だった。

――誰?

梅津はつぶやいた。

――かあさん?

〈もう助からないかもしれない〉

《そうだ。もう助からない》

別の声が言う。

――ばかな。おれはまだ元気いっぱいだ、体力だってある。

〈望みはある〉
《むりだ》
――なんだ？
――これは夢か？
〈いよいよとなったら〉
――いよいよとなったら？
〈助けを求める〉
――何だって。
梅津は目を開けた。
暗いテントの幕があった。
ねじるような吹雪の音が頭上で鳴った。眠りかけていたのだ。
夜までにはまだ時間があった。

5

夜である。

吹雪が鳴っている。

細い、笛のような音が過ぎ、その後から、低い、地鳴りに似たどよもしが追いかけてゆく。時おり、空中で、何か破裂したような音をたてるものもあった。表面は不規則なそれらも、もっと深い所では、山の巨大な呼吸《リズム》に重なっていた。

吹雪の音が、静寂をより深いものにし、梅津は、地を沈み、幾層もの山の底にあおむけになって、その音を聴いているような気がした。

小屋の引き戸の軋《きし》る音がした。

遠い風の音が、ふいに現実味をおびたものに変わり、続いて、誰か人の倒れる鈍い音が響いた。

テントから出、梅津は懐中電灯を点けた。

引き戸が半分開き、そこから大量の雪が舞い込んでいた。上半身を小屋の中に丸め込むようにして人が倒れていた

梅津は、雪まみれの男《そいつ》を中へ引きずり入れ、戸を閉めてから、懐中電灯で顔を照ら

した。男だった。鼻の先端と、頰の色が変わっていた。凍傷だ。しかもひどい。

雪をはらい、男を床の上に寝かせ、ロウソクに火を点《つ》けた。小屋の内部が、不気味な、怪物の胃袋ででもあるかのように、炎にゆれた。

男は空身《からみ》だった。ザックもピッケルもなく、登山靴にはアイゼンさえつけてなかった。

「おい、だいじょうぶか」

梅津は声をかけた。

「着いたのか」

男は、かすれた声で言った。気を失ってはいないらしい。

「しっかりするんだ」

「顔をやられている。手を、手を見てくれ。足もやられているかもしれない」

凍傷のことを言っているのだ。

「よし」

手袋をはずす。

指先が、ロウソクの炎で見ても分かるくらい白い。が、手袋で保護されていたためか、顔ほどひどくはなかった。

「感覚がないんだ。たたいてみてくれ」

手で、男の手をたたいた。

「だめだ」

男がうめいた。

「他人の手みたいだ」

「手はだいじょうぶだ。それより顔がやられている」

「ああ。吹きっさらしだったからな」

皮膚より内側までやられていれば、早く病院に入れないと、大変なことになる。

続いて足を見る。

足はひどかった。指の何本かは切り落とすことになるかもしれなかった。

「どうだ」

「やられているが、くわしいことは分からない。おれは医者ではないからな」

うそをついた。

「下着は濡《ぬ》れているか」

「濡れている」

梅津は、ピッケルで、小屋の羽目板をはずし、石油缶の中に入れて火を焚《た》いた。

「こんなことはしたくないが」

男を助けるためだった。火のそばで、男の上半身を手ばやく裸にし、もう乾いている梅津の下着を火であぶってから着せた。下半身も同様に、着れるだけのものを着せた。コッフェルに湯を沸かし、それに、男の手と足をつけさせた。すぐに湯が冷めていくので、湯をまめに代えた。

男がうめいた。

手の感覚がもどってきたのだ。

「手が痛い」

「痛いということは、だいじょうぶということだ」

「そうか」

と、あえぎながら男が言った。

「おれの足の先はいかれたようだな」

「まだ分からんさ」

梅津は、男の顔にワセリンをたっぷりぬり、タオルで手足をふいてから、そこにもワセリンをぬった。手袋と、靴下をその上からはかせる。

手と足とを強くもんでやる。

「今できることはここまでだ」

男は目を閉じている。年齢が分からない顔つきだった。青年とも中年ともとれる。三十歳前後ということであれば、梅津とたいして変わらない齢《とし》である。

男がゆっくり目を開けた。

「疲れた。腹も減っている。それにやたらと眠い」

「仲間はいるのか。荷物は？　食料なんかはどうしたんだ」

「おれ独りだ。荷物はみんな信州側の谷に落っことした。今ごろは雪の下だ」

言うなり、男は背からくずおれた。

しかたがなかった。梅津は自分のテントの中に男を運び、寝袋《シュラフ》の中に寝かせた。

不思議なことであった。

人のいる所からは、どんなに急いでも一日はかかる所である。しかも、三日続いている吹雪の夜に、単独で男はやって来た。今までの三日間を、雪の中に閉じ込められていたのだろうか。それにしても、吹雪の夜に、よくこの小屋が分かったものだ。運がいい、という以上の、奇跡に近いものだった。

荷物《ザック》からピッケル、アイゼンまで失くしてしまうアクシデント——

それとも、身を軽くするために、自分で捨てて来たのだろうか。それなら、わざわざ谷に落とす必要もない。

分からなかった。

だが、事態がより深刻なものになったことだけは確かなことだった。食事の量が半分になる。今まで通りの量で二人で食べれば、三日持つところが、その半分しか持たないことになる。

とりあえず、残った乾燥米のうち、ひと握りを粥《かゆ》にすることにした。粥の中に、非常食の甘納豆を十つぶ入れて、スプーンでつぶしてかき混ぜる。御馳走《ごちそう》であった。一杯分残しておいた、コーヒーと砂糖を男に飲ますことにした。

「おい」

梅津は、男を寝袋《シュラフ》ごと起こし、唇に、熱いコーヒーの入ったコッフェルの縁をあてがった。

「飲め、熱いぞ、身体が暖まる」

湯気の中に鼻をうめ、男は時間をかけてコーヒーを飲みほした。

「ここに粥もある。自分で食えるか」

男は首をふった。

梅津は、スプーンで、男の口まで粥を運んでやらねばならなかった。男は、貪《むさぼ》るように、音をたててそれをすすった。

「もうないのか」

「ああ」

「もっと欲しい。腹が減っているんだ」

「これしかないんだ。食事をきりつめないと、おれたちは生きて帰れない。きりつめてさえ、助かるかどうか分からない」

「助からなくていい」

男は、半開きの目を梅津に向けた。

「そこにまだあるじゃないか」

「これはおれの分だ」

「おれの方が弱っている。おまえの分をおれにくれ」

梅津は、瞬間、その言葉の意味が分からなかった。

「おまえの分をおれにくれ」

また言った。

「――――」

熱いものがこみあげかけたが、梅津は急に男が哀れになった。ひどい目にあって、自分のことしか考えられなくなっているのだろうと想った。

「よし、あと少しだぞ」

三分の二ほどあたえると、男は黙って眠ってしまった。

寝袋《シュラフ》を男にあたえたため、梅津はありったけの衣服を着込み、ザックの中に足を突っ込んで眠った。

顔のない母の夢を見た。

梅津は、母のそばへ行こうとするのだが、どうしても近づけなかった。ひどくなつかしく、近い風景であるのに、何か見えない壁があってそこにとどかない。その壁を壊しさえすれば、母の顔も想い出せ、触れることもできるのだと想った。夢の底で、力んでいる自分の肉体だけが意識された。

岩を登る途中で、どうにも身動きできない状況にも似ていた。自分だけが汗をかき、どうしても山に近づけない。

その姿は、時々、流産した子供を抱えた妻の姿にも変わった。

6

四日目、吹雪の音で梅津は目を醒ました。

目はまだ開けない。

梅津は考える。

あと残っている食料は、ポケットに入れた甘納豆が十二つぶと、板チョコが一枚、かまぼこが半分、レモンが一個、乾燥米がひと握りほどだった。本来なら、それがあと三日分の梅津の食料である。

今日中に吹雪がやめば、梅津は独りでも明日中に上高地まで下るつもりだった。飢えてはいたが、大事にしていた体力はまだ残っていた。弱った肉体で、新雪のラッセルを一日続けるのは自殺に等しかったが、どんな思いをしてでもやり遂げるつもりだった。

梅津は、自分の体力の限界を正確に把握していた。なんとか、自分はその仕事をやれるだろう。自信はある。そうして救助隊に男のことを頼むしかなかった。ふたりの人間の生命《いのち》がかかっているのである,

「おい」

傍で男の声がした。

「起きているんだろう」

「ああ」

「腹が減った」

「がまんしろ」

「だめだ。腹が減って一晩中眠れなかった」

嘘だ、と梅津は想った。夕べ、男のいびきを聞いているのである。だが、そのことは言わなかった。代わりに男の名を聞いた。

「藤本一というんだ」

「ふじもとはじめ？」

「そう。あんたは」

「梅津忠人だ」

「梅津さんか」

低い、ぼそぼそとした声で、藤本と名のった男は礼を言った。

「どうしたんだ」

昨夜《ゆうべ》のことを聞いた。

「遭難さ」

「独りで？」

「そうだ」

「涸沢《からさわ》からか」

男は答えなかった。

少しの間をおいて、わざとらしい寝息が聞こえてきた。あからさまな拒否だった。

昼、食事を終えたとたん、男は、なんでこれしか食わせないのか、と梅津に詰めよった。梅津が、全部の食料を出して説明しても納得しなかった。もっと食い物を隠しているのだろうと言った。

「おれが眠っている間に、おまえは独りでそれを食っているのだ」

目つきがおかしかった。

くぼんだ眼窩《がんか》の底で、瞳《ひとみ》が異様に輝いていた。

「いいか、今日中に吹雪がおさまらなければ、おれたちは死ぬかもしれないんだぞ。あとは助けを待つしかないんだぞ。自分の生命を他人にあずけることになるんだ。山の男として、こんな情けないことはないんだ」

声が大きくなった。今、男の内部で芽生えつつある狂気の兆候を、なんとかしておさえたかった。

「分かった」

と、男は言った。

「分かったよ、梅津さん。あんたの言う通りだ。がまんするよ」

梅津はほっとした。

やけにあっさりとした男の言葉に、肩の力がすぐにはぬけなかった。

吹雪さえやめばいいのだ。吹雪さえやめば、男の狂気もおさまるだろう。

「もう寝る」

男は上半身を倒し、目をつむった。

吹雪は、夕刻を過ぎてもおさまらなかった。


夜半——

梅津は目をさました。

物音がする。

吹雪の音に混じり、おし殺した、動物じみた息づかいが聞こえていた。

横で寝ているはずの男の姿がなかった。

――まさか。

不吉な予感が背を走った。

テントから出る。

部屋の隅で、何ものか蠢《うごめ》く気配があった。懐中電灯を点《つ》けると、そこに、黒い、丸いものがうずくまっていた。

藤本の背中だった。

「何をしている」

肩に手をあてて引き起こした。

暗い光の中に、振り向いた藤本の顔が、幽鬼のように浮かびあがった。凍傷で茶っぽくなった顔が歪《ゆが》んでいた。歪んだ面肉《おもにく》の奥で、目だけが異様に光っていた。

赤い舌が、ナメクジのように唇のまわりをなぞった。舌が口の中で音をたてる。

藤本は、口のまわりにくっついたチョコレートをなめているのだ。

「へへへへへ」

ひきつった笑い声をあげた。

「はは、食ってやった。食ってやったぞ。あんたの食い物をみんな食ってやったんだ」

藤本は肘《ひじ》と膝《ひざ》で、這《は》いずりながら、梅津の手をのがれた。けもののように四つん這《ば》いになったまま、乱れた髪の間から梅津を睨《にら》む。

藤本を殴ろうとしてあげかけた手を、梅津は止めた。

情けなかった。みじめというよりくやしかった。初めてくやしいと想った。

食料を盗まれ、ラジオが壊れ、なんとかここまでやってきたのがこのざまだ。

今ここで藤本を殴れば、くやしさがみじめさになり、自分は、それっきり生きる努力をやめてしまうだろうと想った。

藤本は、笑いながら這いずってテントにもどっていった。

梅津は立ったままだった。

藤本への、冷たい哀れさだけが残った。藤本への怒りが、絶望的な山への怒りに変わった。

梅津は黙ってテントに入り、藤本の横に寝た。

藤本が寒がりだしたのはまもなくだった。

「寒い寒い」

歯がガチガチ音をたてていた。

急な興奮がさめて、肉体の最後のバランスが崩れたのか、異常な寒がり方だった。

「火を、火を」

しきりと火を欲しがった。仕方なく、梅津は羽目板を燃やした。焚《た》きつけの代わりに、残り少ないガソリンを使わなければならなかった。

いくら火を焚いても藤本は寒がった。

火のそばへつれていってもだめだった。子供のようにだだをこねた。

夜明け近くなって、「寒い」の他に、意味をなさないうわ言を言うようになった。

「おい、助けが来たぞ」

藤本は上半身を起こし、寝袋《シュラフ》から両手を出した。

「聞こえないのか。呼んでいるぞ」

梅津は耳をすましたが、聞こえるのは吹雪の音ばかりだった。

「気のせいだ。落ち着けっ」

肩をおさえた。

藤本は梅津の手をはらい、

「ばかな、こんなにはっきり聞こえるじゃないか」

「落ち着くんだ」

とたんに、藤本は信じられないくらいの力で、梅津を跳ねとばした。

「おおい！　ここだ、おれはここにいるぞ！」

起きあがり、床に置いてあったピッケルをつかんだ。靴下のまま下に降りると、ピッケルでこじり、引き戸を開けはなった。

冷たい風と共に雪が舞い込み、炎が勢いを増して燃えあがった。

藤本は、よろめきながら外へ出て行った。

靴をはき、梅津があわてて外へ出た時には、藤本の姿はなかった。

「藤本！」

梅津は、雪についた踏み跡をたどって行った。

時間的には日の出前だったが、外はもう薄明るかった。

「もどってくるんだ！」

振り返ると、小屋のあかりがもう見えないほど、梅津と小屋との間に、雪の直線が舞い狂っていた。梅津自身の足跡も、風と雪のため、いくらもしないうちに消えてしまいそうだった。

足を踏み出しかけ、梅津はあわてて跳びのいた。すぐ足元で、藤本の足跡が消え、そこから先が、急に飛驒側へ向かって落ち込んでいたからである。誘われるように、梅津自身もそこから落ちるところだった。

藤本は、ここから落ちたにちがいなかった。

梅津は引き返した。

ぐん手をはめただけの手に、ようやく気づき、その手をポケットに入れると、何かあたるものがあった。

十二つぶの甘納豆だった。

7

五日目の朝が明けた。

また梅津独りになっていた。

——朝食。

凍った甘納豆を三つぶコッフェルに入れ、雪を溶かしてそれで煮込み、スプーンでつぶしてそれをすすった。

午後にまた三つぶを食べ、それで一日分の食料が終わった。

六日目——最後の食料が尽きた。

状況は、これまで梅津が経験したどんな時よりも苛酷《かこく》なものになっていた。

寒さが次第にきついものになった。

夜には一晩中歯の根が鳴った。体力が急速におとろえているのだ。寒さで眠れない、眠れないから体力が落ちる、体力が落ちると寒さがより厳しいものになる。

全ての食料が尽きた以上、死は時間の問題であった。

衣服のありったけを着込み、寝袋《シュラフ》に入っても、生き物のように寒さが忍び込んできた。

七日目に、彼は幻聴を聞いた。

吹雪の音に混じり、誰かが呼ぶ声がするのである。

梅津は夢中で戸を開け、雪をかきわけて外へとび出した。

真っ白な世界が無茶苦茶にどよめいていた。

「おおい」

梅津は叫んだ。

「おおおおおおおい!」

風が、声を口元から吹きちぎっていく。

「こっちだ。おれはここにいるぞ!」

風が鳴った。

ものすごい力が梅津をおし倒そうとしていた。

幻聴だったのだ。

梅津はゾッとした。

小屋へ入って、戸を閉めた時には、体力のあらかたがなくなっていた。

それからも、人の呼び声のような幻聴がふいにおこった。それは、彼をねめつける藤本の声だったりした。

「おれはまだ正気だ」

梅津は何度もつぶやいた。

つぶやきながら、小屋の中をあさり、いつのものか分からぬ、ひからびたレモンの輪切りやミカンの皮を見つけ、それをコッフェルで煮て食べた。

何がなんだろうと生きぬいてやる。

肉体の奥に、燠《おき》のような執念が燃えていた。生きる、というそのことよりも、ケンカに勝つということだけが頭にあった。

八日目。

幻聴がひどくなった。

それは、何の脈絡もなく訪れ、梅津自身も、いつの間にかその会話に参加していたりする。

幻視もあった。

子供を抱いた妻が現われ、しきりと梅津に呼びかけた。

子供が乳を飲まない、血を吐いて困ると梅津に訴える。

それにぶつぶつつぶやきながら答えている自分の声に気づき、妻も死に子供も流産していることをようやく想い出すと、妻の声はやっぱり吹雪の音に変わっている。

夕方近く、声に誘われて外へ出、やっとの思いでもどって来た時には、体力の最後のひとしずくまでがしぼり出されて消えていた。

晩になり、悪夢はしきりなしに梅津をおそうようになった。

「しっかりして下さい」

梅津が薄目を開けると、そこに若い男が立っていた。

「ごめんなさい。食料を食べてしまって——。ぼく、心配でここまで様子を見に来たんです。食べ物を持って来ました。さあ、食べてください」

暖かな湯気のあがっている器を差し出す。

梅津が手をのばそうとすると、その姿がふっと消え、暗い天井にどっと吹雪がたたきつけた。

寒かった。

——寒いうちは死なない。

寒いうちはまだ生きていられる。

今は寒さにすがりながら、梅津は細い呼吸をくりかえした。

8

夜がいつの間にか明けたようだった。

梅津は、自分の身体が、もうほとんど寒さを感じていないことを知った。むしろ、暖かい湯のようなものの中に漂っているような錯覚があった。

——おれは死ぬのか。

梅津は想った。

死ぬのは恐くなかった。

やるだけはやったのだ。

ここで死ぬのが自分の天命ならそれもよかろう、と、人ごとのように考えた。

死ぬなら死ぬで、最後までがんばってみるつもりでいた。とにかくは、まだ生きているのだ。

耳をすました。

吹雪の音はなかった。

――吹雪がおさまったのだろうか。

起きあがろうとしたが、気ばかりで身体が動かなかった。

まぶたまでが他人のもののように動かない。

「忠人」

母の声がする。

「あんたはおれのかあさんじゃないよ」

母の平手打ちがとんだ。

泣いているのは母の方だった。

――ごめんよ。

おれが、わがままですねてただけなんだ。

――なんで泣くの。

――おれはいい息子じゃなかった。

ひと言あやまっておきたかった
目の前に膝《ひざ》があった。膝の主には顔がなかった。

——誰でもいい。

そこに倒れ込めば、全てが終わるのだ。許してもらえるのだ。おもいきり泣いてもいいのだ。

深い安堵感《あんどかん》——

「梅津忠人さん」

誰かの声がする。

「起きなさい」

優しい声だった。

——かあさん?

目を開けると、女の顔が梅津をのぞき込んでいた。

「気がついたようね」

女が言った。

赤いオーバーヤッケを着ていた。

化粧していない顔の肌が異様に白く、唇が赤い。

「ああ」

梅津は意味のない声をあげた。

これも幻なのだと想った。さもなければ夢を見ているのだ。それなら返事をするだけソンだった。

「消えてくれ」

梅津は目を閉じた。

「ちがいます」

柔らかいものが梅津の頬をたたいた。

「私は幻ではありません」

目を開ける。

女が、梅津の顔をたたきながら首のうしろに手を入れ、上半身を起こした。

「あなたを助けに来たのです」

「助けに?」

「これからあなたに〈力〉をあたえます。分かり易いように、〈力〉を飲み物のかたちに変えてあります。これを飲めば元気になるでしょう」

女は、梅津のコッフェルを差し出した。

梅津が手に取ると、それは暖かかった。

梅津は、ゆっくりと口をあて、まずひと口だけ飲んだ。

さわやかな、甘い味だった。

「飲んで下さい」

「それを全部飲めば、あなたが元もと持っているはずの〈力〉がもどってきます」

その液体は、暖かいだけなのにもかかわらず、ひどく熱っぽかった。カラシを熱く感ずるのよりは、ずっと舌になじみ易く、その感触は、むしろ酒に近いものだった。

もうひと口飲むと、最初に液体に触れた、唇、舌、のど、腹の順にその熱いものが浸透していくのが分かった。

梅津は、残りをいっきに飲み干した。

信じられない早さで、肉体《からだ》の中に力が満ちていくのが感じられた。細胞のひとつずつが貪欲《どんよく》に力を吸収した。綿が水を吸い込むのと一緒だった。

寝袋《シュラフ》に入ったままの下半身が、熱苦しく感じられた。汗さえかきはじめているようだ。

同時に、たとえようもない空腹感が梅津をおそった。腹が、おそろしく健康そうな音で鳴った。

足を引きぬき、テントから出ると、梅津は、信じられない、といった顔つきで立ちあがった。

自分の体調を、完全にベストのかたちにしあげられるとするなら、この状態がそうだろうと想った。

ポロシャツでエヴェレストをやっつけることさえできそうだった。

「いかがですか?」

女が言った。

「最高だ」

跳びはねようとした梅津は、ふらりとよろけた。

「だまされてはいけません」

「だまされる?」

「はい。今の状態は完全ではありません。あなたの肉体は弱っています。弱っているなりに、持てるだけの〈力〉をあたえただけのことですから——」

梅津に、ようやく女のことを考えるだけの余裕がもどってきた。

女を見る。

まるで年齢のわからない顔つきだった。

「吹雪は――」と梅津は言った。

「吹雪はやんだのですか」

「はい。今朝にはやんでいました」

と女が答えた。

「もう夕方になります」

たしかに部屋は薄暗かった。丸々半日、梅津は生死の境をさまよっていたのだ。

「助かりました」

と梅津。

「まだお礼も言ってなかった」

「お礼はいいのです」

女は、正面から梅津の顔を見すえた。

「そのかわり、こんどは私を助けていただきたいのです」

「遭難したのか」

「いいえ」

女はきっぱりと言った。

奇妙な女だった。年齢が分からないだけでなく、こんな場所で出会うには華奢《きゃしゃ》すぎる身体をしていた。めったにない、八日も続いた猛吹雪のあと、外からこの小屋へ来たらしいというのに、少しのやつれさえ見あたらなかった。

「おれにできることか」

「おそらく」

「おそらくとは」

「死ぬ危険性もあるということです」

ほとんど表情を変えずに女は言った。

「可能性としては、五分と五分です」

「どんなことなんだ」

「ある山に登っていただきたいのです。それも、これからすぐに」

「山か」

山なら梅津の分である。死ぬ危険性もあると女は言ったが、それならどんな登山にだって——下界にいてさえついて回るものである。

「お願いします」

女は梅津の手をとった。

梅津は、はじめて、この女の無表情さが、せっぱつまったもどかしさを、必死でこらえていることに原因するものであることを知った。

「ちょっと待ってくれ。おれにはどうもよく分からない。あんたの知りあいが、近くの山で遭難しかけているのか。そうなら、状況しだいだが、できるだけのことはする」

「そうではないのです」

女の手に力が入った。

「そうではありませんが、ひとつの生命の生き死にに関することなのです」

「その生命のために、おれの生命をかけてくれと言うのか」

「そうです――。あなたは、この話をことわってもかまいません。もともと、強制したのでは意味のないことなのです」

女は、梅津の手を放し、目をふせた。

「引き受けていただいた場合でも、事がすむまでは、くわしい説明をしてあげられません。今も言いましたが、説明したのでは、意味がなくなってしまうのです」

「おれは、あなたに生命を助けてもらったのも同然だ。まだ生きて帰れると決まったわけじゃないが、その借りはかえしておきたい」

「では、引き受けていただけるのですね」

「ああ」

「あなたが相手にするのは、未登攀《とうはん》の岩壁です。そのためには、まず槍ヶ岳の頂上まで行かねばなりません」

「――――」

「このことで、私はあなたを試させていただきました。そのことをここでおわびしておきます。少々アクシデントはありましたが、あなたは期待通りの方でした」

「試した？――このおれをか」

「すみません。今は説明できませんが、とりあえず、これを受け取って下さい。雪も締まっていることでしょうし、あなたの準備ができしだい、出発したいと思います」

女がうながした方を見ると、そこに、ハンマー、カラビナ、ハーケン、ザイルのひと通りがそろえられていた。そして、その横には、藤本が持って行ったはずの、梅津のピッケルがころがっていた。

「これは――」

「アクシデントを修整したのです」

女は、さらにピッケルの横を指で示した。

そこには、チョコレート、コーヒー、砂糖、レモン、乾燥米が、きちんと並べて置いてあったのである。

9

外へ出た。

ぬけるような天空の広さが梅津を包んだ。

ものすごい星だった。

頭上の、透明な闇の底一面に星がきらめいていた。空全体が、むき出しになって、梅津を中心におそいかかって来た。寒気が、きりきりと梅津の身体をしめあげる。それがかえって気持良かった。

吹雪は去り、おそろしいほどの静寂が大気の中に満ちていた。

尾根へ出る。

アルプスの峰々が、谷にわだかまった雲海の上に、白く島のように浮かんでいる。はるかに、富士山、八ヶ岳も遠望された。雲海によって地上から隔離された、まったくの別世界だった。

アイゼンの下で、締まった雪が小気味良い音をたてる。

女が梅津の後から登って来た。

この雲の上にいるのは、この女と自分だけにちがいない、と梅津は想った。

ごつい、岩の連なりの上に梅津は立っている。ここは、地球の骨が、宇宙の底にむき出しになっている場所だ。その稜線から、梅津は、上半身を星の世界にさらしているのだ。

静かだった。

わずかの風もなかった。

石のように自分の存在が意識された。地球という遊星の表面に、自分独りがぽつんと取り残されてしまったようだ。

荘厳な星空の下に連なる、飛驒山脈の山群。

天と地との沈黙の儀式。

梅津は、ふいに不思議な想いにとらわれた。

山とは、地が天へとどこうとする意志なのではあるまいか。ここに群れる頂は、天にとどこうとしてとどくことのできなかった死体の群なのだ。

頭上にさざめく星のひとつずつも、何かしらの山の頂であるような気がした。島や大陸が、海の底ではつながっているように、星とこの大地も、宇宙の底でつながっているのだ。

梅津は、自分の肉体の奥にかくれていた秘密を見たように想った。

――山へ登るというのは、天へかえろうとする儀式なのかもしれない。

今まで、ケンカ相手とばかり見てきた、その山のあり様に、梅津は、自分が郷愁にも似た念を抱きはじめているのを知った。

吹雪との戦いをくぐりぬけて、梅津の中で、何ものかが変わりはじめていた。

――こんな山の姿を見たものだから、おれはいくらかおかしくなっているのだ。

「どうしました?」

すぐ後ろに女が立って、槍ヶ岳の方角をにらんでいた。

「何でもない」

と、梅津は言った。

稜線の先で、槍の穂先が、星の海につきささっていた。

――しっかりしろよ。

梅津は自分にむかって言い聞かせた。

今はただ、おれはおれのケンカに勝つことだけを考えればいいのだ。

「行くぞ」

梅津はザックをゆすりあげ、足を踏み出した。

10

槍ヶ岳。

三一七九メートル。

その穂先の部分は、急斜面と風のため雪がつきにくく、どんな厳冬期でも、白と黒とのまだらの衣をまとっている。

せまい頂上の端に、雪をかぶった小さなほこらがあり、そのわきに梅津と女は立っていた。

さえぎる何ものもない三六〇度の空間が、ふたりを中心に広がっていた。

東の雲海の上に、月が昇っていた。

月光が雲のへりを照らし、青い陰影が幾重にも重なりあい、深海の風景を思わせた。

ゆっくり雲が動いている。

風が出ていた。

「ここが槍の頂上だ」

と、梅津は言った。

あとはどうすればいいのだ、という目で女を見た。

「後ろを——」

女が低い声で言った。

梅津はゆっくり後ろをふりかえり、息を飲んだ。

「これは」

のどの奥が、かすれた笛のような音をたてた。

さっきまで何もなかった飛騨側の空間に巨大な岩峰がそそり立っていたのである。

本来なら、小槍のつき出ているあたりの場所から始まり、その岩峰は、左俣谷《ひだりまただに》を埋め、北穂高岳のあたりまで広がっていた。十キロほど離れた、槍ヶ岳と笠ヶ岳との間の空間を、その岩峰がすっかりおおっていたのである。

しかも、その岩峰は、槍の頂上から見上げねばならないほど、高かったのだ。

これは夢なのだ、と梅津は想った。

これは悪夢の続きで、おれはまだあの小屋の中で倒れているのだ。

こんなものがあるはずがない。この規模からいくと、その頂上はまちがいなく富士山より高い空間に位置しているはずだった。

遠くで落石の音がした。北鎌尾根《きたかまおね》の方だ。暗い千丈沢《せんじょうざわ》の闇に飲み込まれ、その音はすぐにやんだ。あまりにリアルな音だった。

石が、自分の腹に落ち込んだように、梅津は我にかえった。

岩峰の上から、風が吹き降りて来た。おそろしく冷たい風が、梅津の顔をこすりあげた。その冷気のすごさに、むしろ焼きごてをおしあてられたような、熱い感触があった。

〈あなたが相手にするのは、未登攀の岩壁です〉

女の言葉を想い出した。

梅津の身体は、おこりにかかったように震えていた。

——なんだ。

——震えているのか、このおれが。

「恐いのですか」

女が、ぞっとするほど優しい声で言った。

笑うように、赤い唇がすっと開き、白い歯がのぞいた。

「こいつはさっきまでなかった」

「――」

「これは夢だ」

「――」

「おまえは何だ？　化けものか？」

「おやめになりますか」

静かに女が言った。

その表情に、梅津は嘲笑《ちょうしょう》の色を見たように想った。

「なに」

梅津の顔が熱くなった。

「誰がやめると言った」

――くそっ。

梅津はうなった。

これは新手《あらて》のケンカなのだ。山が、おれの生命《いのち》とひきかえにふっかけたケンカなのだ。

ここを登れるなら登ってみろ、登れたなら生命を助けてやる――早い話がそういうことなのだ。それならそれでいい。夢なら夢でかまわない。何であれ、おれは逃げやしない。

梅津は黙って装備を身につけはじめた。

壁をにらむ。

雪はついていなかったが、かわりにおそろしく冷たそうな岩肌があった。雪より冷たいにちがいない。

「登ればいいのだな」

梅津が言った。

「はい」

女が答えた。

「登ってどうする」

「登るだけでいいのです」

「登るだけ？」

「登れる所まで登って、それより高い所がなくなれば終りです」

「そうか」

それが、何かの生命を助けることになるのだな、と梅津は想った。

自分は、こいつを登ることだけ考えればいいのだ。

梅津は、岩の表情を読もうとした。

足場や手がかりは十分ありそうである。二十メートルは直登できそうだった。そこに簡単なテラスがあり、その上から岩がオーバーハングしている。ハーケンを使い、そこを左に巻けば、ハングの上に行けそうだった。しかし、そこから先は見えなかった。

「どうなっているんだ」

梅津は女に聞いた。

「分かりません」

「分からないって、壁の全体がつかめなければ、やっつけようがない」

「もう、あなた自身の戦いです」

きっぱり女は言った。

「分かった」

もともと自分独りのことだ。梅津は腹をすえた。

岩を登るのはパーティーを組むのが普通である。少なくともふたり、多ければ何人かで。それを、梅津は今まで独りでやってきた。パーティーを組んだのは、技術を習得するまでの、ほんの短い期間だけだった。

しばらく岩をながめ、それから梅津は飛驒側へ少し下り、ないはずの岩に手をあてた。

しっかりした手ごたえがかえってきた。

「よし」

登りはじめた。

両手両足、四点のうち、常に三点を確保しながら、残りの一点を手がかり足がかりへと移動させながら登っていく。岩登りは、基本的にはその積み重ねである。岩壁から、両手で身体をつき離すようにしながら、重力にさからって、自分の体重を上へ上へとのし上げていく。

ハーケンを使わずに、最初のテラスへたどりついた。そこは、独りがようやく腰を降ろせるだけのスペースしかなかった。座ると、両足が下へぶらさがった。

梅津は下を見降ろした。

二十メートル下にあるはずの、槍の頂が消えていた。槍ばかりではない。回りの風景の全てが姿を消していた。

あるのは、暗黒と、梅津を中心に、上下へ果てしなく続く岩の壁ばかりだった。

垂直に近い無限平面の中途に、梅津の身体が、ごみのように付着しているのだった。

11

時間の感覚が失《う》せていた。

もうどのくらい登ったのだろうか。

登るごとに、そこから下の岩が消えていった。登山靴の下方一メートルのあたりから、岩が薄れ、暗黒へと溶けている。

突然、握った岩が、こぶし大の大きさでころげ落ちた。

あやうく、くずれそうになったバランスをたてなおし、呼吸を整えて別の手がかりを目でさぐった。

あった。

そいつに右手の指をかけると、あっけなくくずれ落ちた。

急に岩がもろくなったようだった。

《やめろ》

その声は、梅津の頭に直接響いた。

《やめるんだ》

強い力を持った声だった。

しかも、どこかで聞いたような。
《そこは俺の領域だ、そこより上へ行くことはならぬ》
「なに⁉」
置き所のない右手を、胸近くの岩にあて、ゆっくり周囲を見回す。
《そこより上へ行くことは、俺の神聖を汚すことになる》
「誰だ？」
《ぬし、あの女にたぶらかされるなよ》
「何のことだ」
《ここは人の立ち入る世界ではない》
「おまえの声どこかで聞いたことがある」
梅津は、そろそろと右手を上の岩へと這《は》わせた。
《むだだ》
その岩のでっぱりが、梅津の手の中で男の顔に変わった。
「藤本！」
右手の中で、藤本一の顔がニヤリと笑った。
《はは、久しぶりだな。帰れ、帰れ。ここまで来ちまったなんてな。小屋《あそこ》でくたばっ

てもらうつもりだったのに——》

からからと笑いながら、藤本の顔が闇の中へ落ちていった。

《どうだ》

再び頭の中に声が響いた。

《おまえが、ここで帰るというなら、俺が責任をもって下まで帰してやろう》

「——」

《考えているのか。いいだろう、俺にとってもその方が都合がいい。いいことを教えてやろう。おまえが今さしかかっているのは、この日本列島の最高地点だ》

「まさか」

《——三七七六メートル。おまえだって知っているはずだ》

「富士山!」

《そうよ、俺はおまえ達から富士山と呼ばれている〈もの〉だ》

梅津が驚いた隙に、心の中に何かが飛び込んできた。

「しまった」

それは、でたらめな、巨大な意識の奔流だった。

それは、憎悪と、より高い場所への志向とが混濁となったものだ。

死ね——
と、その意志が、梅津に叩きつけた。
死ね。
死ね。
死ね。死ね。死ね。死ね。
脳が、つかみ出されそうな、強い力を持っていた。
死にたくない。
と、それは言った。叫んでいた。
何故俺が死なねばならぬのか。
それは、怒っていた。哭《な》いていた。
おまえさえいなければ。
咆《ほ》えた。
どろどろとした、黒い塊が、内側から梅津を飲み込もうとしていた。
強烈な自我の塊。
暗黒が梅津を包んでいた。
憎悪の渦が、梅津を岩壁からひきずり落とそうとする。

憎悪は、表面上は梅津に向けられていたが、その奥には、他の何ものかに対するさらに激しいものがあった。

岩にあずけている、梅津の両手両足の感触だけを残し、他のいっさいの感覚が消え去った。同時に、岩壁の映像も消え、バランスを保つための重力感覚も失せていた。

世界が回った。

上なのか下なのか横なのか、全てが分からなくなった。

梅津は目を閉じた。閉じたままで考える。

手を離せば落ちる。上は、あくまでも、自分の肉体《からだ》の位置関係で知るしかなかった。

とにかく上へ行くことだと想った。

さっき、岩がこそげた地点、あそこが三七七六メートルの高さなのだ。藤本の〈力〉がどこまでおよんでいるかは分からなかったが、おそらく三七七六メートル前後なのだろう。そこより高い所へ、手がとどきさえすればなんとかなるかもしれなかった。

両手両足に気を集中させ、岩の堅い部分のできるだけ上の所に、手さぐりでハーケンを打ち込んだ。それに体重をあずけ、伸びあがり、伸ばせるだけ手を伸ばした。

指先が岩のでっぱりに触れる。そろそろと体重をかけていく。その岩がこそげ、梅津の肩へあたった。

アメーバーの触手のように、もう一度手が伸びる。さっきよりは、わずかに上のでっぱりを見つけた。

指二本さえ岩にかかれば、梅津はなんとか自分の体重をずりあげることができた。

それだけの訓練はしてある。

今度は、さっきよりもずっと慎重に体重をのせる。全体重がかかった。

頭の中で、藤本の悲鳴があがった。

いっきにそこを越えた。

ゆっくり目を開ける。

再び岩盤が目の前にあった。

梅津は大きく喘《あえ》いだ。

岩のあたった右肩に、鈍い痛みがはねた。

12

その岩盤は、奇妙な性質を持っているようだった。

三七七六メートル地点から、その奇妙な性質がさらに激しいものになった。

岩盤が、梅津の気分しだいで、自由にかたちを変えるのである。まるで、梅津の心を映す、鏡のようなものだった。

オーバーハングにかかる。それがきつそうだな、と梅津が想うと、角度がさらに急になった。

逆に、楽そうな場所になると、いたる所に手がかり足がかりが増えた。自信がわく。おもしろいように手が伸びる。

「こいつは生き物じゃないか」

梅津は想った。

こいつは、まるで、おれ自身のようだ。おれは、おれ自身を登っているのだ。

登り続け、梅津は休息をとった。

天と地との間に、垂直の岩だけがあり、他には何もない。時間さえ普通でなかった。

本来なら、とっくに陽が昇っている頃である。何時間、いや何日間上り続けたのかもはっきりしなかった。

レモンをかじり、チョコレートを食べた。

藤本が食べてしまったはずのものである。

「どういうことなのか」

あの女は「アクシデントを修整した」のだと言った。

藤本のことを言っているのだろうか。それとも、記録的に長く続いた吹雪のことを言っているのだろうか。

その両方かもしれなかった。

梅津は、ふいに想いあたった。

藤本にしろ、女にしろ、梅津に直接的に何かをしたわけではなかった。ほとんどが間接的なものであり、梅津がそうなるようにしむけこそすれ、藤本もじかに危害をくわえたことはなかった。

現に、こうして食料ももどって来ている。

彼らにも、彼らなりの規範《ルール》があるようだった。

何ものかの生命をめぐって、梅津を中心に何かが演じられているのだ。

考えても分かることではあるまい。梅津は眠ることにした。ハーケンの数を増やし、ザイルで身体を岩に固定した。

夢を見た。

地の深い所で、熱い塊がのたうっていた。

時間的には、一年に数ミリから数センチ、大きくても数メートルくらいの早さであるのが分かった。それを、何十万年分も、いっきに時間を縮めて見ている。

おそろしく巨大なものだ。

盛り上がってはぶつかり、盛り上がってはぶつかって、何かのかたちをとろうともがいている。それがぶつかっているのは、さらに巨大な〈層〉のようなものだった。

産まれる前の赤子が、子宮内で蠢《うごめ》いているようでもある。

いつの間にか、梅津は、自分自身が子宮の中で蠢いているような錯覚に落ち入っていた。それは、甘美な錯覚だった。

山で死ぬ時に、それがどんな死に方にしろ、一瞬の陶酔がどこかにあるなら、これがそうだろうと想った。

山へ登る、天へ近づくというのは、〈母〉へと下りて行く儀式なのだ。梅津は、自分がケンカの名を借りて求めていたものの正体を知った。母とは、女の中にも男の中にも、あらゆるものの中に内在しているものなのだ。

——かあさん。

梅津は、高い所から山群を見下ろしていた。

山は力である。

地が天上を目差し、あこがれがたどりついた空の点が頂である。恨みや、怨念《おんねん》や、はるかな憧憬《しょうけい》を込めて、山の群が、暗い天へむかって吠《ほ》えているのを梅津は聞いた。

ハーケンの音がする。

何者かが、梅津の暗い内部から登って来る。梅津はそれを見下ろしている。

自分自身の中から登って来たそいつと、梅津は顔をつきあわせた。そいつは梅津自身だった。

目を覚ました。

何か、ひどく暖かいものの内部につつまれていた。

もがきながら、そこから顔を出すと目の前に草があった。それは陰毛だった。梅津は女の膣《ちつ》の中から頭を出していたのである。

ずっと上の方に乳房が見えた。

体毛をつかみながら登った。乳房あたりでそれは岩に変わった。何の変哲もない、ただの岩だった。

そこを登りきると、何の手がかりもない、巨大な岩壁が広がっていた。
ハーケンもまるで歯がたたなかった。
——どうする。
考えたとたん、その答えがもうとっくに分かっていることを知った。
ようは、おれ自身の心の問題なのだ。
梅津は、岩壁に対し直角に立ち上がった。
想った通りだった。
梅津は、垂直の岩壁を歩いて登って行った。
頂上に立った。
そこに、女が立っていた。

13

〈ありがとうございました〉
と、女——〈母〉は言った。
〈私は、あなた方が、フォッサマグナ、中央構造線と呼んでいるものです。遠くは、この日本列島から、太平洋を通りフィリピンにまで続いている力が私なのです。二六〇〇万年前に、この島の弧を造り、二〇〇万年前に、それを海上に浮かび上がらせたのが私です。そして、私はさらに大きな力の一部なのです〉

梅津は驚かなかった。

当然のことのように女の言葉を聞いた。

「説明してくれる約束でしたね」

〈はい。あなたもお気づきと思いますが、力そのものには、まだ性質がありません。方向を持って、はじめてそれが力の性質になるのです。力が、意志を持つということです。山は、上への意志を持っている、とあなたが考えたのはあたっています。つまり、これは、「鉄はさびたがっている」という表現が、比喩《ひゆ》以上の意味を持っているということなのです。

現在、地下七十キロの所で、ひとつの力がかたちを取りつつあります。それは、将来、長きにわたってこの土地に影響をあたえていく力です。

それは、やがて、巨大な山岳を形成していく力なのですが、実は、その上に巨大な層があって、力をおさえているのです。本来なら、その力が層を破って上へ向かうはずなのですが、それがうまくいってなかったのです。

原因は、あなた方が富士山と呼んでいる力にありました。
彼はまだ生きています。つまり、まだ高くなる可能性を持っているということです。彼自身も、私の子供のひとりなのですが、彼は、この新しい私の子供、力に嫉妬《しっと》したのです。というのも、新しい力が山を形成しはじめると、富士《かれ》へまわるはずの力が、そちらへと集中し、彼自身の生命を縮めることになるからです。

この新旧の交代は、普通ならばスムーズにいくはずだったのですが、それがうまくいきませんでした。その原因は、どうやらあなた方人間にあったのです。
たまたま、富士がこの地域で一番の高峰であり、存在も特殊であったことから、霊峰とあがめられているうちに、あなた方の悪い波動を受けて増長してしまったのです。
元もと、我々と生物とは、影響を受けあっているのです。この土地にはこの土地らしい植物や動物、文化が生まれ、他の土地には他の土地らしいものが育っていくものなのです。それは、決して一方的なものではありません。

新しい力は、あなた方の言葉で言うなら、いじけてしまいました。本来なら破れるはずの層を破れず、少しずつ、力の流れの方向が変わっていきはじめたのです。

なんとかしなければ、新しい力がねじまがり、私の存在そのものまでが、在り方を変えてしまいます。

あなた方にとっても、それは望ましくない結果を生むでしょう。ようは、力そのものではなく、質の問題でした。それで、あなたに助けていただいたのです。あなたは、みごとに役目をはたしてくれました〉

「まってくれ」

梅津は女の言葉をさえぎった。

「なんでこのおれを選んだのだ。他に適任者はいなかったのか。おれは、スプーンもまげられない、ただの男なのに――」

〈あなたは、まず近くにいました。それを別にしても、あなたは適任者としての資格をそなえていました。人間、独りずつの力そのものは、我々から見れば、ほとんど変わりのないものなのです。必要だったのは、生きる、という意志、あなた流に言えば「ケンカに勝つ」という意志だったのです。仮にあなたの専門が絵であったのなら、私は、あなたに絵を描いていただくというかたちをとったでしょう。それに、あなたと新しい力とは、相性がよかったのです。おかげで、あなたの意識と彼の意識の一部とを同調させるのは楽でした。あなたが登ったのは、まだ生まれる前の山だったのです。順調にいけばそうなるはずである、未来の彼の姿だったのです〉

梅津は、槍の頂上から見た風景を想い出していた。

槍から笠にいたる、巨大な質量の岩峰。

それすら、全体のほんの一部分なのだ。

その頂に、今、梅津は立っている。

〈途中、富士のじゃまが入りましたが、あなたのおかげで、閉じていた産道も開いたようです〉

女の顔が、かすかに笑った。

美しかった。

梅津は、はじめて、女に色気のようなものを感じた。

梅津は顔を赤らめた。

女がまた笑った。

〈きっと――〉

と、女は梅津を見やった。

〈きっと、この山は、あなたに似た山になることでしょうね〉

女と梅津とを残し、何もかもが、急速に薄れていった。

女が、つと寄って、梅津の唇に柔らかな唇をおしあてた。

女は、離れて梅津の前に立った。

〈こういうかたちの方が、あなたには分かり易いでしょう。今、あなたに、ここで使っていただいた分の力をお返ししました。それだけあれば、あなたなら、なんとか帰れるでしょう〉

微笑した。

梅津は、このフォッサマグナを、可愛い、と想った。

〈ありがとうございました。あなた方の時間で言うなら、およそ四〇万年後、この場所を中心に、すばらしい山脈がそびえていることでしょう。あなたに似た――〉

と、女は言葉をきって微笑んだ。

〈あなたと私の子供です〉

女の姿が消えた。

14

陽光のまぶしい、槍の頂上に、梅津は立っていた。

腹はへっていたが、元気だった。

右肩が痛かった。

冷たい風が頬を打った。

今日中には、徳沢までは行けそうだった。

「四〇万年後か」

梅津は、つぶやいて空を見上げた。

ぬけるように蒼《あお》かった。

「ふふん」

苦笑いをした。

すがすがしい、照れくさいような、ヘンな気分だった。

頂を下りる前に、梅津はもう一度、底に山を連ねた、全天のすばらしい空間を眺望した。

ケンカに勝ったのだな。

そう想った。

＊　＊　＊

わたしは、この土地の氏神《うじがみ》ですが、今晩氏子の一人が陣痛《じんつう》をおこして、わたしに助けを乞《こ》いました。しかし、その陣痛はなかなかひどくて、とてもわたし一人の力では、その氏子を助けられないことが、すぐわかりました。それで、あなたのお力と勇気とをお借りしたいと思ったのです。ところで、あなたの手にお預けしたのは、まだ生れていない子だったのです。

ラフカディオ・ハーン
「梅津忠兵衛の話」より
角川文庫『怪談・奇談』田代三千稔訳

初出…「奇想天外」一九七八年十一月号
底本…『呼ぶ山　夢枕獏山岳小説集』（角川文庫）二〇一六年二月発行

熊谷達也

皆白《ミナシロ》

熊谷達也（くまがい　たつや／一九五八年―）

宮城県仙台市生まれ。東京電機大学卒。一九九七年、『ウエンカムイの爪』で小説すばる新人賞を受賞してデビュー。二〇〇〇年『漂泊の牙』で新田次郎文学賞、二〇〇四年『邂逅の森』で山本周五郎賞と直木賞を受賞。『相克の森』『荒蝦夷』『揺らぐ街』『我は景祐』など著作多数。本作品はクマ撃ちの名人、惣吉と薬売りの喜一が伝説の白いクマ「ミナシロ」を追う姿と、惣吉の苦悩を描く。

「さすがに腹病みの薬だけは減っていませんなあ」

薬袋への補充を終えた丸屋の喜一《きいち》が、囲炉裏越しに、惣吉《そうきち》へ向かって笑いかけてきた。

「あだりめえだ。クマ獲りさ熊の胆《い》入りの薬を売ってどうする。そんなことはトウジンさんなら百も承知だべ」

トウジンさんとは富山の『売薬さん』すなわち、医薬品配置販売業者に対する東北一帯での呼び名である。「唐渡来《とうとらい》の薬を運んでくる人」「冬に来る人」「土地の言葉と違う唐人のような言葉を使う人」など、さまざまないわれがあるものの、何が本当の由来なのかは、惣吉にもわからない。以前、本人の喜一に訊いてみたこともあったが、さあ、と首をひねるばかりだった。

今年でちょうど三十路《みそじ》を迎えたという喜一と惣吉とのつきあいは長い。喜一が最初に惣吉の家を訪ねてきたのは、かれこれ十五年も前になる。昭和八年の晩秋のことで、惣吉自身も四十をすぎたばかりで若かったが、当時の喜一は、まだ高等小学校を出たての、顔中にあどけなさが残る少年だった。

あとになって聞いてみると、親方に連れられての初めての商いだったという。先輩についての見習いを終え、いよいよひとりで得意先回りをすることになった一軒目が惣吉の家だったらしい。

そのころは、惣吉夫婦と四人の子どもに、存命中だった母を加え、合わせて七人の大家族だった。確か、家族総出で葉タバコの皺伸《しわの》ばし作業をしていたはずだ。

気がつくと、柳行李《やなぎごうり》を背負った少年が土間の端に立っていた。板の間で作業をしながら「なにしさ来たのや！」と訊くと、意味が通じなかったのか、怒られたとでも思ったのか、少年は目を白黒させて「う、ぅ、う」と言葉に詰まっている。もう一度尋ねたところで、ようやく少年は「丸屋でございます」と頭をさげた。

「ほうが」と頷《うなず》き、女房のシズに莫蓙《ござ》を用意させ、奥から丸屋の薬袋を持ってきても、まだ行李もおろさずに突っ立っている。「ほれ、早ぐすれ」と言って、惣吉が板の間の隅に敷いた莫蓙の上に薬袋を置いてやると、またしても少年は「あ、あ、あう」と呻《うめ》いて、やっと薬の入れ替えをはじめた。

そんな調子でおろおろしながら仕事を終えるや、今度は惣吉がふところに入れて用意してきた薬代を受け取りもせずに、何度も頭をさげて、逃げるようにして帰っていった。投宿していた宮古《みやこ》の宿に戻ってから「集金を忘れて客先から出てくるとは、おまえは馬鹿か！」と、親方に怒鳴られたそうだ。これもあとになって喜一自身が口にしたのだが、こちらの喋《しゃべ》っていることがひと言も理解できずに、やたら早口で叱りつけられていると思い込んでしまったのだという。

はじめは頼りない薬売りであった喜一も、毎年決まった時期に回商に来るにつれ、少しずつ商人らしくなっていった。しかも、大正七年生まれといえば、惣吉の二女と生まれ年が一緒である。年に一度の来訪ではあるが、いつしか自分の息子の成長を見守るような眼差しを、喜一に向けていた。

喜一の商いが、五年間だけ途絶えていた時期がある。戦時中の昭和十七年から、終戦の翌年、昭和二十一年までのことだ。

日本が敗戦への道をまっしぐらに突き進んでいく中、昭和十七年、売薬製造は一府県一企業に整理されるとともに、薬袋の配置も一戸で一袋に制限された。だがそれ以上に、多くの若い薬売りたちが兵隊にとられたことが、この時期、回商が途切れがちとなった最大の原因だった。かくいう喜一も、陸軍に召集されて満州の戦線に赴いていたという。

去年、久しぶりに訪ねてきた時、家族のように慣れ親しんできた若者の中で、なにかが変わったと、惣吉は感じた。時おり土地の言葉をぎこちなく交えてみせ、世間話をしながら薬の効能を説明する流暢《りゅうちょう》な口調は同様ながら、瞳の奥にあるものが確かに変わっていた。常にあった富山のトウジンさんとしての実直さや温かさを映すものが跡形もなく消え、端々に見え隠れするものが、背筋を寒くさせる得体の知れないものに置き換わっていたのである。

この時、以前のようにシズと二人で喜一を送り出したあと、惣吉は若者の行く末を案じた。

多くは語らなかったが、戦地にいる間、相当に酷《ひど》い経験をしたらしいことはわかった。それが黒い影となって落ちているに違いなかった。

そして今、冬の到来を前にして今年も回商にやってきた喜一の目の中に、惣吉は一年前と同じものを見ていた。

惣吉が工面しておいた代金を受けとったあと、喜一は「ところで」と前置きをしてから尋ねてきた。

「オカミさんはお出かけですか」

「んだ、葬式の手伝いさ行ってるでな、おめえさんにも会いたがってたが、今日は無理だべ」

「そうでしたか」と答えた目に、会えなくて残念だという色はない。むしろ、シズがいなくてちょうどよかったとでも言いたげだ。

「実はおりいって相談があるのですが――」

誰もいないにもかかわらず、部屋をぐるりと見回したあと、膝《ひざ》を乗りだし、一段と声をひそめた。

「わたしと一緒に、内密の商売をしてみませんか」

「商売だ？」

「ええ、かなりの儲《もう》けになる話です。ですが、そのためにはどうしてもオヤジさんの助けがいる」

きな臭い。耳にした瞬間に惣吉は思った。

儲け話などいらねえ、という言葉が出かかった。しかしなぜか、違う言葉を口にしていた。

「俺《おら》の助けって、なにや」

「熊の胆で、がっぱり儲けましょう」

がっぱり、という部分を強調して、喜一がにっと笑う。

「ヤミで売るっつうことがや」

「まあ、そういうことです。わたしにはクマは獲れませんから、クマ撃ちのベテランのオヤジさんに獲ってもらって、わたしがヤミで売り捌《さば》く。儲けは折半ということでどうでしょう」

この男は気が違ったのかと思った。昔から信用第一の富山の薬売りである。ヤミ米、ヤミ魚、あらゆるヤミ市場がはびこっている今の時世とはいえ、そんな商売に手を出して警察に捕まりでもしたら、富山の売薬業界から永久に追放されてしまうに違いない。

それに、と惣吉は考えこんだ。

それほど熊の胆で儲けたいのなら、正規のルートで仕入れるか、あるいは自分の地元に近い信州あたりの猟師にでも頼めばよいではないか。なぜわざわざ、こんな岩手の山奥に住む俺のところへ話を持ちかける必要がある……。

ヤミで云々《うんぬん》はともかく、その疑問を口にすると、喜一は訳ありげに頷いた。

「確かに、オヤジさんのおっしゃる通りです。ですがね、普通の熊胆《ゆうたん》の何倍も儲けるためには、ここでなくちゃならんのです」

どういうことかさっぱりわからない。

考えあぐねている惣吉の顔を見やって、喜一はまたも薄く笑った。

「今回の商いの途中で耳に挟んだのですが、このあたりには、毛の白いクマが棲《す》んでいるそうですね。迷惑がかかるといけませんので、誰から聞いたかは明かせませんが、その白いクマの棲みかを知っているのは、この村でもオヤジさんだけだとか」

その説明で、惣吉はすべてを悟った。

伝説の白いクマ『皆白《ミナシロ》』の熊の胆となれば、どんなに金を積んでも惜しくないという輩《やから》が、探せばいくらでもいるはずだ。それでなくとも、熊の胆には同じ重さの金と同等の値がつく。本物のミナシロの熊の胆であれば、家一軒建ったとしてもおかしくない。同時に惣吉は、喜一が口にした儲け話に、背筋の震える思いがした。

明治三十二年の初冬、秋田のマタギ村から来たらしいとしかわからぬ二人の猟師が、奥羽山脈を越え、北上《きたかみ》高地の峰々を伝って惣吉の村、和井内《わいない》の山中まで渡ってきた。体毛の白いツキノワグマを獲るためである。

マタギ発祥の地といわれる秋田県の阿仁《あに》のみならず、各地の猟師の間で、古くから獲ってはならないとされてきたクマには二種類ある。

ひとつは『皆黒《ミナグロ》』と呼ばれる、月の輪がまったくない、全身が真っ黒のクマだ。もし間違って獲ってしまった場合には、山神様の怒りを受けるので、獲ったクマのすべてを山神様に供えなければならない。さらに、ミナグロを獲ってしまったマタギは『熊槍《タテ》をおさめる』必要がある。その後はいっさいのマタギ仕事をやめなければならない掟《おきて》になっているのだ。

このミナグロと同様、あるいはそれ以上に山神様の化身として畏《おそ》れられているのが、全身真っ白のミナシロであり、北上高地を中心に時おり姿を見せると言い伝えられてきた。

二人の猟師が、なぜ厳しいマタギの掟を破ってまでミナシロを獲ろうとしたのかは不明だ。

当時、惣吉は尋常小学校に上がったばかりで、詳しい事情は呑みこめなかった。それは村の大人たちにしても同様だった。直接二人と話を交わした者はおらず、山中で彼らに偶然会ったという山師からの口伝えで、秋田からやってきたマタギらしいと知っただけであった。しかもそれは、刈屋《かりや》川に切り立つ断崖《だんがい》の下に横たわる、変わり果てた二人の遺体が発見されたあとのことである。

遺体そのものは、幼い惣吉は見せてもらえなかった。ただ、遺体の処理を手伝った父親から、崖《がけ》から落ちた際の傷だけでなく、二人の体には、クマの爪跡がくっきりと残されていたと聞いた。獲ってはならないミナシロを追ったために天罰がくだったのだと、父は語った。

その後村人たちは、惨死した二人の魂を慰め、村の近くに再びミナシロが現れないようにと、遺体を葬ったあとで、刈屋川の西側の土手に碑を建てた。村の和尚の勧めで西方浄土に向けて建てたのだとも言われているが、ミナシロに対する結界《けっかい》としてその場所を選んだのではないかと、惣吉はあとになって考えるようになった。

幼いころにそのような体験をしたからであろうか。大きな声で言うことははばかられたが、いつか自分の目でミナシログマを見てみたいものだという欲求が、消すに消せないものとなった。学校を出たあとの惣吉は、山仕事や田畑の手伝いをしながら、自ら望んで叔父《おじ》に教わり、猟師の仕事もするようになった。

山の様相が違えば、狩りの形も異なるものとなる。

奥羽山脈を擁する日本海側のマタギたちは、『寒マタギ』というカモシカ猟で、雪深い厳冬期をすごす。彼らが本格的にクマ狩りに繰り出すのは春先になってからだ。大勢の勢子《せこ》を使った巻き狩りによって、冬ごもりから出てきたばかりの春グマを狙《ねら》うのである。

寒風ふきすさぶものの、比較的積雪が少ない北上高地では、真冬の間もクマを獲る猟師が多い。冬眠中の冬グマを獲るためだ。クマが潜む越冬穴を探し出すのは容易なことではないが、春グマ猟とは違い、巻き狩りをする必要がないので少人数ですむ。その気になれば、単独での猟も可能だ。したがって、秋田のマタギたちほどには厳しい掟に縛られた狩猟組織はなく、猟師そのものもマタギとは言わずに、単に『鉄砲撃《ぶ》ち』と呼ぶことが多い。

惣吉は、十五の歳から村で評判の鉄砲撃ちだった叔父に連れられ、猟期になると近場の山山をくまなく歩いた。

そうして五年ほどが経ち、元号が明治から大正に変わったばかりの冬に、生まれて初めてミナシロと遭遇した。

刈屋川に注ぐ沢を登りつめ、標高一三〇五メートルの害鷹森《がいたかもり》に向かう途中、一緒に歩いていた叔父が、ブナの根上がりにクマ穴を見つけた。

クマ穴を発見すると、まずは頭から潜りこんでみる。普通の人間には物騒きわまりない所業のように思えるが、実はそれほど危険なことではない。穴の中にいるクマに襲いかかられることはめったにないからである。

最初こそ怖くてしょうがなかったものの、このころには巣穴を覗《のぞ》き込むことにも慣れていた。首尾よく冬眠中のクマを見つけることができれば、いったん這《は》い出てから獲物を追い出しにかかる。相手にとっては迷惑千万な話には違いないが、我慢できなくなって穴から顔を覗かせたクマに銃口を向け、引き金を絞って引導を渡してやる。クマ穴を覗く度胸さえあれば、これほど楽な猟はない。

この時も、頭を入れた瞬間に獲物がいることはわかった。鼻の粘膜、しかも鼻腔《びこう》の奥ではなく鼻先のあたりに粘りつく、他の獣とは明確に違うクマの匂いが充満していた。

両肘《りょうひじ》を使いながら匍匐《ほふく》し、自分の足首が入ってしまうあたりまで潜り込んだところで、巣穴が下へ向かって落ちこんだ。角度が悪くて、先がどうなっているのかよく見えない。

入り口から射し込むわずかな明かりを頼りに、とりあえず相手の顔だけでも拝んでやろうとさらに数十センチばかり進んだ時、惣吉はただならぬ気配に身を硬直させた。ほんの鼻先で二つの赤っぽい目玉が光り、獣臭い息が顔にかかったのである。

そこに接近するまで気づかなかったのは、クマの顔が白かったからだ。暗闇《くらやみ》に沈む黒い顔に埋もれる二つの目。そればかり考えていたせいで、はっきりと見えていたにもかかわらず、白っぽく浮かんでいる丸いものがクマの顔だとは思いもよらなかった。

がぶりとやられなかったのは運がよかったとしか言いようがない。相手の目を真正面から睨みつつ、息を殺してゆっくりと後ずさった。

なんとか無事に穴から這い出した惣吉は、「どうだ、いだがや」と尋ねた叔父に、ひと言「ミナシロ」とだけ答えた。

叔父の顔が青ざめた。

二人で入り口に向けて銃を構えたまま、そろそろと穴から離れた。相手が飛び出してきたら撃たざるを得ない。だが、それだけは避けたかった。秋田のマタギほど厳しい禁忌に縛られていないとはいえ、ミナシロはまずい。もし殺してしまったら、山神様の怒りを買うに違いなかった。いや、マタギを相手に渡りあって生き延びたクマのこと。こちらがやられてしまう可能性が頭をよぎり、手にした村田銃さえ頼りなく感じるほどの、それまで経験したことがなかった種類の恐怖に襲われた。

幸いミナシロは穴の外に姿を現すことはなく事なきを得た。そして、村に戻った惣吉と叔父は、このことに関しては他言無用と約束しあった。

その叔父が、春を待たずに死んだ。ひとりで出かけたクマ猟で、尾根から張り出していた雪庇《せっぴ》を踏み抜いて崖下に転落したのである。

クマに襲われて命を落としたわけではない。しかし惣吉は、ミナシロの巣穴を見つけたことが原因だったのではないかと疑った。自分ひとりで抱えこんでいることができずに、父にだけ、ミナシロの話をしてみた。猟をしない父は、それは関係ないだろうと言いながらも、やはり眉《まゆ》を曇らせ、叔父の家族や村の者を無用に騒がせてはよくないから、このことは誰にも話すなと、惣吉に釘をさした。

それからわずか二月後、惣吉は前にも増して愕然《がくぜん》とすることになった。今度は惣吉の父が脳卒中で倒れ、五十歳という若さで息を引き取ったのである。

初七日の法要が終わってから、惣吉はひとり密《ひそ》かに、雪解け間近い山中に向かった。ミナシロを自分の手で仕留めようと考えたのだ。

どう考えても、叔父と父の死は、あの白いクマによってもたらされたものとしか思えなかった。二十代はじめという若さのせいもあり、この時は、ミナシロに対する恐怖よりも、二人の身内を死に追いやった者へ対する復讐《ふくしゅう》の念が勝っていた。

だが、さすがに巣穴へ入ることはためらわれた。そこで惣吉は、冬ごもりを終えてすぐにも出てくるはずのミナシロを待ち伏せすることにして、穴の出口が見おろせる尾根の中腹に雪洞を掘った。冬場の猟の寝泊まりでも使っている炭焼き小屋から炭を運んで暖をとり、味噌《みそ》を嘗《な》めて空腹を癒《いや》しながら、相手が出てくるのを待ちつづけた。

待つこと二日、春の陽射しが混じりはじめた太陽を追うようにして、ついにミナシロが姿を現した。

手にした村田銃をミナシロに向けて狙いを定めた。鉄砲の腕には自信がある。撃てば外す距離ではなかった。

引き金にかけた人差し指に力を込めようとした時、惣吉は思わず肩から銃を外し、両目をしばたいた。穴から出て、あたりの様子を神経質そうに見回しているミナシロのあとから、子グマが一頭、白い毛の塊《かたまり》となって転がり出てきたのだ。

惣吉のためらいが、クマの親子を逃がすことになった。気をとり直して再び銃を構えようとした時には、大小二頭のミナシログマは、既に射程の外へと歩き去っていた。

あの時、ためらいなく引き金を引いていたらどうなったのだろうと、その後幾度となく考えた。しかし、時が経つうちに、ミナシロと身内に起きた不幸との間には特別の因縁はないのだと思うようになっていった。父の一周忌がすんだあとで隣村からシズを嫁に迎え、次々と子宝にも恵まれ、四人目には待望の長男も生まれて、思ってもみなかったほど平穏な暮らしを送ることになったからである。そしてまた、ミナシロの親子も、どこかよそに行ってしまったのか、二度と見かけることはなかった。

それからさらに歳月が流れ、太平洋戦争での敗戦が濃厚になってきた昭和十九年の晩秋に、和井内の森に再びミナシロが戻ってきた。

茸《きのこ》採《と》りで山に入っていた村人が、害鷹森の近くで白いクマを目撃した。

戦時下の統制が厳しい中、ことさら大きな騒ぎにはならなかったが、村人たちは口々に噂《うわさ》した。この戦争の行く末を占うために、山神様が遣わしたクマではないかというのである。

村人の意見は二つに分かれた。

白い動物は古来より吉報の印だと言う者もいれば、いや、ミナシロの場合は特別で、山神様の怒りが形を成したものだから、この戦争は負け戦になると、声をひそめて主張する者もいた。といっても、それほど真剣に議論していたわけではなかった。町場から遠く離れ、谷間《たにあい》にへばりついて息づく村にあって、新たなミナシロの出現は、少々刺激的な出来事だったにすぎない。

ただし、惣吉にとっては、昔と同様、今度のミナシロも禍々《まがまが》しい災いをもたらす使いとなった。出征していた長男の惣一郎《そういちろう》が、一度も家に帰ることなく戦死し、その報せを聞いて寝込んでしまった母も、二週間と持たずに息を引き取ったのである。

偶然が重なっただけであるのはわかっていた。わかっていたが、跡取り息子を失った悲嘆が惣吉を混乱させた。息子の訃報《ふほう》を手にした時、ミナシロを仕留めるために冬山に分け入ろうとさえした。この山からミナシロが消えれば、死んだ息子が生きて戻ってくるに違いないと、まったく理屈に合わないことを、本気で考えたのだ。新たなミナシロは、あの時の子グマが成長したものに違いなく、母グマが暮らしていた山に戻ってきて、またしても自分の家族に不幸をもたらしたのだと思い込んだ。

だが、結局山には入らなかった。惣吉の手元には、軍に供出したために、愛用していた村田銃がなかったのだ。

あれから三年が経った今、戦争が終わって再び新しい猟銃を手にした惣吉の中から、息子を失った悲しみは癒《い》えないまでも、ミナシロを呪う気持ちは去りつつあった。

分別を持って冷静に考えてみれば、親子二代にわたる白いクマと、自分の身内の運命との間にはなんの因果もないはずで、それぞれがそれぞれの場で、黙々と生活を営んでいるだけだ。人知の及ばぬ悲運の責任を、人間の都合で勝手にかぶせられるのでは、ミナシロにしてみれば、はた迷惑な話に違いない。

そんなふうに、ようやく現実との折り合いがつき、心が落ち着きを取り戻しつつあった折だけに、喜一の口から飛びだした熊の胆での儲け話は、惣吉を再び動揺させた。一瞬、惣一郎が喜一の口を借り、俺を死に追いやったあのクマを仕留めてくれと、黄泉《よみ》の国から訴えかけているのではないかと錯覚したのである。

「どうしたんですか、顔色が悪いですよ」

訝《いぶか》しげにこちらを見ている喜一に気づき、惣吉は囲炉裏に薪《まき》をくべ足して首を振った。

「なんでもねえ。ちょこっと、寒《さみ》がっただけだ」

「風邪のひきはじめでなければいいですね。うちの薬はよく効きますから、夕飯のあとに白湯《さゆ》と一緒に一服飲まれるといいでしょう。早めに飲んでおけば、こじらせずにすみますから」

愛想よく薬効を説いたあと、喜一の顔つきが戻った。

「で、熊の胆の件はどうですかね。悪い話ではないと思うのですが」

「だめだ、そいづには乗されねえ」

「白いクマは、確かミナシロと呼ばれているんでしたよね。山神様の化身だとか。それで祟《たた》りを恐れている。そういうことですか」

「いや、そんたなことではねえ」

「そうでしょう。祟りだなんだというのは、はっきり言って迷信にすぎない。黒かろうと白かろうとクマはクマです。クマ狩りをするオヤジさんは、そこのところはかえってよくわかっていらっしゃるのと違いますか」

「確かにおめえさんの言うように、ミナシロにしたってはぁ、ただのクマであることに変わりねえと俺も思う。獲って獲れねえことはねえ」

「だったらいいじゃないですか。獲ることそのものは法に触れるわけではない。ヤミで売るからにはそれなりの覚悟はできていますし、万一の場合は、わたしがぜんぶひっ被《かぶ》ればすむ。出どころは絶対に明かしませんから、オヤジさんに迷惑がかかることはないと約束できます。それともあれですか、ヤミで商売することに、どうしても抵抗があるということでしょうかね」

「いんや、そすたらことでもねえ。今の時代、ヤミ商売がねえば困る者が山ほどいることはわがってる。お互いにヤミだと知《す》ってて商売するのは仕方《すがた》ねえことだ。んでも俺は、人を騙《だま》すのは好かん」

「騙すとは、どういうことでしょう」

「ミナシロの熊の胆だからって、特別に効きがいいわけでねえべ。それを何倍もの値をつけて売りさばくとしたら、買った者を騙ぐらがすことになる。ヤミはかまわねえども、嘘《うそ》はよぐねえ」

「ははあ、そういうことですか」と頷いたあと、喜一は子どもに言い含めるような口調で続けた。

「いかにもオヤジさんらしい。しかし、そこがまた人間のなんとも不可解なところでしてねえ。稀《まれ》なるものに対しては、ありもしない霊験が宿っていると、心底信じてしまうものです。つまり、白いクマの熊胆ならば、どんな薬よりも効くはずだと信じきって服用する。そしてまた、薬というのも不思議なもので、効くと信じて飲めば確かに効く。ですから、人を騙して儲けようというわけではありませんよ。むしろ、わたしたちの熊の胆は人助けになるはずです」

　理屈に理屈で返そうとしたのがよくなかったのだろうか。気がついてみると、喜一の言うことは、いちいちもっともだ。このまま議論をしていれば、最後にはこちらが折れてしまうことになりそうだと危惧《きぐ》した惣吉は、話の矛先を変えた。

「そっちだの言うことはわがった、確かにその通りだべ。ほだら訊くが、なしてそれほどまでして儲けたいのや。昔のおめえさんは、そんな人間ではながったど」

　喜一の顔に、はじめて逡巡《しゅんじゅん》がよぎったように見えた。しかしそれも束の間《つかのま》、再び能面めいた顔つきが舞い戻り、切れ長の一重瞼《ひとえまぶた》の奥から惣吉を見据えて言った。

「人間というのは変わるものですよ。わたしにしても、オヤジさんにしてもそうだ。そして、変わらなければ生きていけない場合もある。今のわたしは、どうしてもまとまった金が欲しい。それだけのことです」

　これ以上詮索《せんさく》しても、なにも語らないだろう。あきらめた惣吉は、深くため息をついてから首を振った。

「とにかく、だめなものはだめだ。俺にはミナシロを獲る気はねえ。悪いが力にはなれねえな」

「そうですか――わかりました、今日のところはこれで帰ります。三日後にまたお邪魔しますので、それまでもう一度考えておいていただけませんか。それでもだめなら、他をあたってみますので」

「他を？　どういうことや」

「手伝ってくれる別の猟師さんを探してみます。どうせなら、長いお付き合いをさせていただいているオヤジさんにお願いしようと考えてこの話を切り出したのですが、だめならそのときは仕方ありません。では、長々と申しわけありませんでした」

一礼して柳行李を風呂敷に包みはじめた喜一を見やりながら、この男はどんなことをしてでもミナシロの熊の胆を手に入れるに違いない、と惣吉は思った。


三日後、再び喜一が訪ねてきた時には、惣吉の腹は決まっていた。

シズがそばにいるのを気づかい、「例の件は考えていただけましたか」と、用件をぼかして尋ねた喜一に「わがった、ミナシロは俺が獲ってやる」とはっきり返事をした。

囲炉裏端で茶を注《つ》いでいたシズの手がとまり、二人の男を交互に見くらべた。

「ミナシロって、あんだ、なんの話だす」

「いいがら、おめえは黙ってろ」

「いいんですか、オカミさんの耳にいれても」

驚いたという表情で喜一が訊く。

「かまわねえ、俺家《おらえ》のことは俺家のことで、なんも、おめえさんが心配することではねえ。こいづには、あどでちゃんと話をしておくから気にすんな」

「そうですか、わかりました。でも、オヤジさんならきっと承知してくれると思ってました。ありがとうございます」

両手をついて頭をさげる喜一に、茶を勧めながら惣吉は言った。

「ただし、それには条件がある」

頭をあげた喜一が、湯飲みを両手に包んでかすかに首を傾《かし》げた。

「条件とは、分け前のことでしょうか」

「馬鹿語《ばがかだ》れ、そすたらことではねえ。最初に言っておくが、俺は分け前などいらねえぞ。なんぼでも、おめえさんが好きなように売り捌げばいい」

「しかし、それでは――」

言いかけた喜一をさえぎり、強い口調で惣吉は続けた。

「いいがら、黙って聞げ。俺は獲りたくなったから獲るだけで、おめえさんの事情はどうでもいいし、銭なぞ一銭もいらねえ」

「そこまでおっしゃるのなら、お言葉に甘えて、そうさせていただきます。で、その条件というのはなんでしょうか」

三日前、喜一が漏らしていたのと同じような笑みを口元に浮かべて、惣吉は相手の目を見つめた。

「ミナシロを獲りに行くときは、おめえさんも一緒だ。でねば、獲らねえ」

「わたしも——ですか」

「嫌なのが？　嫌なら、この話はなしだど」

しばらくの間言葉に詰まっていた喜一は、やがて、宙に彷徨《さまよ》っていた視線を惣吉に向け直した。

「わかりました、お供させていただきます。しかし、わたしなんかが一緒では、足手まといにならないでしょうか」

「なあに、おめえさんだって足で稼ぐ商売をしてるんだべ。少々の雪山くらい平気なはずだろうが」

「それはまあ、そうですが——」

「んだら、話は決まりだ、いいな」

「はあ——となると、いつごろこちらにお邪魔すればいいでしょうか」

「年が明けて節分がすぎたあだりだな。そのころなら、ちょうど塩梅《あんべえ》がいいべ」

「それはまたちょっと先ですね。年内にというのは無理ですか」

「なんだや、おめえさん、薬売りのくせに肝心なことをわがってねえな」

「といいますと」

先日とは違い、話の主導権をこちらが握っていることに満足しながら、惣吉は説明してやった。

「ええが、熊の胆っつうのはな、いつでもいいものが獲れるわけではねえ。特に夏グマや今の時期の秋グマはだめだ。奴らは、冬ごもりに備えて盛んに食ってるべよ。そうすっとな、熊の胆そのものが見えねえくらいに萎《しぼ》んでいるんだ」

「ああ、なるほど、わかりました。熊の胆は胆嚢《たんのう》ですからね。ものを食っている時には、食物を消化するためにどんどん胆汁が使われて、胆に溜《た》まる暇がないというわけですね」

「その通りだ。熊の胆つうのは、ものを食ってねえ冬ごもり中に少しずつ膨らんでくるわけだ。んだから、いい胆を獲るためには、穴の中さいる冬グマを狙うか、クマ穴から出はってきたばかりの春グマを狙うかの、どっちかしかねえことになる。春グマは巻き狩りせねばなんねえから、二人では無理だ。つうことは、自《おの》ずと冬グマになる」

「どれくらい日数がかかるでしょうかね」

「まずは入《へえ》っている穴を探さねばならねえから、一日では無理だな。んでも、奴がいそうな場所は、だいたいのところはわかっている。たぶん、三日もあれば仕留められるべ」

「その間は山中で寝泊まりするわけですね」

「んだ、俺家《おらえ》の炭焼き小屋を使えばいい。こごらの山は、雪はさほどでねえども、寒さは半端でねえど。せいぜい覚悟して来るこったな」

それを聞いて、喜一が傍目《はため》にもわかるほど、ぶるりと身を震わした。

その後、具体的な日取りを決めてから喜一が帰ったあと、シズが痺《しび》れを切らしたように口を開いた。

「あんだでば、この二、三日、なんだがむっつりしてると思ったら、こんなことを企んでいだどはなっす。ミナシログマを獲りに行ぐなんて、なんぼなんでも無茶でがす。罰が当だるすけ、やめでけせえ」

「そうはいがねえんだ」

「なして」

シズの怒りと疑問はもっともであり、それにはきちんと答えるつもりでいたから、さっきはあえて彼女がいる前で喜一と話をした。

息子を失い、半ば半狂乱になってミナシロを仕留めに行こうとした時、自分の足に取りすがって押しとどめてくれた女房である。シズが止めてくれなかったら、たとえ銃がなくとも、竹槍《たけやり》を持って山に入っていただろう。そうしたら、おそらく自分は寒風の中で命を落としていたに違いない。怒りに任せてずかずかと踏み入る人間を黙って見逃してくれるほど、山というものは甘くはないのだ。

三人の娘を嫁に出したあとで息子を失ってしまった今、残りの人生を一緒に生きていくのは、長年連れ添い、苦労をかけてきた女房以外にいないことは、誰に言われるまでもなく、心に染みてわかっている。

惣吉は、喜一の申し出を聞いてからの三日間、ずっと考えつづけてきた心のうちを、シズに話しはじめた。

「――というわけだ。だからたとえ俺が嫌だと言っても、喜一はミナシロを獲りに山さ入るに違いねえ。それほどまでに、あいづはこの戦争で変わってしまったのさ。んだたら、他の者に撃だれるよりは、この俺の手で撃ってやりてえ。それにな、相手はたぶん、昔、秋田のマタギ衆を殺してしまったほどのミナシロの子っこだ。いくら穴にいるのを狙うっていっても、一筋縄ではいがねえはずだ。下手すれば人間の側がやられることだってあるべよ。俺なら、なんとかうまく仕留めることができるでな」

「ほんになあ、なんだって、喜一さんは、そんなになってしまったんだが――」

「それは本人にしかわからねえことだ。けんどな、シズ、今では、あいづは俺にとっては息子のようなものだ。覚えでっか？　惣一郎が小《ちっ》ちゃけえころ、喜一が訪ねてくると、薬のあんちゃんって語《かだ》ってよ、本当の兄弟のようになついてたべ。惣一郎には、親父らしいことを、なにひとつしてやれねがったからなあ。んだから、今度のことは、息子のわがままを聞いてやるようなものなのっしゃ」

これで納得してもらえるとは思わなかった。だいいち、喜一を連れてミナシロを獲りに行くと決めた理由が、自分でも本当のところはよくわかっていないのだ。理屈をつけて説明しようとしても無理がある。

案の定、話を聞き終わったシズは不満が残る顔をしていた。だが、それ以上に異を唱えることはしなかった。

黙って湯飲みにお茶を注ぎ足しているシズに、惣吉は努めて明るく言葉をかけた
「大丈夫だ、心配《すんぺえ》すんな。だてに四十年もクマ獲りしてきたわげでねえからな、危ねえまねだげはしねえ。そうだ、シズ、喜一との仕事が終わったら、んだなあ、久しぶ

りに花巻あだりの温泉さでも浸《つ》かりに行くべぇ」

ほんとに？　と目で問いかけるシズに、惣吉は、必ずだと、やはり目だけで頷いた。

山と谷が凍りつき、粉雪にまみれて白一色になった惣吉の村に、約束通り喜一がやってきた。富山から和井内まで、鉄道を北陸本線から羽越本線、陸羽西線、陸羽東線、さらには東北本線、山田線と乗り継いでの、丸二日間の行程である。

長旅をめったにしない惣吉には聞いただけでうんざりする話だったが、旅慣れている喜一にはごくあたりまえのことらしく、旅の疲れも見せずに、到着した翌朝には、惣吉と一緒に和井内の山を歩いていた。

昨日までしきりに降りつづいていた雪もやみ、頭上には澄んだ空が青々と広がっている。この後、四、五日は晴天が続くだろうと、惣吉は山の天気を読んでいた。まるで、喜一がくるのを待ち構えていたかのような、天候の巡り合わせだった。

「そいづでは歩きにくくねえが」

先頭で山の斜面を登っていた惣吉は立ちどまって喜一が追いつくのを待ち、尋ねてみた。

惣吉の足回りは、ハバキという蒲《がま》製の脛《すね》あてを巻いた下にツマゴワラジを履き、滑り止めに三本爪のカネカンジキをくくりつけるという、昔ながらのものだった。最近では使う者も少なくなってきたが、若いころに秋田のマタギから教えてもらったもので、雪山をクマ狩りで歩くには具合がいい。

一方、喜一はといえば、舶来品だという黒いゴム長靴に、これまた外国製だという四つ爪がついた登山用のシュタイクアイゼンというものを装着していた。

出かける前、喜一はリュックサックに山ほど詰めこんできていた装備品のなかから、輪カンジキを取りだして長靴につけようとしていた。それを見た惣吉は「そんではだめだ」と言ってアイゼンに換えさせた。

北上高地に降り積もる雪は粒子が細かい。それがゆえにスキー板かよほど巨大なカンジキでも履いているのでない限り、簡単に足が潜ってしまう。潜った下は、凍《い》てついた固雪か凍土である。したがって、動きの俊敏さが要求される猟の場合は、潜らないことよりも、滑らないことが優先される。

「まあ、なんとか歩くぐらいはできますけど、それにしてもオヤジさんの歩き方が速すぎるもので」

「こんでも、ゆっくり歩いてるんだがな」

「そうですか――」

真っ白な息を吐きながら喜一が情けなさそうに声を漏らした。商売でいくら歩き慣れているといっても、道もない本格的な雪山となると勝手が違うようだ。

「もたもたすてっと、着いだころには暗ぐなっちまうど」

「わかってます」

今度は少々怒ったような口調で返し、先に立って歩きはじめる。

負けん気の強さと若さのおかげだろう。徐々に喜一の歩みもはかどるようになり、午後の比較的早い時刻には、最初の目的としていたクマ穴までたどり着くことができた。あのミナシロが使っていたブナの根上がりだ。

しかし、穴を覗く前から、クマは入っていないと惣吉にはわかった。彼らが冬ごもりに入る際に必ずといっていいほど刻む新しいひっかき傷や咬《か》み跡が、ブナの木肌のどこにもなかったからだ。

この穴に入っているはずだと考えた自分の見込み違いだったのか……。

「ここにはたぶんいねえと思う」

入り口を覆う雪を除《の》けながら呟き、「どうだや、おめえさんが中を確かめてみっか」と冗談で笑いかけてやる。

虚を衝《つ》かれてぎょっとした顔を見せた喜一は、すぐにそれを打ち消し、止める間もなく頭から潜り込んでしまった。

あきれた惣吉が入り口で待っていると、しばらくしてから這い出してきて、膝頭が震えているにもかかわらず「やはりいないようですね」と、なに食わぬふりを装って報告した。

若者の挑みかかるような目を見て、惣吉の胸中に、ふいに熱いものがよぎった。息子、惣一郎が出征する前、一度だけ連れてきた穴グマ狩りでの情景が蘇《よみがえ》った。その時の惣一郎は、喜一とまったく同じことをしてみせて、惣吉を驚かせたのである。

それを思いだしたことで、なぜ今回、一緒に山に入ることを喜一が同意したのか、ようやくわかった。惣一郎も喜一も、惣吉の誘いを自分に対する挑戦だと受け取ったに違いない。してみると、自分には特段の考えがあってのことではないにせよ、若い者を山に連れだすという行為は、越えなければならないなにかを、自ずと彼らに与えてしまうのかもしれない……。

変わらず口をへの字に結んでこちらを見ている喜一に、「あんまり無茶するんでねえぞ、こっちが食われてしまっては、もともこもねえがらな」とだけ言い、惣吉は次の目標を目指して歩きはじめた。

初日、二日目、さらに三日目と、ミナシロが潜む巣穴の探索は空振りに終わっていた。

二日目の午後と三日目の昼に、クマが入っている穴をひとつずつ見つけたが、なかにいたのはいずれも普通のツキノワグマで、惣吉は彼らを見逃してやった。ミナシロを獲る前に他のクマを撃ったのでは、肝心のミナシロが獲れなくなるような気がしたからだ。

戦時中に村人が目撃した二代目のミナシロを、惣吉自身は直接目にしたことはない。銃がなくて一時猟を中断していたということもあったが、再び猟銃を手にしてからも、あえてミナシロを探そうとはしなかった。見つければ、抑えつけていた衝動が再び頭をもたげるだろう。それを恐れていたのだと、喜一と一緒に山に入ってから悟った。

山神様が授けてくれるクマを獲るのはいい。だが、私怨《しえん》のために、あるいは単なる欲望のためにクマを獲ることを、山神様は決して許してくれない。

ならば、今回の狩りは、なおさら許されないものではないのか。理屈ではそうだ。ミナシロを探しだして銃で撃つことは、山神様に銃を向けるのと一緒だ。

薄暗い炭焼き小屋で薪がはぜる音を聞きながら、自分の心の奥底に潜む鬼に気づいて、惣吉はぞっとした。

惣一郎を死なせてから、いや、遡《さかのぼ》れば叔父と父が死んだ時から、自分はミナシロを殺したいという欲望を常に抱《いだ》きつづけていた。つまりは、家族に不幸をもたらした山神様を憎み、殺してやりたいとまで思っていた。喜一が持ちかけた熊の胆での儲け話は、もともとあった殺しと復讐の衝動を引きずり出すきっかけになったにすぎない……。

「この山に、ほんとうにミナシロはいるんでしょうかね」

惣吉のもの思いを、喜一の声がさえぎった。

薪からあがる炎の向こうに浮かぶ若者の顔を見て、惣吉は頷いた。

「間違《まづげ》ぇねえ、絶対にいる。明日あたりには見つかるべ」

「だといいんですが」

生まれてはじめて経験する真冬の山歩きで、若さだけではどうにもならない精神的な疲労が喜一にとりつきはじめているのだと、声の調子から惣吉は判断した。せいぜい明日いっぱいがいいところだろう。

しばらく沈黙が落ちたあと、ところでよ、と前置きをし、小屋に寝泊まりしはじめてから気になっていた問いを口にする。

「昨夜《ゆんべ》もその前も、おめえさん、ずいぶんとうなされてたみてえだな。なにが悪い夢でも見てたのか」

実際には、うなされているなどという生易しいものではなかった。ううう、と呻いていたかと思うと、突然ぎゃあ、と叫んで飛び起きるのである。寝ているふりをして声をかけることはしなかったが、二晩連続ではさすがに問わずにはいられなくなった。

すぐには答えが返ってこなかった。

なにも話す気はないのかと思ったところで、ぼそりと喜一が口を開いた。

「人を殺す夢を見てしまうんですよ」

「人を殺すだと」

「ええ、毎晩のように同じ夢を。女や子どもに銃やナイフを突きつけて、気がつくと引き金を引くか、喉《のど》を切り裂くかしている。それで目が覚めてしまうんです」

なんでそんな夢を、と訊きそうになったところで言葉を呑みこんだ。喜一の夢は単なる夢ではなく、戦争という狂気の最中《さなか》で、自らの手を血で染めた呪わしい記憶の再現なのだと気づいた。

この若者が、自分以上に深い闇を心に抱えていることがわかった。といって、かけてやるべき言葉は、なにひとつ思い浮かばない。

かわりに惣吉は、なぜそれほどまで金が欲しいのだと、あらためて尋ねてみた。するとすると喜一は、惣吉から顔をそむけ、暗い壁に向かって一語一語、なにかに怒っているような口調で答えた。

「あの戦争で地獄を見て、ようやく日本に帰ってきたと思ったら、自分の家が建っていた場所は焼け野原です。独立しようと必死になって貯めていた財産もすべて無くしてしまった。それなのに、目端の利く奴らだけが、ヤミ商売で大儲けしている。これではね、昔どおりに真面目に稼ぐのが馬鹿らしくなっても仕方がないですよ。この世には、神も仏もいやしません。それが嫌というほどわかりました。違いますか、オヤジさん」

それは違う、とは惣吉にはどうしても言えなかった。

四日目の午後遅く、そろそろ切り上げなければまずいかという時刻になって、ついにミナシロを見つけた。

惣吉自身もあまり踏み入ることがなかった山塊の中腹に立っている、樹齢二百年はあろうかというブナの巨木が目にとまった。それだけ大きな老木の幹には、内部が空洞になった虚《うろ》ができていることが多い。それが冬ごもりをするクマにとっては、絶好の越冬穴になるのである。

思った通り、そのブナには、人の頭よりも少し高い位置に、直径が一尺半ほどの虚が口を開けていた。しかも、猟師の目にならはっきりとわかる、クマによって齧《かじ》られた跡が、幹の表面に残されていた。

惣吉が覗き込む前から、人の気配は察知していたらしい。喜一に肩車をしてもらい、臍《へそ》のあたりまで体を潜りこませたところで、穴の底からじっと睨んでいる白い顔のツキノワグマと目が合った。

一瞬背筋に震えが走ったが、喜一の肩からおりたときには、どうやって仕留めてやるかの段取りが、すでに頭の中にできあがっていた。

さっそく惣吉は、手ごろな枝振りのコシアブラを見つけて鉈《なた》をふるいはじめた。

「なにに使うんですか」と尋ねる喜一に手は動かしつづけて説明する。

「矢来《やらい》にして穴に支《か》うのさ。これをな、根っこのほうから穴さ突っこんでやる。するとクマは怒って出てこようとするべ。んだども、矢来の枝が邪魔になって外には飛び出してこれねえ。そこを鉄砲で狙うわけだ」

「外に押し出されてしまったら、いきなり飛び出してはきませんか」

不安げに言う喜一に向かって、惣吉はにやりと笑ってみせた。

「クマっつうのはな、自分のほうさ引っ張ることはしても、前に押すことはしねえんだ。さあ、できたど。すぐにはじめるべや」

「わたしはなにをすれば――」

「矢来を突っ込んでも出はってこねえようなら、ほれ、この鉈で木の幹ば、ガンガン叩いでけろ。そうすれば、たいがいのクマは出はってくるでや」

使い終わった鉈を喜一に手渡した惣吉は、できたての矢来を引きずってブナの木に近づいた。

中折れ式の二連銃に弾を込めて背負いなおし、二メートルほどの長さに切った矢来を頭上に持ちあげる。

「さあ、やるど」

虚が開いている反対側に回りこんで鉈を握りしめている喜一に頷きかけ、惣吉はコシアブラを一気に虚の奥へ突っ込んだ
とたんにクマの唸《うな》り声が聞こえ、矢来ばかりかブナの木全体が震えて、枝についていた雪がどさっと落ちてきた。

腰だめに銃を構えたまま数歩あとずさりし、雪の上で足場を固める。

しかし、ミナシロが騒いだのは最初のひと突きのときだけで、その後はすっかり静

まり返ってしまった。もう少し虚の位置が低いところにあれば、突き刺した矢来をこねくりまわしてやるのだが、それも難しい。

「鉈で叩げ！」

声を聞き、喜一が鉈を打ちつけはじめた。

ガッ、ガッ、カーンと雪山に金属音が響き渡るが、それでも出てこようとしない。顔を出せば撃たれるとわかっているほど知恵が回る奴なのか……。

惣吉はブナに歩み寄り、喜一から鉈を取りあげると、一か所に狙いを定めてブナの幹を抉《えぐ》りはじめた。ほどなく虚へ通じる新たな穴が開く。

次に、手近な枝に手を伸ばして折ると、よけいな枝を鉈で払って、長さ二尺ほどの棒をこしらえた。

「俺が合図したら、この棒を穴に突っ込んで、ケツを思いっきり突っついでやれ」

有無を言わせず喜一に棒を握らせ、惣吉は再び元の場所に戻った。

銃を構え、照準を虚の出口に定めて声を飛ばす。

「やれ！」

今度は相手も黙っていなかった。尻に棒を突き刺されて怒り狂ったミナシロは、すさまじい勢いで矢来に組みついた。と思った直後、穴の口から半身を乗り出し、邪魔する枝をものともせずに、外へ向かって飛び出しかける。

惣吉の猟銃が火を噴いた。

凍った峰に銃声が反響し、顔の周りに硝煙の臭いが立ち込める。

白い体が、どさりと雪の上に転落した。

舞いあがった粉雪の中から躍り出てくる相手に向けて、二発目を撃ち込む構えをとる。

待つことわずか、惣吉は引き金にかけた指からゆっくりと力を抜いた。

最初の一発が、四日間追いつづけてきたミナシロを完璧《かんぺき》に仕留めていた。

ブナの背後に隠れてうずくまっていた喜一に声をかけ、半分雪に埋もれた白い獣に歩み寄る。

やや黄色味がかった白い毛並みの胸元が真っ赤に濡《ぬ》れ、溢《あふ》れ出した鮮血が雪の純白をこれまた鮮やかな深紅に染めていた。

足下に横たわる骸《むくろ》を見つめる惣吉には、獲物を仕留めた時に感じる高揚感は、かけらも湧《わ》いてこない。

これほどあっけなく死んでしまうとは、ミナシロといえども、ただのクマにすぎなかったということなのか……。

「ついに、やりましたね――」

震える声で喜一がミナシロを見おろした。

「おめえさんの望みどおりにな」

惣吉が言うと、喜一はためらいがちに訊いてきた。

「わたしのことを怒ってるのですか」

「いや、怒ってなどいねえ」

吐き捨てるように言い、惣吉はミナシロの傍らに跪《ひざまず》いた。

腰の鞘《さや》から解体用の小刀を抜き取り、白いクマの体を仰向けに反転させてから喜一を見あげる。

「どれ、おめえさんに金のなる木を拝ませてやるべ。これだけでけえクマなら、めったにない上等の熊の胆がとれるはずだ、間違《まづげ》ぇねえ」

惣吉は、今まで幾度となく行ってきたのと同じ手順で、白い毛皮に小刀を走らせはじめた。

息絶えた獣の体を切り刻みながら考える。こうしてこいつを殺したことには、どんな意味があったのかと。

確かな事実は、隣に佇《たたず》む喜一と同様に、自分の中の神様を自らの手で殺す選択を、己《おの》が意志で行ったということだ。ただし、この先に、なにが待っているのかまではわからない。

ひとつだけ、今の惣吉にもわかっていることがあった。

それは、生温かい血で手を濡らし、熊の胆を取り出すのはこれが最後になるだろう、ということだった。

初出：「小説すばる」二〇〇一年十二月号
底本：『山背郷』（集英社文庫）二〇〇四年十二月発行

寒冷前線

新田次郎

新田次郎（にった　じろう／一九一二年―一九八〇年）
長野県上諏訪町（現上諏訪市）生れ。無線電信講習所（現・電気通信大学）卒業後、中央気象台に就職し、富士山測候所勤務等を経験。一九五六年『強力伝』で直木賞を受賞。『縦走路』『孤高の人』『八甲田山死の彷徨』など山岳小説の分野を拓く。歴史小説にも力を注ぎ、一九七四年『武田信玄』等で吉川英治文学賞受賞。奥多摩の七ッ石山で四人パーティーが急激に悪化した天候に襲われる本作は一九五七年に発表された。

一

昭和三十二年二月十日、奥多摩、七ッ石山（一七五七メートル）の頂上に四人の登山者が腰をおろしていた。

一点の雲もない冬の空を乾いた西風が吹いていた。

土曜、日曜をかけての雲取山《くもとり》（二〇一七メートル）登山を一時間前にすませての帰途であった。

七ッ石山からは二つの下り道がある。一つは彼等が登って来た道を鴨沢に真直ぐ下る道、もう一つは東に向かって走っている尾根づたいに鷹巣山《たかのす》、六ッ石山、絹笠山を経て、氷川に出る道である。分岐点の指導標が、半ば雪に埋れていた。

「あっちのコースも誰か歩いたようだね」

リーダーの並木修三が、鷹巣山コースに眼を向けて言った。四人の独身者のうちでは最年長者であった。

歩いた人がいるから、雪はラッセルしてある。雪のないところは石ころ道、それにこのコースは去年の夏の頃歩いて知っている。時間の点だけが問題ではあるが、氷川に出るにそう危険はなさそうだという顔であった。

「鴨沢から氷川までの長い道は、うんざりしますね、トラックでも来て乗せてくれればいいが」

一番年の若い落合善作が言った。落合は前夜のことを思い出していた。氷川についたのが夜の十一時、それから多摩川ぞいの夜道を歩いて、鴨沢に向かったのだが、その同じ道をとぼとぼ引返すのはやり切れなかった。道はいいが、平凡な自動車道、山登りの歩く道ではない。

「どっちが早いでしょうかね」

樋口友八が言った。山登りは相当達者の方だが、このコースの経験はなかった。

「ここから氷川まで夏道ならば七時間かかる。冬道だから二時間を加算して九時間、夜の十時頃になるね」

並木修三は腕時計を見ながら言った。このコースをやるとしたらの話で、まだ彼の頭には鷹巣山コースをやるかどうかは決まっていなかった。

「時間にしては、そう違いがない」

落合善作がつけ加えて、地図をのぞき込んだ。

雲取山から七ッ石山まで下ったこの分岐点から見れば、七ッ石山、鴨沢間を二等辺三角形の底辺として、鷹巣山コースと、鴨沢より氷川までの道のりは、ほぼ等しい。

途中の条件を別として考えれば、鷹巣山コースを取った方が三角形の一辺を歩くことになる。

落合は、鷹巣山コースを三度やっていた。いずれも夏山だったが、彼の頭の中には、このコースがそう困難ではないものとして残っていた。

「でも冬山だし、雪のことがちょっと心配だわ」

中西京子が最後に発言した。彼女はリーダーの並木についで豊富な山の経験を持っていた。

京子の発言が、鷹巣山コースに傾き出していた男達三人の頭をひっぱり戻した。四人は揃って鴨沢に向かう道に踏み出そうとした。四人のパーティーが動き出そうとしているところへ、彼等から少々おくれて雲取小屋を出発した二人の登山者が追いついた。

「おや、鷹巣山へは行かないんですか」

若い方が言った。

「雪がね……」

並木は鷹巣山コースに向かう、ちょっとしたたるみの雪を顎でしゃくって言った。

「だって、ラッセルしてあるでしょう、幾人も通った跡のようですよ」

年取った方の登山者が言った。

「あなた方なら大丈夫ですよ」

若い方はそう言って、ルックザックを背中で振った。なにが入っているのか随分とふくれていた。

この二人の登山者と四人のパーティーは雲取山で三十分ほど話し合っていた。並木たちが土曜日の夜道をかけて雲取山へ登って来た達者ぶりに二人の登山者達はてんから恐れ入ったかたちであった。山にかけての技倆が、はっきりしてしまうと、二つのパーティーはもとどおり別々になった。

再会した二つのパーティーはしばらく言葉を交わしていたが、

「じゃあ、お元気で、氷川でお会いしましょう」

若い方がそう言って、先に立って鴨沢の下山道へ降りていった。四人のパーティーが当然鷹巣山コースへの道を取るものと思い込んでいるような素振りであった。

「かなりしっかりラッセルがしてありますよ」

落合は分岐点から鷹巣山コースへ踏み込んで、登山靴で雪を確かめながら言った。

「なるほど、こっちの方が雪が固くて歩きいい……」

樋口が落合の後について道標を東にそれた。

「でも足を食われるわね」

三番目に京子が、ラッセルしてない雪の中に登山靴で入っていった。雪は二尺ばかりあった。

落合、樋口、京子と年齢の順に三人が揃って歩き出した。鷹巣山コースを偵察するための行動のようでもあるし、既に三人は鷹巣山コースを通って、氷川行きの決心をしたようにも見えた。

並木修三は、黙って三人の後尾についた。彼はまだリーダーとして鷹巣山コースをやろうと決めてはいなかった。三人が偵察を始めたから、自分もその後に蹤《つ》いたのだと考えていた。三十分も歩いてみて、道が悪かったら引返すつもりでいた。

赤ザス尾根のいただきまではラッセルしてあった。前に来た登山者はここまで来てあきらめて帰ったものと思われた。偵察はそこまでで充分であり、引返すとすればこの場所が適当の地点であった。

「この辺のツツジはすばらしいんですよ」

落合が樋口に説明していた。そのツツジの原も雪の下にあった。

並木は三人よりも少しおくれていた。彼は三人に追いつくために、少しばかり息をはずませていた。そのせいか呼びかける声が震えた。

「もういいだろう」

前の三人は足を止めて、互いに顔を見合せてから、並木の方を見た。もういいだろうという言葉の意味を了解できないという顔だった。

（ここまで来れば、偵察は充分だ、帰ろう）

とも解釈されるし、

（鷹巣山コースをやっても大丈夫だろう）

と言うふうにも聞えた。

並木を加えて四人は一列に並んで一斉に空を仰いだ。

「月夜ですね、今夜も」

樋口が言った。

天気はいい、風も少ない、月夜、鞍部の雪は二、三尺はあるだろうが、大体が尾根道コースだから、そう大したことはないと考えられた。ゆっくり歩いても、夜の十時には氷川に着くことができる。昨夜の睡眠不足は、多少あるにはあるが問題ではない。食糧もある、テントもある、提電灯も持っている。装備は充分だった。

「日の暮れないうちに鷹巣山まで出よう」

並木はみんなの顔を見廻して言った。リーダーとして、はっきりした態度を示したつもりだったが、他の三人はそう言われても、言われなくても、そうするつもりの顔だった。改めて、気負いたつほどのこともなかった。至極落着いた顔付きでキャラメルをなめていた。

二

午後五時、四人は鷹巣山（一七三〇メートル）の頂上で落日を見た。山の頂上で見る鮮やかな赤い色の太陽ではなかった。輪郭がはっきりしない、薄い雲をとおしての落陽であった。天気が変りかけたという感じを与えるほどの雲の量ではなかったが、近いところに積雲が浮いていた。

午後六時、薄明の時間が終って夜が来た。風が出て、雲の量が増した。

天候の急変は明らかになったが四人のパーティーのいる場所の近くには小屋はなかった。ここまで来れば、コースを変更せずに、目的地の氷川に向かう以外に道はなくなっていた。

鷹巣山から六ッ石山までは尾根伝いの道である。夏ならば一時間半でゆっくり歩ける道であるが、雪に足をとられて、思うように進めなくなった。四人は相当な装備をして来ていたが、輪カンジキを持っていなかった。雪の表面は凍っていたが、体重をささえるまでに固くはなかった。力を加えると、靴の大きさだけの穴がぽかりとあいた。足はそのまま、股の深さまで沈む。足を引抜こうとすると、固くなった雪の表皮は、穴から出ようとする靴をおさえて離さなかった。

一歩々々の歩行に非常な精力を消耗した。日が暮れて風が出ると、雪の表面は固さを増して、踏み込んだ足をいよいよ固くくわえこんだ。

男達三人が交替で先頭に立った。夜の八時を過ぎた頃、先頭でラッセルしていた落合の提電灯がちらちら降って来る雪をとらえた。飛雪ではなく、空から降ってくる雪だった。上弦の月が雪面を照らす筈であったが、明るさは提電灯の照射する範囲にせばめられていた。

雪はにわか雪の様相を備えていた。ある時は雪が止んで、雲の切れ目から星が見えていたが、すぐ横なぐりの風とともに雪を降らせた。凍った砂のように頬に痛かった。四人は殆ど口をきかなかった。一列になって、わずかではあるが、六ッ石山の方向へ進んでいた。

(道を失ったら全滅だ)

それが並木の最大の恐怖であった。道を失わないかぎり、四人が動いているかぎりは、やがて六ッ石山へ出る。そこからは下り道である。並木は先頭に立って提電灯で周囲の地形に気を配りながら歩いていた。

落合が遅れ勝ちになった。落合をはげます京子の声が風の合間に聞えていた。並木が先頭、二番目が樋口、三番と四番の落合と京子が遅れた。この順序がずっと続いていた。

並木はパーティーに休養を与えるべき場所を探していた。風は彼等の背後から吹きつけていた。風をよけて休ませる岩は、その辺にないことを並木は知っていた。休ませるとすれば持っているツェルトザックを張るしかなかった。スキーを穿いていないから、ストックがない。本来ツェルトザックは森林内での簡易露営テントだから、これを張るには立木が必要だった。尾根道を南にはずして立木を見つけると、並木はツェルトザックを張った。京子に助けられて、落合がツェルトザックに入った時は十一時を過ぎていた。

ひどい寒さであった。固形燃料は四人のかじかんだ手を温める役にしか立たなかった。かちかちに凍った靴の紐をといて、足をあたためる程の燃料の持ち合せはない。四人はロウソクを囲んで、固く身を寄せ合っていた。ロウソクの火が消える時が四人にとって一番危険の時のようであった。

休養は寒さと睡魔に対する戦いであった。四人とも前日の土曜日の夜は殆ど眠っていなかった。疲労と睡眠不足と寒気が行動を停止した四人に度に襲《お》し寄せた。眠ってしまったらおしまいだということは、誰の頭の中にもあった。それでも、まぶたが自然に重なった。

（七ッ石山から鴨沢へ下るべきだった）

二人の登山者があの時、あの場所を通過しなかったらとも考えてみる。二人の登山者は四人に対して一種の挑戦を試みたようにも考えられた。うまくおだてられて、陥《かん》穽《せい》に落ちた愚かさに並木は腹を立てた。あの分岐点でなぜ計画を変更したかを後悔した。

雪が足をとらえて行動を妨害した。しかし天候さえ変らなかったら、今頃は六ッ石山を経て絹笠山あたりへ行っているだろう。そう考えると天候の急変がにくらしい。近道を通って、早く氷川に沿きたいという四人の共通の気持が、ここまで追い込んだとも思われた。

突然、課長の白鳥要助の顔が浮かんだ。

（また山か、山もいいが、会社の仕事に差支えないようにしてくれよ）

並木が土曜、日曜にかけての山歩きから帰った翌日眠そうな眼をしていたり、足でも引きずっていると、課長の白鳥は必ずこう言った。特に悪意のある言い方ではなかったが、会社内で登山熱が盛んになり、並木がその指導者格であるから、一般的の注意として与えられるものだった。

山は山、会社は会社、土曜日、日曜日を寝ずに歩いたところで、月曜日にちゃんと出勤して、事務をとればいい筈だ。白鳥要助に対しての彼の無言の回答は月曜日の仕事の上に現われていた。月曜日は人一倍働いた。居残りもした。そして夜おそくなって家へ帰ると石のように眠った。

白鳥要助の強度の眼鏡を掛けた、青ぶくれした顔が、並木の頭からなかなか離れなかった。

ロウソクの火が揺れた。並木は我に返った。ほんのしばらくだったが、眠っていたような気がした。落合が指をもんでいた。居眠りをして、ロウソクの火に指を出したのだなと思った。樋口も京子も居眠りをしていた。ロウソクはあと一寸も残っていなかった。

「吹雪じゃない、にわか雪なんだ」

並木が言った、三人が身体を動かした。

「歩いて歩けないことはない。さあ出発だ」

並木は立ち上がった。このままじっとしていることは死を待っているもののように感じられた。消え残ったロウソクの火で腕時計を見ると十二時を過ぎていた。一時間休んだことになる。三人は立ち上がったが落合善作は立ち上がらなかった。並木の言うことも聞いてはいなかったようだ。背を丸めて、首を垂れていた。

「おい、落合君、もう一息だ、頑張ろうぜ」

だが落合は立ち上がらなかった。

「おい、明日は月曜日だぞ、会社におくれると、課長がうるさいぞ」

そういうと落合は頭を上げて、ウィンドヤッケの頭巾《ずきん》の中から、うらめしそうな眼を並木に向けた。ロウソクの火が一段と明るくなって、ゆれて消えた。尾根を吹き通る風が乾いた音を立てていた。

三

疲れ果てたのは落合善作一人ではなかった。樋口友八も、中西京子も、リーダーの並木修三も参っていた。四人を前進させているのは気力だけだった。やがて朝がくる。六ッ石山の頂上からは下り坂だ。日が出ればいくらか暖かくもなるだろう。誰も同じことを考えていた。

三時を過ぎると雪は止んだ。その後におそるべき寒気が襲って来た。

当時の気象を調べると、二月十日の夜半から十一日の明け方にかけて寒冷前線が通過した、氷川観測所の観測によると、夜半から明け方にかけて、にわか雪が記録されている。寒冷前線通過による気温の急降下があった。氷川観測所で零下七・六度であったから、氷川より千メートルも高い六ッ石山付近では零下十数度になっていたに違いない。しかも山の上には十メートルに近い風があったから、人間が体感する気温は零下二十数度と見てよいだろう。

きびしい寒気が夜明けとともにやって来た。六時に薄明となった。四人は動けなくなった落合を囲んで六ッ石西方の窪地で朝を迎えていた。食糧は持っていたが、食べる元気のある者はなかった。並木は落合を肩にかけて歩いていた。二歩三歩と前進しては、雪の中にのたり込んだ。樋口も相当弱っていた。男三人の足に力が入らないのは、足指に凍傷を負っていたからであった。京子は小さい足に厚い毛糸の靴下を重ねて穿いて、大きな登山靴をひきずっていた。靴は重かったが、彼女の足は寒気から保護されていた。四人のパーティーのうちで、京子だけが、やや、しっかりした歩き方をしていた。

「中西さん、あなたは樋口君と一緒に氷川へ降りて下さい。救援隊を……」

寒さのために口がこわばって、それだけのことを言うのもやっとだった。京子はこのコースをよく知っている。道を間違えることはあるまいと思ったが、無事氷川に着くかどうか、並木には予測がつかなかった。隊を分離することがより危険を招くようにも見えたが、こうなれば、動ける者の一人でも多く安全な方向に向けるべきだと考えた。別離の心細さが、白い京子の顔をゆがめた。

京子と樋口の姿が六ッ石山のかげにかくれる頃に日が出た。嘘のように空は晴れ上がっていた。風は北西に変り、相変らず強かった。並木は動けなくなった落合をなるべく風当りの少ないところに移して、ツェルトザックで身体を包んでやった。風から保護してやるためだった。落合が口をもぐもぐさせてなにか言おうとした。言葉がもつれて、よく並木には聞き取れなかったが大要は分った。お母さんと言う言葉と、黙って出て来て悪かったという言葉をつなぎ合せると、どうやら落合は今度の雲取山登山のことを家人に知らせずに来たもののように思われた。頷《うなず》ける節があった。いつもの登山行に比較して、落合の装備は欠けたものがあった。昼の間にあれほど元気だった落合が、急に弱ったのは、あるいはウィンドヤッケの下に着込んでいる防寒衣の不備ではなかったかと、ふと考えたりした。

落合のうわごとがとだえると、がくりと頭を垂れた。並木は落合の身体をゆすぶったり叩いたりした。なにをしても落合は眼をあけなかった。

(もっと安全なところへ移さないと落合は凍死する)

並木はそこに、じっとしていることが堪えられない苦痛になった。

(鷹巣山か六ッ石山の頂上に小屋ができればいいが)

山登りの仲間の誰かが言った言葉が並木の頭に浮かんだ。実際、氷川と雲取山の中間に小屋があってもよさそうなことだった。そのことが頭の中で止って拡大された。

(六ッ石山の頂上に小屋ができた)

そう聞いたように、並木は頭の中で曲げた。彼はそれを疲労のための幻想であり、やがて幻視を見、幻聴を聞く前提だとは思わなかった。彼は落合の耳元で小屋を探しに行くからここを動くなと何度か繰返して、六ッ石山の頂上を目ざして登って行った。中央を真直ぐに横断して行った京子と樋口の足跡のほかにはなにもなかった。

自分自身に裏切られた事実が、彼を覚醒させた。雪の上に残して来た落合と、先に行った二人の中間に立っている自分を情けないほど、腑甲斐ないものに感じた。

引返してみると、ツェルトザックだけがあって、落合の姿はない。彼のルックザックもピッケルもなくなっていた。

落合は一人にされた不安から、ルックザックとピッケルを持って、後を追ったのだと考えられた。途中でどうすれ違ってしまったかは分らない。

六ッ石山の頂上にも落合の姿は見えなかった。並木は何度か雪の中へのめり込んだ。あせればあせる程足が進まなかった。

「並木君、また山か、山もいいが遅刻をしては困るな」

白鳥課長の声がした。

「はいっ、今後は注意します」

「一緒に行った樋口君も中西君もとっくに出勤しているぞ、落合君はどうしたんだ」

白鳥課長が、眼鏡ごしに、じろりとにらんだ。

「落合君は……」

と、言いかけて並木は自分を取り戻した。雪の道を一人で歩いていた。彼は右手で頭を叩いた。右手のピッケルを失っていることには気がつかなかったが、叩いた頭は痛かった。いくらか頭がはっきりして来た。前方に落合が雪の中に倒れていた。

(だから一人で動くなと言ったのに)

近づいてみると、それは落合ではなく、風のために雪が吹きはらわれた岩であった。

四

樋口友八にとっては、京子が彼の前を歩いていることだけが問題だった。並木リーダーから分離した二人のパーティーでは、京子がリーダーである。そうなるように、並木が言ったことは当然であったが、樋口としては面白くなかった。京子は樋口よりも二つ年上である。年齢から言っても、山の経験から言っても京子がリーダーに立つのは当然であったが、樋口としては女性にリードされていること自体が面白くなかった。会社の山岳会には中西京子の他にも女性の会員が数名いる。今度は参加しなかったが、上野ミキも会員の一人であり、京子と山へよく行った。京子にリードされて氷川へ着いたとなると、

「樋口さんて、案外ね……」

上野ミキがそう言うに決まっている。いかなる理由があるにしても上野ミキに蔑視されることは樋口にとって耐えられないことだった。彼は前に歩いていく京子を追い抜くことが必ずしも不可能ではないと考えていた。だが二メートルの間隔は二千メートルほどにも息が切れた。樋口がつめようとすると、京子はそれだけ前進した。二人ともふらふらの歩調でありながらいくらか京子のペースの方がしっかりしていた。彼

女のラッセルの後を蹴っていきながら、樋口の方が置きざりを食いそうになることさえあった。

三木戸山（一一七二メートル）の頂上まで来ると、京子は一息入れた。その間に樋口は彼女の前に出た。寒さで口がきけないから身振りで先へ出るぜと合図をした。

京子の先に立ってみると歩行はずっと困難だった。だが樋口はリードしているということと、この状態を持ちつづけるかぎり、上野ミキに蔑視される心配がないと思うだけで気は楽だった。

手足の指先には感覚がなくなっていた。足と手が誰にも支配されずに勝手に動いているという状態だった。寒さも疲労感も前ほどではなくなっていた。漠然と前に白い尾根があって、その上にいるという感じだった。歩いていながらも、まぶたが重なった。すると身体が前によろめき、われにかえった。

いつの間に抜かれたのか、前に京子がいた。京子はルックザックを背負っていなかった。ルックザックを捨てたからには京子の方が負けだと思いながら、自分のルックザックを確かめた。そのくせ樋口自身もピッケルを失っていることに気付いていなかった。

絹笠山まで来ると、雪が少なくなった。足が宙に浮く感じだった。氷川の町はすぐそこにあった。樋口は最後の力を出して、京子を抜こうと試みた。二人は前後しながら、氷川の町へ入って行った。

氷川警察署の派出所の前まで来たが、二人とも、口はきけなかった。交互に背後を指さして、遭難者のあることを知らせた。

ストーブであたためられ、湯を飲まされても口はなかなかきけなかった。何か言おうとする努力は黒ずんだ唇のあたりに見えたが、言葉にはならなかった。一刻も早く告げなければならないというあせりのために、二人はしきりに顔を上下に動かした。哀願する表情だった。

靴が、石のように固く凍っていた。椅子に腰をかけていながらも、少しでも、重心を前にかけると、のめりそうになった。

「……たすけて下さい……」

京子がやっとそれだけ言った。助けられてから三十分もたってからだった。十一日の午前十一時半である。

救援隊が六ッ石山を目ざして出発したのは午後の一時であった。絹笠山の登り口まで来ると、そこには並木修三が倒れていた。ルックザックもピッケルも失くしていた。

「もう一人はどうしたんだ、どこにいるんだ」

救援隊は並木を助けおこして聞いた。彼は放心したような眼を救援隊の一人一人の顔に向けた。

落合も京子も、樋口も、そこにはいなかった。

「あと一人はどこにいるんだ……」

救援隊の一人が並木の身体をゆすぶって訊いた。あとの一人という言葉が並木をいくらか明るみに引戻した。並木はいま歩いて来た道の方を振り返ろうとした。その努力が最後のもののようであった。再び雪の上にくずれこむと動かなくなった。

六ッ石山へ救援隊がついたのは、午後四時であった。厳しい寒さと、強い風が、日原の沢から吹き上げていた。

落合善作は六ッ石山北方四百メートルの地点で、ルックザックを背負ったまま死んでいた。右手にピッケルを握り、左手を自然に伸ばして、両足を揃えていた。雪の上に一休みしたまま眠っているような姿勢だった。どこにも苦悶のかげがなく、顔は生きているように赤味をおびていた。最後まで、登山者としての品位を乱さずに戦った満足の微笑さえ見えるようだった。

リーダーでありながら、介抱すべき友を見捨てて下山したのは、殺人行為に等しいという非難が並木修三に集中した。下山せざるを得ない立場になったとしても、後に残す落合善作のために、雪洞を掘ってやっておくべきであった、雪の上に置いて来たことは山登りにあるまじき態度であると攻撃された。

寒冷前線が四人を遭難に追い込んだものであり、リーダーとして全力をつくした並木自身も、すでに死の一歩手前の幻想と幻聴と幻視の彷徨《ほうこう》の中にあったのだと弁解してやる者はいなかった。

並木修三はいかなる非難も攻撃も黙って受けていた。

取り調べの際、死に瀕した落合善作を置いて来たのは、刑法第二一八条の遺棄罪の適用を受けるかも知れないと知らされても、並木修三は一言の抗弁もしなかった。

彼は深く頭を垂れて、

「私が悪かったのです、責任の一切は私にあるのです」

そう言って顔を掩《おお》った。

初出：「週刊新潮」一九五七年六月十七日号
底本：新田次郎山岳小説シリーズ『縦走路・冬山の掟』（新潮社）一九六七年七月発行

真保裕一

灰色の北壁

真保裕一（しんぽ　ゆういち／一九六一年―）

東京都生まれ。アニメーションディレクターを経て、一九九一年『連鎖』で江戸川乱歩賞を受賞し、作家デビュー。一九九六年『ホワイトアウト』で吉川英治文学新人賞、一九九七年『奪取』で日本推理作家協会賞と山本周五郎賞を受賞。『取引』『震源』『脇坂副署長の長い一日』ほか「行こう！」シリーズなど著作多数。未踏の大岩壁を舞台にした本作品は二〇〇六年に新田次郎文学賞受賞。

（この作品は著者の意図により、本文中で三種類の書体を使用しています）

1

山頂は遠くたなびくガスに覆われて見えなかった。猛烈な風に引きずられて雲がうごめき、早回しの映像となって見る間に形を変えていく。いくら目を凝らそうと、網膜の奥で視神経までが濃霧にひたされているのか、視界は判然としなかった。

氷で武装を固めた岩のわずかな起伏をつかんだ指先は、ミトンの下でとうに血の気をなくして痛みさえも感じなくなっていた。喘《あえ》ごうにも標高七千メートルの酸素は絶望的なまでに薄く、かえって息が苦しくなる。

胴震《どうぶる》いが治まらずに、疲れきった筋肉が一緒に痙攣《けいれん》を起こしかけた。目前でちらつく死に楯突いて懸命に暴れたがる肺と気管をそっとなだめつつ細く騙《だま》しだましに息を継ぎ、彼は容赦なく体をたたく気流に耐えた。

ここは山ではありえなかった。世界の重力が異常を来し、天と大地が九十度のゆがみを起こしている。

見渡す限りの大岩盤が、神の悪戯《いたずら》で垂直にそそり立ち、天を貫く高峰の頂を支えてそびえる。何かの間違いでしかありえなかった。そう考えでもしないと、この世に存在すること自体が素直に頷けない地形とスケールを誇る山だった。

彼がこの巨大極まりない壁に取りついて、もう丸三日がすぎた。世界の名だたるクライマーが裾野《すその》から見上げるたびに、未知なる冒険心を抱かずにはいられない山。いくら登れども、覚めない悪夢のように凍てつく壁が天の極みをめざして延々と続く。ここは、愚《おろ》かな人間どもの足跡を最後まで残させまいと神が抵抗を続ける場所なのだ。

疲労は人間という生き物が感じ取れる限界をとうに超えていた。体感温度は零下三十度を遥かに下回り、ゴーグルの下で涙が凍りついて瞼《まぶた》や目を動かすのでさえ抵抗感がある。

苦しいからと慌てて息を吸ったのでは、鼻孔や気管までが凍り、肺に冷気のナイフが襲いくる。高高度の低酸素がさらなる追い打ちをかけて、気力と思考力すら奪おうとする。自分は何のために、たった一人でこんな凍てつく壁に張りついているのか。ここまで来た足取りも遠い記憶の彼方へ退き、いつ食事をしたのかさえ思い出せなかった。

それでも、登れ、という声がどこからか聞こえた。

なぜ、この北壁を登るのか。動機は忘れた。最初から動機などはなかったのだろう。ただ登るために自分はいる。だから、雪とともに吹きつけてくる風の奥から、登れ、という何者かの声が聞こえてくる。

あきらめるのは簡単だった。

氷の隙間にねじ込んだギアからロープを外せば、それで苦もなく楽になれる。疲労と寒さと空腹、さらには地上での悩みに、遠征費という借金からも解放される。おそらくは無様な死に顔を誰に見られるという心配もない。またたく間に凍りついて雪をかぶり、朽ち果てることもなく永遠の敗者として山に抱かれ続けるのだ。すでにこの山は何人ものクライマーの命を奪っている札つきだから、世間も多少の同情を寄せるだけで嘲笑《あざわら》うまではしないだろう。

そう、あきらめるのは簡単だった。いつでも、誰にでもできる。だが、彼には、どうしてもこの北壁を越えて頂に立たねばならない理由があった。

風の奥から聞こえる声に応じて、彼はかすかに頷いた。最後に残った飴玉《あめだま》を口にふくみ、わずかな甘みを燃料として弱気に湿った枯れ木の闘志を懸命にこすり合わせて火を熾《おこ》し、今なお雪とガスに煙《けむ》るピークを見上げた。

アイゼンの爪を氷壁からはがし、五センチでも――いや、たとえ一センチでもいいから――天の近くへと持ち上げて新たな一歩を印していく。震える手足に力を込めて、自慢にもならないわずかな距離を稼ぐために体を持ち上げてやる。

この数センチの積み重ねが、いつしか一メートルとなって、必ずゴールの頂へと運んでくれる。

風はやむことを知らず、神に近づこうとする愚かな人間を笑い、吹き飛ばそうと手加減なく攻めてくる。眩《くら》みかける目で氷壁の起伏を追って手がかりを見つけると、風と重力に逆らいながら腕をそろりと伸ばす。ここで落ちれば、もう這《は》い上がる力は残っていない。あるかなきかの起伏を足がかりに、ささやかな一歩を北壁に刻む。

気まぐれな突風にさらされた山頂から、氷の塊《かたまり》と小石が礫《つぶて》のスコールとなって降りかかってくる。体を丸めてやりすごした。運悪く命中すれば、永遠にこの北壁で揺れる人型のアクセサリーとなり果てる。

彼は凍える手足を動かし、天空を飾る白い壁に小さな足跡を残していった。ちっぽけな人間にも、山に負けない大いなる志がある。卑怯にも姿を隠して攪乱《かくらん》しようとするピークを睨む思いで流れる雲に視線を据《す》えた。震える腕を精一杯に、また伸ばす。

風にあおられた白い雲が、天空のキャンバスに刻一刻と変わりつつある絵を描いていく。その白くたなびく靄《もや》の中に、切り立った岩の切っ先がわずかにかすめたのを彼は見逃さなかった。

あれが目指す頂上だ。

ついに山は、その隠し続けてきた全容を見せ始めた。遥か先に思えたピークがようやく確認できた。

目標を目にしたことで、かすかな闘志の炎が勢いを得た。ほんのわずかでも体の動きにリズムが生まれた。あとたった数百メートル。しかし、果てしなき数百メートル。体を蝕《むしば》む寒さと疲れを頭から追いやり、ゴールを見据えた。行ける。登れるはずだ。あのピークに立たねばならない理由が自分にはある。

標高七千メートル。そこでの戦いを見つめるのは、肉体から離れて冷静に自分を観察するもう一人の自分と、この山以外には、存在しない。小さな一歩を意地になってくり返していけば、必ず山頂にたどり着ける。

焦るな。慎重に手を、足を動かして山をねじ伏せていけ。登れるはずだ。ゴールは近い。聞こえる声は、自分の声だ。そして彼女の声でもある。

彼は、世界のクライマーがまだ叶《かな》えたことのない夢に向かって、果てしない高みへと続く壁を一歩ずつ這い登っていった。

◇

その知らせを受けた時、わたしはいつものように自宅の書斎で連載小説の原稿を書いていた。

デスクの横に置いた携帯電話が鳴り、通話ボタンを押すと、わたしの名前を静かに確認する男の声が聞こえた。親しい編集者からの連絡ではないと気づいた瞬間、いい話ではないとすぐにわかった。それほどに電話をかけてきた記者の声は粛然《しゅくぜん》としていた。

刈谷修《かりやおさむ》がカンチェンジュンガに挑んでいる最中なのは、自宅に送られてくる山岳雑誌を読んで知っていた。そろそろ山頂へのアタックにかかったころだろうか、と想像していた矢先の電話だった。

一面識もない記者は、丁寧《ていねい》な言葉ながらもわたしの答えを急《せ》かすような早口で告げた。

「十二日の未明に刈谷修さんが亡くなりました。七八〇〇メートル付近に設けた最終キャンプを出発した直後のことだったそうです。運悪く、かなりの規模の落石が発生したようで、その一部が頭部を直撃して、ほぼ即死だったといいます。大変不躾《ぶしつけ》ではありますが、刈谷さんを悼《いた》む言葉をいただけないかと思いまして、このお電話を差し上げた次第です」

ちょうど夕刊の締め切りが近づいている時刻だった。わたしは気づかれないように深く息を吸い、記者に尋ねた。

「詳しい状況を教えてください」

「つい先ほど、ベース・キャンプからの情報がカトマンズ支局に届いたばかりで、我々もまだ状況を把握しかねているところです。ただ、すでに刈谷さんの遺体はサポート隊のメンバーによって収容されたと聞きました。ベース・キャンプで見守っていた奥さんから無線が入ったので、まず間違いないものと」

今回の挑戦にも彼女が同行していることは、雑誌の特集記事で知っていた。何が起ころうとも、自分の目で夫の仕事を見届けるつもりだ。そう彼女は多くのインタビューで語っていた。夫への厚い信頼が言わせたにしても、山をよく知る妻にその覚悟がなかったはずはない。夫の死を受け入れて、自ら無線で連絡を入れる彼女の姿が見えるようだった。

「刈谷さんは、いずれ自らの行動を疑惑への答えにしていくと言い続けてきました。ですが、今回の遭難死によって、とうとう疑惑を晴らすことはできなくなった、そう見る関係者が多くなるのではないでしょうか」

記者の目論見《もくろみ》は最初から読めていた。彼らはいつだって言葉巧《たく》みに自分たちの本音を隠し、責任とは遠い場所に身を置いて記事を書くものと決まっていた。刈谷修を悼む言葉をもらいたいというのは電話をかける口実にすぎず、本当は疑惑の的となった登山家の死を派手にあおって紙面をにぎわせたいのだ。

もうじきこの手の安っぽいインタビューがわたしのもとに殺到する。彼らはクライマーの業績よりも、一般人からは無謀としか見えない挑戦とその死のほうを大きな記事にしたがる。登山に理解を示す海外メディアが紹介でもしない限り、日本のクライマーは遭難事故か死亡記事でしか紙面を飾れない現状がある。

五年前もそうだった。日本の新聞は当初、彼の成し遂げた業績に振り向きもしなかった。最初に大きく取り上げたのは海外メディアであり、わたしがスポーツ雑誌にノンフィクションを執筆したことで、その話題は道をそれて疑惑へとふくれあがっていった。

気がついてみれば、わたしはいつしか疑惑を鋭く指弾した登山に詳しい作家に祭りあげられていた。わたしはただ編集部の依頼を受け、関係者の証言をまとめた原稿を書いたにすぎなかった。

まともに目を通していれば、中学生にでもわたしの本心は読み取れるはずなのに、彼らは意図的に斜め読みして、まるで正義の使者のようにわたしを持てはやそうとした。

鋭い指摘と揺るぎない論点に支えられたノンフィクションをものにした作家だと、

わたしを認めたのではない。彼らは一人の物書きを隠れ蓑《みの》にして、疑惑の主を糾弾する正義の使者の仲間入りをしたかったのだ。

そして今また刈谷修の死にたかって五年前の疑惑をあおり、自らの卑《いや》しき好奇心を満たそうとしている。

「いかがですかね、ぜひともご意見をうかがわせていただければと思うのですが」

「今は刈谷修という素晴らしいクライマーのファンの一人として、彼の死を心から惜しむだけです」

「待ってください。ファンとは、どういうことです。あなたは刈谷さんを糾弾した側であって――」

記者はまだしつこく問いかけてきたが、わたしは黙って通話を終えた。

呼び出し音が鳴らないように電源を落としてから、後ろの書棚へ歩いた。その雑誌は、棚を埋める山岳系の資料の中に収めてある。

手に汗握る冒険小説を書いてみたい。ただそれだけの理由で、わたしは冬山を舞台にした作品に取り組み、予想を超える評価を得られて作家としての地位を確立できた。山が特別に好きでもなく、登山の経験もろくになかったため、山の資料は貪《むさぼ》るように読んだ。書斎の棚に並ぶ参考図書が、今のわたしを支えてくれていると言っていい。

だから、すべての参考文献を捨てられずに残してあった。

棚の中からその雑誌をぬいてページを開いた。スポーツ・グラフィック誌の創刊五百号記念特集のひとつとして、わたしは刈谷修にまつわる一編のノンフィクションを執筆した。

右ページは、青空をバックに圧倒的なスケールを誇る氷壁の写真がある。そこに、編集者と相談してつけた『灰色の北壁』というタイトル文字が太いゴチック体で並んでいる。左ページは、彼の登攀《とうはん》を讃《たた》える海外の新聞記事と、雪山を登る刈谷修の姿を収めたスナップのコラージュに本文がかぶる。

正直に言えば、わたしはその取材で彼に会うまで、刈谷修について多くを知らなかった。ただ、「二十世紀の課題のひとつ」と言われ続けたカスール・ベーラの北壁を、たった一人で、それも誰もが驚く短時間で初登攀してのけた日本人クライマーがいたことは、山岳雑誌の記事を通じて強く記憶に残っていた。

最初の計画は、彼にインタビューを試み、ついに成し遂げられた奇跡の登攀をドキュメント・タッチで描こうというものだった。ところが、ある人物へのインタビューを機に、わたしの好奇心は別の方面へと広がった。

取材を続けるうちに、彼らの口は急に重くなり、やがてわたしはどちらからも煙たがられて、一時期は正式な抗議を双方から受けた。

すべてはわたしのせいだった。わたしに、刈谷修の死を知らせてきた記者を非難する資格はなかった。わたしは物書きとしての好奇心から彼らの過去にスポットを当て、勝手な憶測をまじえて『灰色の北壁』を執筆した。

原稿を手にした編集部は、このまま掲載していいものなのか悩みに悩んだという。そう、あとになって聞かされた。そこには、ジャーナリストとして見逃してはならない問題がふくまれていた。

掲載後に双方から訴えられる場合もあるとして、編集部はわたしに原稿の一部に手を入れてもらえないか、と相談を持ちかけてきた。

わたしとしても、単なる邪推に近い憶測であるとの自覚はあった。だから、編集部の意をくみ、書き上げた原稿に手を入れて発表した。そのため、スポーツ・グラフィック誌に掲載された作品はもどかしい表現が多くなっている。疑惑を指摘するためのノンフィクションだと受け取った者がいても、仕方がなかったのかもしれない。

のちに、親しくしていた編集者の一人から、小説に書き直してみる気はないか、と持ちかけられた。小説として描くのなら、彼らの複雑な関係やその想いをすくい取れるし、フィクションだとの言い訳もできる。しかし、彼らをモデルにした小説であることは、事件が大きくなってしまった以上、誰にでも想像がつき、わたしは小説化に未練を持ちながらも決断がつかないまま今に至っていた。

おそらく仕事への熱意と好奇心に駆られたマスコミ関係者の手によって、彼のもとへも刈谷修の死は報告されているはずだった。知らせを聞かされて、彼は何をまず考えたろうか。

刈谷の死を願っていたわけはない、と信じている。山男の宿命として冷静に受け止め、自分に納得させようとしただろう。だが、その胸には、決して人には語れない苦みが広がっているに違いなかった。

2

世界の頂上を踏破してきたクライマーたちに、「ホワイト・タワー」と呼ばれて恐れられた山がある。

その山の名前は、カスール・ベーラ。海抜は七九八一メートルだから、世界の屋根と言われるヒマラヤ山脈の中、飛びぬけて高い山というわけではない。

ちなみに最高峰チョモランマ（チベット語による名称。通称はエヴェレスト。ネ

パール では近年サガルマータと呼ぶ）の海抜は、八八四八メートル。ほかに八千メートルを超える高峰は十三座あり、すべてカラコルム山脈をふくめた広い意味でのヒマラヤ山群にそびえ立っている。

登山用語で、塔のように切り立ってそびえる峰を、タワーと呼ぶ。

ホワイト・タワーは文字どおりの、切り立った塔のような白い山だ。わたしも写真を見せられ、よくもこんな特徴的な容姿を持つ山があったものだと感嘆せざるをえなかった。造山活動のなせる業にしても、その容貌はまさに神の悪戯と言っていい。

唯一、山頂に至る東の稜線は、隣接する山々と近いために、いくらかなだらかに見える。だが、六千メートルより上は、まさにタワーと呼ぶにふさわしく、切り立った壁によって周囲を支えられている。中でも特筆すべきはその北壁で、垂直に近い岩壁が三キロ近くにもわたって続いているのだ。

その比類なき規模の北壁によって、カスール・ベーラの名は登山界に響き渡り、世界のトップ・クライマーたちに恐れられてきた。

これまでホワイト・タワー北壁に挑んだ隊は十七チーム、しめて二十一回。世界の名だたる強者《つわもの》たちが挑戦し、そのすべてが冷たくそびえる壁によってはねつけられた。のみならず、六名もの尊い犠牲を余儀なくされ、負傷者は優にその三倍に達する。

いつしかカスール・ベーラの北壁は難攻不落の壁——二十世紀の課題のひとつ——と呼ばれるようになった。

世界四位の高峰であるローツェ（八五一六メートル）の南壁も、超難関ルートとして名を馳《は》せていた。こちらの壁は三千二百メートルに及び、ホワイト・タワー北壁よりも距離としては長い。八千メートルを超える十四座をすべて無酸素で登頂した超人ラインホルト・メスナー（イタリア）をして「西暦二〇〇〇年の課題だ」と言わしめたほどの難ルートで、彼自身もローツェ南壁に挑みながら撤退している。

だが、一九九〇年五月、ついに登山史に新たな一ページが書き込まれる時が来た。スロヴェニア人クライマー、トモ・チェセンによってローツェ南壁は初登攀を許した。それも、過去の敗退チームが驚くべき手法で、だった。

彼はソロで——つまりたった一人で——ローツェ南壁を登り切ってしまったのである。それも、わずか三日間で。

トモ・チェセンはその前年、ジャヌー（七七一〇メートル）の二千八百メートルに及ぶ北壁を、二十三時間かけてソロで登り切るという離れ業をやってのけていた。その手法を、彼はローツェでも採用し、初制覇の栄光を手に入れたのである。

軽装備で山に挑めるソロは、組織的な遠征隊と比べて行動の自由度が高い。天候がわずかでも回復の兆《きざ》しを見せれば、その隙を突いて身軽にアタックを試みられるし、危険地帯で仲間の登攀を待つこともしなくてすむ。卓抜した技術と鍛えぬかれた体力さえあれば、チームを組んで少しずつ距離を稼いでいく組織的な登攀スタイルより、遥かに安全で成果も期待できるのである。

膨大な資金と時間を費やして山を制覇する組織的な登山がかつては主流だったが、近年では小規模なチームによる軽快な登山へと、山に挑むスタイルも変わってきている。ラインホルト・メスナーをはじめとするトップ・クライマーは、八〇年代から単独登頂を目指して活動を続けていた。トモ・チェセンは、さらにソロでのフリー・クライミング技術を八千メートル級の山へ持ち込んだのである。

かくしてローツェ南壁は登攀され、メスナーの言う「西暦二〇〇〇年の課題」はクリアされた。残るホワイト・タワーの北壁も時間の問題だろう、と当時は言われた。しかし、二十一世紀を間近に控える時となっても、ホワイト・タワー北壁はクライマーの挑戦を拒み続けた。

これには、壁の傾斜と距離のほかに、地理的な条件が大きく影響していた。まず、陽射しの当たりにくい北面の壁であること。次に、タワーの西側が開けているため、ヒマラヤ上空を駆けぬける偏西風がまともに吹き寄せ、天候が安定しないこと。このふたつの要因が重なって、カスール・べーラ北壁は人を寄せつけない最後の砦《とりで》となった。天上界へ近づこうと挑む人間たちへの、神の最後の抵抗だったのかもしれない。

だが、その時は、訪れた。

一九九九年九月二十二日。ついにホワイト・タワー北壁は陥落した。三十四歳になる一人の日本人クライマーの前に、初めてひれ伏したのである。

その北壁の陥落を語る前に、カスール・べーラと本人クライマーの因縁《いんねん》についても記しておかねばならないだろう。ホワイト・タワーと呼ばれて恐れられた山の頂に初めて立ったクライマーも、実は日本人なのである。

いや、立ったというのは、正確ではない。彼は頂を抱きしめた、と言い換えたほうが実情には合っている。

ヒマラヤの八千メートルを超える十四座の高峰は、最も標高の低いシシャパンマ(八〇一二メートル)を最後に、すべて六〇年代に登りつくされている。クライマーたちはまず何より世界の高みを目指し、八千メートル級の山々がすべて制覇されると、以後は周囲の未踏峰が次々と登られていった。

カスール・べーラの初登頂は一九八〇年まで待たねばならなかった。ここでもホワイト・タワーは、名だたる高峰の中で最後までトップ・クライマーの挑戦を退け続けてきた山なのである。

クライマーたちの挑戦は、六四年のドイツ隊をはじめとして、六度にわたって敢行されたが、すべて天候の悪化によって阻まれてきた。カスール・ベーラは機嫌を損《そこ》ねやすい山として知られ、クライマーが挑戦を始めるとともに必ずその山頂を白いベールで覆い隠してしまう。人見知りの激しいホワイト・タワー。その噂はまたたく間に登山関係者の間へと広がっていった。

一九七五年、八月――。

登山の歴史にエポック・メーキングとなる一歩が印されている。ラインホルト・メスナーとペーター・ハーベラーが、ガッシャブルムI峰（八〇六八メートル）北西壁の初登攀に無酸素で成功したのである。大規模な登山隊を組織せず、少ないメンバーで短時間に登り切ってしまうという新たなスタイルの登山だった。

その後メスナーは、チョモランマ、ナンガ・パルバット（八一二五メートル）、K2（八六一一メートル）と、八千メートル級の高峰を無酸索で登り切るという当時においては離れ業をやってのけ、一九八〇年には、サポート隊の支援すら受けずに、単独かつ無酸素でチョモランマを登頂してのけた。

確かに酸素を使えば、八千メートル級の高峰だろうと、六千メートル級程度の疲労感しか覚えずに登ることができる。

しかし、重いボンベを高所まで荷揚げする必要があり、どうしても大規模な組織編成が必要になってくる。チームの人員が多くなれば、食糧や装備も増えていくのは道理で、ますます隊の動きは鈍くなり、登山の成否は勢い天候に左右されがちとなる。

メスナーが切り開いた無酸素単独という新たな登山スタイルを、難攻不落と言われたホワイト・タワーの攻略に用いようという男が、そこに登場する。

日本人クライマー、御田村良弘《みたむらよしひろ》である。

だが、御田村本人は笑いながら、わたしに告げた。

「確かに無酸素単独ならやれるのではないか、という狙いは最初から抱いてました。でも、仕方なかったんですよ。当時は資金が悲しいくらいにありませんでしたからね」

当時三十二歳の彼には、大規模なチームを組みたくとも、それを可能にする資金も政治力もなかったのである。

「だって、そうじゃないですか。各地の名だたる山岳会は大御所の人たちが牛耳ってましたし、わたしのような若造がチームを編成するなんて、とても不可能でした。もちろん、チームの一員として遠征に参加する道はありました。ですけど、当時の日本の隊は、大金を使って遠征する以上は何より成果を得るべきだという考え方が支配してました。まず実績作り。そのためには、どうしても無難な登山計画が採用されてしまう。ホワイト・タワーに挑みたいと叫んだところで、相手にすらされなかったのは目に見えていたでしょうね」

御田村良弘は、名門として知られる成稜《せいりょう》大学山岳部の出身である。彼は学生時代からアルプスやヒマラヤ遠征の一員に選ばれるほどの実力者であり、卒業後は大学の山岳部OBによって設立された成稜山岳会に所属していた。

しかし、山に取りつかれて肉体労働を続けてきた彼は、ラインホルト・メスナーの快挙に刺激を受けて決断した。山岳会の大規模遠征と決別すれば、たとえ資金が少なくとも自由に山を登れるはずだ、と。

「ずっと体育会系の中で生きてきましたからね。先輩には相談しました。そうしたら、みんな言うんですよ。無茶だ、死ぬ気なのかって」

彼は準備に一年半をかけた。あらゆる角度からカスール・ベーラを撮った写真を集めてルートを研究し、山の天候を十年さかのぼって季節ごとにまとめ直した。

現地への下見にも出かけている。ネパール政府の許可を得るまでに、彼は二度にわたってヨーロッパ・アルプスで冬季の荷揚げの仕事に就いた。日本へ戻ると、ほぼ週に一度のペースで富士登山をくり返した。どちらも己の肉体を事前に高所順応させておくためである。

酸素が薄くなれば、体力の低下はもちろん、思考能力までが減退していく。海抜五千メートルの地点で酸素は地上のほぼ半分になり、高山病を防ぐには四千メートル程度の標高地点で体を慣らしておくのが最も効率的な手段だった。

御田村良弘は万全の準備を調《ととの》えると、六月にネパールへ入った。

サポート隊は、山岳会の親しい仲間が五人。ただし、単独登頂と認められるには、ベース・キャンプの設置までしか彼らの手は借りられない。あとはすべて本人自身の手で荷物を担ぎ上げる必要がある。

まず彼は三週間にわたってネパールでの高度順化トレッキングをこなし、サポート隊のメンバーたちと五千メートルを超える山を連続して登攀していった。

いったんカトマンズへ戻り、最後の休息と準備を終えてから、カスール・ベーラの麓へと移動した。ベース・キャンプは五二〇〇メートル地点に設置。天候を睨みつつ、八月八日に彼は南東稜から一人でホワイト・タワーに挑んだ。

「やっと来たんだなって思いましたね。見上げると、まさに世界を阻む白い壁なんですよ。のしかかってくるようなスケールに圧倒されて、全身に震えがきたのを今でも覚えています」

実は、彼がタワーへ挑む前年の七九年、日本の登山史に輝かしい一ページが刻まれている。

三月四日、長谷川恒男《はせがわつねお》がグランドジョラス北壁の冬季単独登攀に成功したのだ。これによって長谷川は、マッターホルンとアイガーの両北壁もふくめ、ヨーロッパ・アルプスの三大北壁を冬季に単独で登攀した世界で初めてのクライマーとなった。

「もちろん、充分に意識はしてましたね。アルプス三大北壁を冬季に一人で登りきるのは、誰にでもできることじゃないでしょう。でも、わたしには未踏峰を一人で制覇するほうが魅力的に思えたんです。まだ誰の足跡もついていない地に立つ。クライマーとして、これ以上の快感はないだろうなって。でも、実は立ってないんですよね、わたしはあの頂上に」

底抜けの笑顔とともに、彼はわたしに言った。

長谷川恒男が三大北壁に挑んでいたその時期は、ちょうど彼がアルプスで荷揚げの仕事に就いていたのである。

「いや、それは偶然ですよ。たまたま知り合いのイタリア人クライマーが仕事を紹介してくれただけです」

わたしの穿《うが》った質問にも、彼は笑って相手にしようとしなかった。だが、同じ日本人クライマーとして、意識しないほうがどうかしている。御田村は、同じ国の、しかも同年代のクライマーが世界から賞賛される様子を現地で体験していたのである。次は自分だ。見ていろ。御田村がそう思わなかったはずがない。彼は長谷川の登攀を見届けるつもりで、あえてアルプスでの仕事を引き受けたのだ、とわたしは睨んでいる。

ともあれ御田村良弘は、長谷川恒男が三大北壁を制覇した翌年、長年の夢であったホワイト・タワーに挑戦した。

単独登攀は、難所に差しかかると、まず荷物を持たない空身でルートを拓《ひら》いて登り、ロープをセットしてから荷物を取りに戻る。つまり、二度難所を越えていくことになる。一人で動ける自由度はあるが、手間は増える。ましてや空気の薄い高所での作業だ。ミスはたちまち命取りになりかねない。

六七〇〇メートル地点に第二キャンプを、七三〇〇メートル地点にアタックキャンプを設置するまでは順調だった。その直後から天候が悪化し、ホワイト・タワーの頂はまたも人の接近を拒もうと画策した。

御田村はたった一人、わずかに腰を下ろせる程度の幅しかない岩棚でツェルト一枚をかぶって三日をすごした。

七三〇〇メートル地点である。酸素は地表の半分以下。風と吹雪《ふぶき》が猛威をふるい、いつ雪崩《なだれ》が襲うかもわからない。体感温度は零下三十度を軽く下回っていたものと思われる。睡魔に襲われれば、死は免《まぬが》れない。御田村は冬場を懸命に耐える蓑虫《みのむし》となって岩壁にへばりつき、手足を凍傷から守るために三日間ただ体を小刻みに震わせ続けた。

「食糧もコンロの燃料も底をつきかけていましたね。ところが、四日目の朝になって、わずかに吹雪が収まってきたんです。タワーのほうが、わたしより先に音を上げたんですよ。本当にしぶとい日本人だなって思ったんでしょう」

山頂はまだガスに巻かれていたが、御田村は三つの飴玉と登攀証拠の写真を撮るためのカメラとロープだけを持って出発した。

サポート隊の五人は第二キャンプまで上がり、御田村からの無線連絡を祈りとともに待った。だが、アタック開始から十一時間がすぎても、彼からの無線は入らなかった。時刻は午後三時をすぎた。たとえ登頂できても、夜が迫っており、下山が難しくなってくる。無線で呼びかけても、御田村からの返事はなかった。

ついに力つきたか、とサポート隊の面々が覚悟を決めた午後四時三十二分、待ち望んでいた御田村からの無線が入った。たった今、山頂にたどり着いた、と。

写真を撮ったら、すぐに戻る。そう彼は告げたが、その日のうちに御田村が第二キャンプに戻ることはなかった。

翌日の午後になって、彼はガスの中を這うようにして戻ってきた。

右足首と左肩を骨折していたのである。

「たぶん七八〇〇メートル付近だったと思うんですよ。ちょうど東チンネのピークと分かれる辺りに、長いフェイスが控えてました。記憶がだいぶ飛んでいて、自分でも覚えがなくて……。気がついた時には、ロープ一本で宙づりになってました」

あとになって、彼の体に残された傷の具合から、頭上を落石または氷塊が襲い、左肩に直撃したものと推定された。彼は壁から滑落し、その際に右の足首をも骨折した。ホワイト・タワーが最後の悪意ある抵抗を試みたのである。

だが、彼はあきらめなかった。片手と片足でロープをたぐると、壁を乗り越えてホワイト・タワーを力任せにねじ伏せたのだ。

その姿は、世界の山岳史上に名高い〝地獄の下山〟を連想させる。一九七七年、イギリスの登山家ダグ・スコットは、オーガ西稜（七二八五メートル）で両足のくるぶしを骨折したが、ひざで這い続けながらベース・キャンプへ奇跡の生還を遂げた。人は精神力で苦痛をも乗り越え、計り知れない業績を築き上げることができる。

だから、御田村は山頂に立ってはいない。立つことはできなかった。ガスに巻かれた中、日本の国旗をピークの一角に刺して這いつくばる自分の姿を、彼はカメラに収めている。

「登るよりも、下っていくほうがきつかったですね。ホワイト・タワーが、ただじゃ帰さないと怒ったんです。本当を言うと、順調に登頂できたら、その勢いを借りて無酸素単独で八千メートル級の山を続けて制覇できたらいいな、と甘いことも考えてたんです。でも、怪我を治す時間が必要でしたから、そっちの夢は叶いませんでした」

ラインホルト・メスナーに続いての、世界で二人目になる八千メートル級の無酸素単独登頂。その快挙は翌年の六月、別の日本人クライマーによって果たされている。

禿《かむろ》博信《ひろのぶ》がダウラギリI峰（八一六七メートル）を制覇したのである。

御田村良弘のもうひとつの夢は叶わなかった。だが、ホワイト・タワーを初めて制したクライマーとして、彼の名前はひときわ輝かしい光を登山史の中で放っている。

◇

登山家をその死によってしか評価できないマスコミからの取材は、やはりあとを絶たなかった。彼らはあらゆる手段を講じて、かつて刈谷修に疑惑を投げかけた小説書きに接触を試みようとし、中には自宅に押しかけてくる者までいた。

三日間、仕事は手につかなかった。わたしの書いた原稿と、それを読んで疑惑をあおったマスコミが、彼をさらなる挑戦に駆り立てたようなものだった。五年前、非難の矢面《やおもて》に立たされた刈谷は、疑惑に対する正式なコメントを、当時から住まいとしていたヨセミテで発表している。すべては今後のわたしの行動が答えになるはずだ、と。

その後、二年の準備期間を経て、彼はアメリカとヨーロッパで二冊の写真集を刊行して資金を作ると、新たな挑戦へ動きだした。八四〇〇メートルを超える世界の五座を、すべて無酸素単独で、できれば新ルートを拓いて登攀するという計画だった。

ただ、ヒマラヤは世界の登山チームが集中する場であり、一チームが連続して五座を登るのは難しい状況だった。そのため、マカルーは中国側から、今回のカンチェンジュンガはネパール側からと、アプローチに変化をつけての計画となっていた。

特にローツェでは、メスナーが「西暦二〇〇〇年の課題」と言ったあの南壁に挑むつもりではないか、とも噂されていた。もし成功すれば、疑惑への明確な答えにもなる、と見る者が多かった。

一昨年夏のK2、昨年のマカルーと新たなルートからの登攀に成功し、計画は順調に進んでいた。だが、一個の落石が彼の命と名誉を道連れにした。

わたしはスポーツ・グラフィック誌の副編集長を務める杉原孝次《すぎはらこうじ》に連絡を取り、刈谷ゆきえの帰国と葬儀の日取りについて調べてもらった。

すると、正式な発表はまだなく、日本の親族がすでにカトマンズへ発《た》ったという情報だけがもたらされた。

彼女は日本へ帰ってこないつもりなのだ。帰国すれば、五年前の疑惑を蒸し返して臆面もなく正義漢面をするマスコミに追われる事態となる。

刈谷夫妻は今もヨセミテに写真と登山の拠点となる家を構えていた。わたしはサンフランシスコへの航空券を手配すると、一週間先の締め切りを目指して原稿の書き溜めに取りかかった。

氷河によって削られた鋭い渓谷で知られたヨセミテは、シェラネバダ山脈を代表する国立公園になっており、世界遺産にも登録されている。切り立った崖《がけ》の連続する渓谷は千メートルを超える壁がいくつもあり、世界中のフリー・クライマーが挑戦と鍛錬のために訪れる〝聖地〟でもあった。

刈谷修の死から八日後、わたしはサンフランシスコに降り立つと、教えられた住所を頼りにレンタカーを走らせた。

編集者からの情報によれば、刈谷の亡骸《なきがら》はカトマンズで荼毘《だび》にふされ、親族とともに遺骨だけが帰国の途についたという。予想していたとおり、ゆきえは成田への便に同乗してはいなかった。

だからといって、彼女がここへ戻ってくるという保証もない。だが、わたしは何ヵ月でも待つつもりだった。いつになるかはわからずとも、彼女が帰る場所はここしかないのだから。

刈谷夫妻が借りていた家は、国立公園に近い麓の町エル・ポータルの外れにあった。ささやかなメイン・ストリートを外れて南の森へ一キロほど未舗装の坂道を上った先に、山小屋風の小さな家が木々の緑に囲まれ建っていた。

樹皮で葺かれた屋根の上へ目をやると、葉を競い合う梢《こずえ》の先にシェラネバダの白い山並が迫って見えた。窓はすべて雨戸で閉ざされ、野草の苗床《なえどこ》となった庭に車はなく、主の長い不在を物語っていた。だが、アプローチの前には、まだ新しそうなタイヤの跡がいくつも残り、ここにまで何人ものマスコミ関係者が訪ねてきたとわかる。どうせ資金豊富な新聞社がサンフランシスコの支局から人を送ったのだろう。

わたしは町に戻ると、予約しておいたホテルに入り、部屋で形ばかりの仕事をした。

翌日からは、木々に囲まれた山荘へのドライブと、窓からシェラネバダ山脈を眺めながらラップトップ・パソコンをたたくのが日課となった。名だたる国立公園に近いホテルに泊まりながら、日に一度のドライブ以外には部屋を出ようとしない客に、ホテルマンはそろって真意のほどをうかがうような目を向けたが、気にしたところで始まらなかった。わたしはただ、彼女に会わねば、と考えていた。

六日後の午後一時、日課のドライブに出ると、土埃《つちぼこり》にまみれた古いエクスプローラーが刈谷邸の前に停まっているのを見つけた。

雨戸はひとつも開いていなかったが、車内をのぞくと、山のように荷物が積まれたままになっていた。遠征用のキスリングとスーツケースだった。

荷物のパッキングはサポート隊のメンバーも手伝ってくれただろうが、わたしには涙をこらえて撤退の支度《したく》にかかる彼女の姿が見えるようだった。

玄関前のウッドデッキへ上がり、緑青《ろくしょう》の浮いたノッカーをたたいて答えを待った。充分な間をあけてから再びたたくと、家の中でかすかに人の気配が動いた。

わたしは名前を告げて、中にいるであろう彼女に呼びかけた。

「押しかけるような真似をして申し訳ありません。どうしてもお悔《く》やみを述べたくて、あなたを待っていました」

気配はあったが、ドアは開かなかった。わたしにできることは待つだけだった。木立の中を飛び回る鳥たちと一緒に、ただ彼女の気が変わってくれるのを待ち続けた。

怒りと悲しみをなだめるのに、自分なら何分が必要だったろうか。少なくとも五分はすぎてから、やっとドアの向こうに足音が近づいてきた。

「帰ってください」

山を越えて吹きつける北風に負けず、冷たい響きを帯びた声だった。

「すぐに帰ります。ご主人を亡くしたばかりで悲しみの中にいるあなたの気持ちも考えず、こうして押しかけてきたんですから、わたしも好奇心に駆られるマスコミと何ら変わりはないと自覚しています。ただ、あの原稿にも書いたように、わたしは本心からご主人の登頂を信じていました。それだけをあなたに言いたくて……言っておかねばならない、と思って来ました。わたし自身の名誉のためにではなく、刈谷修というクライマーの名誉のために」

人の気配も声もドアの奥から聞こえてはこなかった。シェラネバダの山々から吹き下ろす風が、辺りの木々を揺らして通りすぎた。

「わたしは今も、あの原稿を書き直すべきだったのか、迷いを消せずにいます。あのタイトルには本来、二重の意味があったはずなのに、わたしは編集部の忠告を受けて最後の部分を削除しました。何ひとつ証拠のないことだったので、個人の名誉をあまりにも傷つける恐れがあると考えたからです。それに、真相を突き詰める意図が、あなたたちになかったのは明らかですし、覚悟のうえだと思ってしまった。でも、あの憶測を控えた書き方で本当によかったのか、わたしは今でも自信がないのです」

ドアの奥はあまりに静まり返り、わたしは彼女がまだそこにいるのか不安になった。

「もうあなたたちが苦しむ必要はないと思うのです。ご主人の名誉のためにも――」

そこまで言いかけた時、目の前のドアが急に開いた。

凍てつく風が体にぶつかってきた気がして、わたしはたじろぎつつも、ひざの裏に力を込めて姿勢を正した。ドアは内開きだったので、いくら勢いよく引こうと、わたしに風が当たるわけはなかった。だが、涙をこらえて正面から睨みつける彼女の目は、お節介で妄想癖の小説家に向けて冷たい怒りのこもった風を確かに放っていた。

わたしは彼女に黙礼した。視線を上げると、刈谷ゆきえはまだ充分な冷たさを感じさせる目でわたしを見据えていた。こみ上げるものを懸命に抑えようとするように口元が小刻みに震え、見る間にその震えは肩から腕へと広がった。ヒマラヤの雪と悲しみに焼かれて頰は赤くひび割れを見せていた。

「あなたは……」

「はい」

「何の権利があって、わたしたちを……」

悔《くや》しげな声がのどの奥からしぼり出され、そこで途切れた。

彼女自身も大学時代には、女性クライマーとして活躍していた。フリー・クライミングの世界では人工壁の登攀を競うコンペが開催されているが、彼女は日本の名だたる大会でメダルを手にする常連だった時がある。その類《たぐ》いまれな技術と容姿から、カトリーヌ・デスティヴェルやリン・ヒルに続く逸材だと言われていた。世界のトップを走る二人と同様に、その整った顔だちへの関心と勝手な評価が、いつも彼女にはつきまとった。

だが、彼女は大学を卒業するとともに一線を退き、クライマーの妻となって夫のサポートに徹する道を選んだ。女性クライマーの可能性を捨て去るにも等しい軽率な選択だとして、彼女の決意を批判する論調も当時の登山界にはあったと聞いた。

その彼女も、今年で四十二歳になる。山の陽射しと風にさらされ、化粧気のない顔には年齢を超える皺《しわ》が目立つ。だが、わたしには刈谷ゆきえという一人の女性を支えるために刻まれてきた、美しき年輪に見えた。

「ご迷惑なら、すみやかに退散します。わたしにあなたたちを苦しめる権利などありませんから。失礼は充分にわかっているつもりです。ただ、わたしは刈谷修という男の不器用すぎる生き方に引きつけられてやみません。あなたへの想いをもっと多くの人に知ってもらいたい、どうしてもそう考えてしまうのです」

「やめてください」

悲鳴のような言葉が胸に刺さった。彼女は泣き顔を見られるのが悔しいとでも言うかのように、片手で顔を覆ってうつむき、背中を丸めた。

「あの人を死なせたのは、わたしです。わたしが刈谷修という素晴らしいクライマーを……」

あとは声にならなかった。彼女はドアにもたれかかって嗚咽《おえつ》に耐えた。

3

そろそろ話をカスール・ベーラの北壁に戻したい。

かくして長らく未踏峰だったホワイト・タワーは、単独登攀という、当時の登山においては革新的な手法によって南東稜から陥落した。

もうお気づきの読者も多いと思う。そう。メスナーをして「西暦二〇〇〇年の課題」と言わしめたローツェ南壁をトモ・チェセンが初登攀してのけた方法も、無酸素単独だった。御田村良弘がカスール・ベーラを制した時と同じ手法を、のちにトモ・チェセンも採用したとは言えないだろうか。

無論、両者の挑んだ山の標高に違いはある。ローツェは世界第四位の高峰で八五一六メートルの標高を持つ。八千メートルに満たないカスール・ベーラを無酸素で登りきるのとは、肉体的な負担に歴然とした違いが出てくる。しかし、ソロでなら天候のわずかな回復の隙を突いて登攀できる、という考え方は同じだ。

そのソロという手法によって、カスール・ベーラ北壁も、また初登攀されるのである。

一九九九年、九月。御田村良弘が初めてその頂を制してから、十九年もの月日がすぎていた。トモ・チェセンがローツェ南壁を初登攀してから九年後——。

残念ながら、その快挙は山岳雑誌にしか掲載されなかった。長谷川恒男が三大北壁を制覇した時の扱いとは、まさに雲泥《うんでい》の差があり、それが日本における登山の現状を示していると言える。山岳雑誌には、マスコミの登山への無理解を嘆く記事までが続いて掲載された。

だが、新聞や大衆的な週刊誌がその業績を振り向きもしなかったことは、別の意味で彼にとっては幸いだったと言える。

わたしはたまたま山岳冒険小説を書き、その時に読んだ資料から、御田村良弘の名前とその後について知っていた。だから、カスール・ベーラ北壁を日本人が初登攀してのけたというニュースに接した時、驚きを隠せなかった。

そうか、あの男がやったのか。

おそらく、多くの登山関係者がそう受け取ったに違いない。

しかし今は、読者におかしな先入観を抱いてほしくないので、まず彼の名前とプロフィールのみを先に紹介しておきたい。

刈谷修。三十四歳。御田村良弘と同じく、彼も成稜大学山岳部の出身者だ。二人には、十七の歳の開きがある。

「ええ、そうです。あの人がカスール・ベーラを初登攀した時、わたしは十五歳で、もう休みのたびに谷川岳へ通ってました。あの人に憧れて、成稜大学へ進んだと言っていいと思います」

わたしの問いかけに、刈谷修は表情ひとつ変えずに淡々と答え返した。

彼はわたしの二度にわたるインタビューの間、ほとんど表情を変えなかった。絶えず笑顔を心がけようとした御田村良弘とは、あまりに好対照だった。

わたしが感じた刈谷修の第一印象は、岩、だ。身長はそう高くない。わたしより少し高い程度だから、百七十センチ前後だろうか。だが、胸の厚みはわたしの軽く一・五倍はありそうだった。首や腕の太さと、その胸の厚みに圧倒された。試みに尋ねてみると、胸囲は一メートル十四センチもあるという。

日本人は体格的に、西洋人よりも登山には不利だと言われている。高所での適応力には、肺活量がものを言うからである。

酸素が薄い高所での活動には、ひと呼吸で肺に吸収できる酸素が多ければ多いほど有利なのは自明の理である。だから、刈谷修の胸の厚みを見て、圧倒されたのである。まさに山へ登るために生まれたような体格だった。岩にも似た男だから、タワー北壁の果てしない壁さえ、彼は仲間に引き入れ、登攀することができたのかもしれない。

刈谷修は大学三年の春、御田村良弘に見出されて、初めてヒマラヤ遠征に参加している。御田村がカンチェンジュンガの無酸素単独登攀に挑戦した時の、サポート隊の一員として抜擢《ばってき》されたのである。

「とてもいい経験になりました。御田村さんには感謝しています」

彼は多くを語らなかった。わたしは意地の悪い質問だと誤解を受けないように言葉を選んだつもりだったが、彼は儀礼的な答えに終始した。

ヒマラヤ初遠征の二年後にも、刈谷は御田村に同行してナンガ・パルバットへ赴《おもむ》いている。その時には、御田村が単独登頂を果たし終えた翌日に、大学OBのサポート・メンバー二人と、彼自身も頂上に立った。それが彼にとって、初めての八千メートル級高峰の初登攀だった。

刈谷修はその時まで、御田村良弘の最も優秀な愛弟子《まなでし》だったのである。

だが、その翌年、刈谷は長らく在籍していた大学を突然中退すると、御田村からあえて距離を取るかのように、ヨセミテへ向かった。

「ナンガ・パルバットを登ってみて、初めて実感できたんです。自分には登攀技術がまだ欠けている、と。だから、フリー・クライミングの聖地と言われていたヨセミテへ行って、出直そうと考えたんです」

ほかに深い意味はないと言いたげに、彼は自分に頷きながらわたしに告げた。

フリー・クライミングとは、ロープやハーケンなどの登攀用具に頼らない登山スタイルを言う。クライミング・ギアを使用するのは、安全確保のためのみに限定される。つまり、登った実績よりも、登り方に重点を置いた登攀スタイルである。自らの力のみで山や岩壁を制してこそ、自然に立ち向かう登山の意味が生まれる。自然回帰の登山法と言えばいいだろうか。

アメリカのカリフォルニア州ヨセミテ渓谷には切り立った崖が多いため、フリー・クライミング発祥の地だとされている。

八千メートルを超える高峰に一度は立っておきながら、まだ未熟だという刈谷の答えは、いささか優等生すぎて聞こえるが、その真偽は人がとやかく言えるものではないだろう。いずれにせよ、刈谷はヨセミテへ拠点を移し、登攀と写真の腕に磨きをかけた。望んでいたフリー・クライミングの技術のほかにも、山や渓谷の自然をカメラに収めて資金を稼ぐという、もうひとつの道をも拓いたのである。刈谷修は登山界と写真界で急速に名を高めていった。

彼がヨセミテの断崖を片っ端から登り始めていたちょうどその時、トモ・チェセンがローツェ南壁をソロで制覇した。

「大いに刺激になりました。やはりこれからの登山にはフリー・クライミングの技術が必要なんだ、と確信できました」

その時点で、刈谷修の胸にタワー北壁へ挑戦する決意が芽生えていたのかどうか。わたしの質問に、彼は慎重に言葉を選ぶように間をあけてから言った。

「クライマーとしていつかは挑んでみたい、そう漠然と考える程度でした。誰かが先に登るに決まっている、と思っていましたから」

だが、現実は彼や多くのクライマーの予測をはねのけた。

ホワイト・タワー北壁は、その頂が初制覇を許した時と同じく、次なる日本人クライマーが挑戦するまで、さらに十年もの長きにわたって登攀を拒み続けたのである。まるで、その機が熟するのを待つかのように。

「準備には二年を費やしました。先に敗退した全チームの関係者を訪ねて回り、あの壁のあらゆる情報を集めたんです」

その徹底した準備の進め方は、どこか御田村良弘がカスール・ベーラを単独制覇した時を思い起こさせる。だが、刈谷修はにべもなく答えた。

「クライマーとして当然の準備を進めたまでです。影響を受けたとするなら、やはりトモ・チェセンの登攀です。わたしも雪崩の危険をできる限りさけるために、雪の氷着が激しい六五〇〇メートル付近は、夜間登攀にチャレンジしました」

北壁は、その地理的要因から、陽光を直接に浴びる機会が少ない。だが、日中は夜間よりも必然、気温は高くなる。そのぶん確実に雪崩や氷塊の崩落する危険が増えてくる。

「ナイト・クライミングはアルプスで鍛錬を積みました。ただ、岩がむき出しになった部分は、ライトの明かりだけでは不安なので、日の出を待ってから越えましたが」

わたしはそこで、素人《しろうと》臭い質問を彼にしてみた。夜に断崖を登るのは怖くはないのか、と。彼の表情がゆるんだのは、その時だけだった。

「考えても見てください。下を見ても、ただ夜の闇がぽっかりと口を開けているだけなんです。闇は、自分が高所にいる事実を忘れさせてくれます。雪崩の不安に身を削られる心配もない。ライトの届く氷壁にだけ神経を集中すればいいんです。日中、わずかな岩の起伏に手を伸ばす時のほうが、わたしは恐怖を覚えました」

三千メートルも続く壁に張りついている時の気分を、ぜひ想像してみてほしい。足下は三キロ下へと断崖が伸び、風と粉雪が絶え間なく吹きつけてくる。

我々がよく知るタワーのひとつ、東京タワーの高さは三百メートル強。その十倍もの断崖である。頭上からは、いつ雪崩と落石が襲ってくるかわからない。体を支えているのは、岩や氷の隙間に打ち込んだハーケンと一本のロープだけ。わたしなら一分とて耐えられずに気を失っているだろう。

彼はその北壁に取りつき、骨の髄《ずい》をも凍らせようとする寒さに耐え、かじかむ手足を動かして一歩ずつ距離を稼いでいった。三千メートルの壁を登りきるのに、三日を費やした。ほぼ七十二時間も眠らずに、七千メートルの高所で彼は何を考えていたのか。

「ルート工作以外には、何も考えられませんでした。ただ登ってみせる。できるはずだ。それだけを自分に言い聞かせて登っていたと思います」

刈谷は五日分の食糧とロープにわずかな登攀用具、ツェルトとカメラに無線という軽装備でタワー北壁に挑んだ。七千メートルから頂上までは、ほとんど空身に近い姿で登りきったのだという。

「難所はいくつもありました。入念な準備を進めてきたつもりでも、やはり写真と実際のフェイスを目にしたのでは、状況が違っていることのほうが多かったですかね。写真は、太陽の位置によって影に違いが出てきます。写真で見た限りでは、リンネ(岩の割れ目)があるように見えても、ほとんど真っ平らなフェイスの連続だったりするのです。そのたびにルートを練り直して、トラバースしなければなりませんでした」

北壁を制して頂上に立った時、彼の胸によぎったものは何だったろうか。

「余裕はまったくありませんでした。生きて帰ることのほかには何も」

山は登り切ればそれで終わり、というものではない。超人的な活躍の果てに登頂を遂げたクライマーが、下山途中に命を落とした例は枚挙にいとまがない。メスナーに続いて八千メートル級の高峰を無酸素単独で登頂した禿博信も、その二年後、チョモランマの無酸素登頂に成功しながら、下山途中に帰らぬ人となっている。その前年の八二年十二月には、チョモランマの厳冬季初登頂をなしとげた加藤保男も下山を果たせず命を落とした。

わたしは言葉に注意しながら刈谷に尋ねた。今回の計画をあなたの奥さんはどう思っていたのか、と。

予想どおり、刈谷の表情は、人を寄せつけまいとする北壁にも似た強張《こわば》りに支配されていった。

「妻は関係ありません」

――ですが、奥さんもベース・キャンプに同行していた、と聞きましたが。

「心配して来てくれただけです」

――奥さんへの想いが、あなたをカスール・ベーラの北壁に向かわせたのではないでしょうか。

その問いに、刈谷修は無言で答えて席を立った。

無理はなかった。わたしは登山関係者の中で禁句と言われた質問を、あえて彼にぶつけたのである。だから、彼への最初のインタビューは、そこで終わった。

そのインタビューは、ホテルの一室でおこなわれていた。刈谷修は表情を硬くしたまま席を立つと、わたしの後ろで取材の様子を見守っていた妻とともに、黙って部屋を出ていった。

刈谷修がタワー北壁へ挑んだ時、ベース・キャンプは五二〇〇メートル地点に設けられていた。我々のような登山経験がない者では、そのベース・キャンプに詰めて彼の登攀を見守ることすら難しい。五二〇〇メートルはすでに、高山病にかかる危険のある場所だからである。

だが、刈谷の妻ゆきえはベース・キャンプから夫の挑戦を見守った。なぜなら、夫と同じく、彼女も成稜大学山岳部の出身者だったからだ。

それだけではない。

ここからは、彼らのプライバシーにかかわる微妙な問題にもなってくるが、わたしは今回の登攀に大きな影響をもたらしたと考えているため、あえてここに記しておきたいと思う。

二人の結婚は、九三年十月。刈谷が二十八歳、ゆきえが三十一歳の秋である。ゆきえは再婚だった。

その前年の十月、彼女は八年になる結婚生活に別れを告げた。彼女が結婚というロープを断ち切ったパートナーとは、カスール・ベーラを初めて制したあの御田村良弘なのである。

二人が離婚した時、関係者の多くは冷静にその事実を受け止めたという。いくら山岳部に在籍していた妻でも、死と隣り合わせの挑戦を続けるクライマーとの生活では、すれ違いが多すぎたのだろう。そう誰もが想像したという。

だが、その翌年に彼女が再婚した相手を聞くに及び、噂は突風にあおられた野火のごとく駆けめぐった。刈谷が御田村のもとを離れてヨセミテへ行ったのは、ゆきえが関係していたのではなかったか。恩師と言える人の妻に想いを寄せ、だから彼は御田村のもとを離れざるをえなくなった。そう考えると、突然の大学中退にも頷けてくる。

そして、ゆきえまでもが三年後に、御田村のもとを離れていった。しかも、二人の間には六歳になる長男がいた。それでも彼女は夫と子供と別れる決意を固め、刈谷修の妻になる道を選んだ。

わたしは再三にわたって彼女にもインタビューを申し入れた。だが、夫の登攀とは無関係だと言われて、彼女の胸中を聞くことは叶わなかった。興味本位に取り上げられたのではたまらない、という彼女たちの気持ちは想像できる。

わたしが今回の件で話を聞いた人の中には、子供を捨ててまでして夫の愛弟子とも言える若者に走ったように見える彼女を責める者は確かにいた。だが、この場を借りて誰かを責めようという意図は、わたしにない。ただ、登山界が待ち望んでいた快挙の裏には、隠されたドラマがあったのではないか、と思うのだ。

刈谷修は、クライマーとしての栄光のために、カスール・ベーラ北壁に挑んだのではない。そうわたしには思えてならない。

彼にはカスール・ベーラの初登頂に成功した御田村良弘を、一人のクライマーとしてではなく、一人の男として越えなければならない理由があった。だから、最後まで世界の名だたるクライマーの挑戦をはねつけてきた北壁に挑んだのではなかったか。

恩師である御田村は、初めてカスール・ベーラ山頂へのルートを南東稜に拓いた男だった。彼を越えるには、最も過酷なルートと言われた北壁を初めて登りきる以外にはない。そういう考え方は、一人の男として納得しやすいものだ。

刈谷はわたしに言った。山頂に立った時は、ただ生きて帰ることしか考えられなかった、と。

御田村良弘は左肩と右足首を骨折しながらも、這って第二キャンプまで下山してきた。その奇跡の登攀があったからこそ、刈谷は何があっても生きて帰らねばならなかった。ベース・キャンプで待っている妻のもとに。

別のインタビューで、なぜ山に登るのかという月並みでありがちな質問に、刈谷修はこう答えている。

――そこには山しかなかったからだ。

その言葉は、一九二四年に世界最高峰のチョモランマに挑みながら行方を絶ったジョージ・マロリーが言った同じ問いへの答え、「そこに山があるから」をもじったものである。

刈谷は北アルプスの麓、富山県立山町の山間部に生まれ育った。周囲は山ばかりで、文字どおり、そこには山しかなかった。幼少時代の彼にとって、山が遊び場であり、よき友人でもあったのである。成長するとともに、彼は山との友情をより深めていった。

大学時代の彼を知る仲間は口をそろえるかのように言う。あいつは山を女のように愛した男だ、と。街ではめを外して遊びたがる同級生を、あいつはいつも小馬鹿にしきっていた。間にロープと過酷な山が介在しないと、人を信用できない偏屈者だ、と。人並みに社会で生きていこうとする限り、人間関係の海を泳いでいかねばならない面はある。刈谷修は人の海より山の孤高を選ぶ男だった。

山岳部時代の仲間たちは言う。あいつは山へ入ると、いつもほっとしたような顔をする。いずれはソロを専門とするのは目に見えていた、と。

山男にありがちな、人付き合いが下手で子供のような純粋さを秘めた男が、初めて山以外に恋した相手は、不幸にも恩師と言える男の妻となっていた女性だった。彼はその人を忘れるために、恩師のもとを離れてアメリカへ旅立った。

その後、何が彼とその人の間にあったのかは、二人が口を閉ざしている以上、他人にはうかがい知れない。残された男と子供の心情を思うならば、二人が口を閉ざす以外になかったであろうことは想像に難くない。とにかく刈谷修の一念は伝わり、二人は一緒に暮らし始めて夫婦となった。

その彼が、カスール・ベーラ北壁を次の目標としたのは当然だったろう。

彼にはカスール・ベーラをねじ伏せるべき理由があった。そう考えたくなってしまうのは、夢想ばかりを得意とする一小説家の身勝手な憶測にすぎないのかもしれない。

だが、それほど的外れでもない、とわたしは確信している。

カスール・ベーラという世界に名だたる高峰をはさんで、一人の女を一途《いちず》に愛した二人のクライマーが無言で対峙《たいじ》する。その姿がわたしには見えてくるように思えてならない。

もし許されるなら、刈谷修が残した写真のポジをすべて確認させてもらいたい。そう勝手なことを考えていたが、刈谷ゆきえはわたしを家の中へ招こうとはしなかった。それは二人が選んだ道だった。

彼女を一人にしておきたくない気持ちは強かったが、単なる部外者でしかない一小説書きが、これ以上の差し出がましい意見を口にするのはためらわれた。手紙を書きます。そう言い残して、わたしはホテルへ帰った。

◇

翌日、せっかくヨセミテに来た記念にと、ホテルの前から出ているツアーバスに乗って渓谷めぐりへ出かけた。秋の気配を漂わせて色づき始めた森をぬけると、圧倒的な高さを誇る岩の回廊がバスの行く手に迫ってきた。

悠揚《ゆうよう》たる川の流れをはさんで両側に、神の爪によって削られたかのような切り立った断崖が延々と続く。ガイドが用意した双眼鏡を借りてのぞくと、巨大な岩壁とは比較にもならない芥子粒《けしつぶ》のように小さなクライマーが、崖の中腹にへばりついている様子が確認できた。

そこは、エル・キャピタンと呼ばれる高さ千百メートル近い花崗岩《かこうがん》の一枚岩で、世界中のロック・クライマーが憧れてやまない垂直の壁だった。

かつて刈谷修はこれらの壁を目指して、ヨセミテの地に移り住んだ。それは、登山界に流布された噂のとおりに、恩師の妻であった女性を忘れるためだったのかどうか、わたしに判断する材料はない。だが、彼はここに連なる壁を登って己を鍛え、クライマーとしての闘志と名を高めていった。そして、妻を迎え、おそらくは二人でこの壁を幾度も登り、競い合ったに違いない。

わたしはエル・キャピタンの途方もないスケールの一枚岩を見上げ、さらにその三倍もの高さの壁を思い浮かべようとしてみた。

想像すらできなかった。すでに目の前の壁はタワーとしてそびえ立ち、頭上からのしかかってくるかのように見えた。この三倍もの高さを持つ壁が、地上五千メートルの高所から続いている様は、高慢でうぬぼれ屋の猿にお釈迦《しやか》様の掌《てのひら》の大きさを想像してみろと言うに等しく、凡人には無理な相談だった。

さらにその壁は、氷で武装したうえに、風や雪に低酸素という恐ろしくも手強い味方さえつけている。人間の力で、それもたった一人で登攀などできるものではない、と思えてしまう。それは、登山というスポーツの範疇《はんちゆう》から足を踏み外し、人の限界をも超えて天の神に近づこうとする無謀な行為にしか映らなかった。

たった千百メートルの遥かなる壁を見上げて、わたしは予想もしなかった感慨にとらわれた。刈谷修が妻のために挑もうと決めた北壁を、一度この目で見てみたい。彼はその頂に何を重ねて見ていたのか。写真ではなく、実物の北壁を見上げてみたい。

彼らと同じ場所に立ってホワイト・タワーを目にすることで、男たちが命を賭けて燃やしつくした想いの数パーセントでも、すくい取れるのではないか。ろくに登山の経験を持たない四十すぎの男が五千メートルの高所に立てるものなのか、疑問は大きい。だが、わたしにはそうすべき理由があるのではないのか。

成田へ帰る飛行機の中で、わたしはその実現性について密かに計算してみた。幸いにも、小説書きの仕事はどこにいてもできる。馬鹿なことをするな、と人は止めるだろうが、高度順応の鍛錬さえ積めば、チャンスはわずかながら出てくるのではないか。専門家に相談してみる手はある。

まだ決意へと成長できずにいるアイディアを秘めて帰国すると、予想もしなかった人物が留守中にわたしを訪ねてきたことを妻から知らされた。

「御田村さんって、例の登山家のご親戚かしらね」

わたしは驚きから立ち直れずに、妻が預かっていたメモを奪い取るようにつかんだ。開くと、いかにも几帳面《きちょうめん》そうな、しかしわずかながら幼さを感じさせる文字で、名前と電話番号が書かれていた。

御田村和樹《かずき》。その名前を記憶と結びつけるのに、しばらく時間が必要だった。妻の言葉を聞き、御田村良弘が知り合いに頼んで連絡を取りにきたのか、とわたしは錯覚していた。だが、連絡なら出版社を通せば早いし、わざわざ自宅にまで訪ねてくる必要はなかった。

わたしを訪ねてきたのは、御田村良弘の、今年十八歳になる一人息子だった。

若い肉体が力をため込むようにぐっと沈んだかと思うと、盛り上がった背中がくねりつつ、逞《たくま》しい腕がすっと伸びた。その瞬間から、垂直の壁が水平になったかのような錯覚に襲われた。わずかな足がかりを支点にすると、ロープを腰につけた若者が水面をすべるミズスマシのような軽やかさで一気に壁を登っていく。フリー・クライミングの鍛錬にと体育館に設置された人工壁は、高さが二十メートル近くあるが、彼にとっては公園の芝生を守る柵《さく》程度のものなのかもしれない。

一メートルも横に離れた突起へ手と足が自在に伸び、重力から解き放たれたように動くその姿は、わたしの目には一種の芸術に映った。クライマーという人種は、目もくらむ高所で手足を使って壁と語り合い、そこに思うがままの絵を描いていくアーティストでもあるのだ、と知らされた。

惜しいことに、彼らの描く絵はそこを登るクライマーたちにしか鑑賞することはできない。我ら凡人は、ただ低き場所から漠然と彼らの描く絵を想像するしかないのだ。やはり山には、そこに立った者にしか目にできない光景がある。

わたしを体育館まで案内してくれた女子マネージャーは、彼が壁の上に到達するのを見届けてから声をかけた。

御田村和樹はわたしに気づくと、壁に張りついたまま器用に右手を離して振った。下でロープを支える仲間に合図を送ると、天からの糸を伝って舞い下りる、生まれての蜘蛛《くも》の子を思わせる軽やかさで、フロアへとすべり降りてきた。

人は彼の実力を、簡単に「天賦《てんぷ》の才」と呼んでしまいがちだ。世界に名を知られたクライマーの息子なのだから、この程度の人工壁は楽に越えて当然だ、と考えたくなる。いくらか指導はされたろうが、険しい山の中で生まれ育った者が今どきの日本にいるはずもなく、彼の努力が正当な評価を受ける機会は少ない。

御田村和樹は父親の反対を押し切り、両親ともに在籍していた成稜大学へ進んだ。高校も、山岳部で知られた長野の名門私立校を卒業し、三年間の寮生活を続けてきたと聞いている。東京へ戻ったあとも、彼は山岳部の学生寮へ入っており、メモにあった電話番号は寮の代表電話だった。

「お忙しいのに、わざわざこんな場所にまでお出でいただき、ありがとうございます。はじめまして、御田村和樹です」

額に汗をにじませた彼の顔がまぶしく、わたしは正視していられなかった。父親よりも母親のほうによく似ていたことも、いくらかは影響していた。

「すごいね。あんな壁を見る間に登っていくんだから。山の話を書いてきたくせに、フリー・クライミングの経験はおろか、こうして練習風景さえ見学したことがなかった。圧倒されたよ」

「本当ですか」

和樹の目が輝きを帯び、さらに母親の目元と瓜《うり》二つになった。

「てっきり登山の経験がある人だとばかり思ってました。だって、うちの部の連中は、ぼくもふくめて先生の作品に、ホント圧倒された口なんです」

その言葉はわたしにとって褒め言葉にはならなかった。山を知らずに山の話を書いている。山の関係者から「読みました」と言われるたびに、後ろめたい気持ちが広がっていく。特にあの原稿を書いてからというもの、その思いは強まるばかりだった。のどを突き上げかけた苦みに耐えていると、四十すぎの物書きより遥かに無垢《むく》な心を持った若者が、また礼儀正しく頭をひょこりと下げた。

「お留守の間に突然お宅を訪ねてしまい、大変失礼いたしました。奥様からヨセミテに行ったとうかがいました。――母に会いにいかれたんですよね」

母という言葉を押し出す前に、わずかな躊躇《ちゅうちょ》が感じられた。

「迷惑かと思ったけど、どうしてもお悔やみを告げておきたかった」

「母はきっと、ショックを受けているんでしょうね。誰よりも愛する人を亡くしたわけですから」

彼の口調に皮肉なニュアンスが感じられなかったことを、わたしは密かに喜んだ。複雑な胸中を胸に抑え込んだ若者を見返して答えた。

「覚悟はしていたんだと思う。でも、自分を責めるようなことを言っていた」

「そうですか」

和樹は胸に確かめるようにして頷くと、仲間たちが取りついている人工壁を首だけで振り返った。

彼が母親と別れざるをえなくなったのは、六歳になろうとする秋のことだった。以来、彼は母親に抱きしめられることなく成長してきた。電話で言葉を交わしたこともらないという話さえあった。

小説書きの迷惑な習性で、わたしは彼に母親への正直な気持ちを尋ねてみたい衝動に駆られたが、これ以上彼らのプライベートに立ち入る権利はないだろう。

「あの人が亡くなる前から、決めていたことがあるんです」

御田村和樹は人工壁を見やったまま小さな声で言うと、口元にかすかな笑みをにじませた。

「いつになるかわからないけど、絶対にあの北壁を登ってみせる。そう決めてるんです」

決意表明にしては静かすぎる口調だったが、わたしの胸を貫くには充分すぎる切っ先を持っていた。

「待ってくれ。まさか君は――」

「先生が書かれたあのノンフィクションとは関係ありません。あくまで御田村和樹という、まだ初心者にすぎないクライマーが思い描く夢のひとつなんです」

どこか無理したような早口で彼は告げた。わたしのあの原稿を読んでいたのは間違いなかった。

かつて自分の父が南東稜から初登攀してのけたカスール・ベーラ。その難攻不落と言われた北壁を、あの男は御田村良弘を超えるためにも一人で挑み、ねじ伏せた、と言われている。疑惑の登攀と呼ぶ者もいるらしいが、もし自分の力で登りきることができれば、それはあの男を本当に超えたことになる。そう彼は考えているのだ。父と自分から、母を奪っていったあの男。その男を超えてこそ、クライマーとしての道が拓ける。いや、もしかしたら彼は、父と刈谷修が山で見た光景を確認するために、山を始めたのではなかったか。

「和樹君。その夢をお父さんに話したことはあるのかな」

「父とはもうほとんど話をしていません」

あまりに素っ気ない言い方が気になった。

御田村良弘は息子が山を始めたいと言いだした時、大反対したと聞き及んでいる。息子があの男への競争心を胸に秘めていると気づいていた可能性はある。父親に反対された息子は、だから寮生活を送る道を選び、父のもとを離れていった。それは若者の巣立ちなのか。母を奪われた父への失意と反発がなかったことを、わたしは密かに祈った。

「野次馬根性の旺盛な小説家の一人として、君にひとつ質問をさせてくれないかな」

「何でしょうか」

「ありきたりで陳腐な質問だよ。どうして君は山へ登るのかな」

若者はわたしの意図を悟って微笑《ほほえ》んだ。

「父たちが見た光景を、ぼくもこの目で確かめてみたいんです」

迷いのない即答だった。父たち——。その「たち」の中には、母や刈谷修も当然ふくまれているはずだった。

「どうして彼が死んだと聞いて、わたしを訪ねてきたのかな」

話を核心に戻すと、和樹は額の汗を手にしたタオルでぬぐってから、わたしに向き直って背筋を伸ばした。

「実は、スポーツ・グラフィック誌の編集部にも問い合わせてみたんです。ですけど、答えられない、と言われました。だから、あとは先生に確認を取るしかない、と考えたんです」

彼が編集部を訪ねていたことは確認ずみだった。一読者に執筆者の連絡先を教えるわけにはいかないと首を振る編集者の前で、彼は一歩も動くまいというような顔で自分の素性を打ち明けて深く頭を下げ続けた、と聞いている。

「ぼくはあのノンフィクションを何度も何度も読み返しました。父とあの人の間に何があったのか。父も母も親戚たちも、ぼくには表面的なことしか話してくれませんでした。最初は自分のために読み返したんです。でも、そのうち、父の成し遂げたこと、あの人が成し遂げたと言われていること、その挑戦に心を奪われていきました。父たちは本当に尊敬できる素晴らしいクライマーだと思えてなりません。その意味で、ぼくは先生に心から感謝しています」

「ありがとう。君にそういってもらえて、初めてあの原稿を書いてよかったと思えてきた」

「父たち二人は、まだぼくが近づけもしない遠い存在です。でも、あの記事を読み終えるたびに、ぼくにはある確信がふくらんでいってしまう。先生は、父とあの人にスポットを当てて、『灰色の北壁』を書いていますよね。あの中には、母のことを批判する人からも話を聞いた、と書いてありました。だから、父とあの人以外からも取材をしたのはわかります。でも、母をただ非難するような人に、例の指摘をできたとは、どうしても思えないんです。そういう人たちだったなら、いかにも得意げに名前を出して発言しそうですから」

あまりに思い詰めた目が、その先の言葉をすでに語っていた。

わたしは覚悟を固めながら、若者の真摯《しんし》な問いかけに応じて答えた。

「取材は何人もの登山関係者からしたよ」

わたしは真実を告げた。彼に嘘は言えなかった。

御田村和樹はわたしの答えを受け止め、静かに目で頷いた。

「では、ぼくにだけ、あの疑惑を指摘した人が誰だったのか、教えてはいただけませんでしょうか。ぼくにはその答えを聞いていい理由があるように思えるんですが」

「名前を出さないことを条件に、わたしはその人から話を聞いた。たとえ警察などの公的機関から問い合わせがあったとしても、わたしは絶対にその人の名前を明かすつもりはない」

「わかりました」

わたしの目を見たまま彼はもう一度深く頷いた。わたしの答え方から真実がわかった、と彼は言いたかったのかもしれない。

そう。確かに彼は真実を悟っていた。揺るぎない目が慰めを拒絶するかのような翳《かげ》りを帯びて、わたしを見ていた。彼に下手《へた》な解説や言い訳は無用だった。

「山岳部のOBから、父のことを聞かされました」

話題を変えるように、彼はまだ練習を続ける仲間たちのほうへ視線を振ってから言った。

「父は今になってまた、山へ挑もうとしているみたいです。もう第一線からは引退したとばかり思ってたんですけど」

御田村良弘が山の頂に立たなくなってから、もう何年が経つだろうか。彼はスポーツ用品会社のアドバイザーを務め、山岳会の中心人物として遠征隊の代表や隊長を引き受けることはあっても、自ら登頂を目指すことはなくなっていた。

「なぜ急にハードなトレーニングをまた始めたのか、ぼくには不思議でなりません。父にどう聞いても、何ひとつ相手にしてくれもしない。山をやる息子に、ただ体がなまってきたからだなんて言い訳が通用するはずもないのに」

御田村良弘は今年で五十六歳になる。クライマーとしてのピークはとうにすぎた。にもかかわらず、刈谷修が命を落とした直後から、なぜ急にトレーニングを始めたのか。真実を悟っていた息子が不安を覚えるのは当然だったろう。だから、彼は編集部に問い合わせて、わたしの自宅を訪ねてきたのだった。

「ありがとう。すぐに確認してみよう」

「お願いします」

父を思いやる息子の切なる目が、わたしに真実を強く訴えかけていた。

4

ここに一枚の写真がある。

刈谷修がカスール・ベーラ北壁の単独登攀に成功したあと、その山頂で撮った写真のうちの一枚として発表したものである。カスール・ベーラはその地理的な位置から、偏西風がまともに吹きつけやすく、特に山頂の天候は変わりやすい。御田村良弘が初めてその頂を極めた時も、タワーの上部は白いガスが取り巻いていた。刈谷が北壁を制した時も同様だったという。

刈谷は山岳カメラマンとしても活躍している。その彼の腕をもってしても、頂上での写真は白い靄に包まれて判然とはしていない。だが、南の一角を流れゆくガスがわずかに晴れかけた一瞬を逃さず、彼はシャッターを切った。

写真の左右には白いガスがたなびき、カメラの視界をさえぎろうとしている。しかし、その中央にはわずか一キロ先に連なるカスール連山の雄姿がくっきりと浮かび上がり、白い雪と氷を抱く巨大な屏風《びょうぶ》となった断崖が間近に迫って見える。扇子を開いたような形で広がる荒々しい岩肌には、幾筋もの亀裂が縦横に走り、遥か山裾へと続いている。山頂からでしか眺められない、世界の屋根の雄大さが見事に切り取られ、ガスの奥から垣間《かいま》見るに等しい写真でも大自然の壮大なパノラマが見る者に伝わってくる一枚だった。

山頂からこの景色を目にできるクライマーが心底から妬《ねた》ましく思える。このパノラマを目にするには、命を賭けて七九八一メートルのピークに立つしかないのである。今日まで、この光景を眺められた幸福なクライマーは、世界でたった七人しか存在していない。

一人は、最初に南東稜からタワーを制した御田村良弘。次が、その一年後に、南西壁から新たなルートを拓いたアメリカ隊のリック・スタインとパトリック・ハート。四人目が、やはり南西壁から単独登攀を果たしたドイツ人クライマー、フリードリヒ・グーベン。そして、当初は北壁へ挑んだものの、相次ぐ怪我人のため、北東稜から登攀を果たしたイギリス隊のジムとトビーのマギニス兄弟。最後が、北壁を制した刈谷修である。

わたしは今回の取材を進めるうちに、ある人物から予想もしなかった指摘を受けた。その人物は、匿名《とくめい》を条件に、わたしに連絡を取ってきた。

なぜ匿名にする必要があったのか。その気持ちは想像できた。しかし、同時にわたしは、勇気を持って自ら発言すべきだ、とも考えて説得を試みた。だが、残念ながらその人物は表舞台に出ることを最後まで拒みとおした。

だから、わたしはあくまでその人物のメッセンジャーでしかない。登山に詳しいとは言えないわたしに、最初からその指摘をする資格はない、とわかっている。だが、刈谷の快挙をレポートしようと考えていたわたしにとって、その人物の指摘は見逃すわけにいかないものだった。

問題は、先に紹介した一枚の写真にある。

ガスの奥からカスール連山を撮影した一枚。その人物に言わせると、かつてこれとそっくり同じ写真を見た記憶がある、という。

そのもう一枚の写真とは、初めてタワーを制した御田村良弘が撮ったうちの一枚なのである。

わたしは編集者の協力を得て、十九年前に御田村が初登攀に成功した時の記事を集めてみた。ある山岳雑誌の中に、その一枚は小さく発表されていた。刈谷が発表したのと同じく、ガスの中からカスール連山をとらえたものだ。

確かに似ている。しかし、微妙に違ってもいた。

まず何より、写真を取り巻いているガスの形が違う。刈谷修の撮影したもののほうが、画面の左右に大きく白い手を伸ばしている。次に、構図がわずかに違う。写真のプロとは呼べない御田村のものは、ただ正面から愚直にカスール連山をとらえていた。刈谷のものは、切り立った山の傾斜を際だたせるためなのだろう、山の稜線に合わせて左二十度程度の斜め構図になっているのだ。

山頂という同じ場所から、南に広がる山々をとらえているのだから、二枚が見た目によく似た写真になるのは当然だと言えよう。しかし、その人物はわたしに告げた。

「問題は、山の岩肌に映る影です。彼が北壁を制したのは九月だった。最初の写真が撮られた時とは、太陽の位置が違っているはずなんです」

季節が違えば、当然ながら、太陽の位置は変わってくる。御田村良弘がタワーを制したのは八月だった。

太陽の位置は、季節のみならず、時間によっても変わってくる。わたしは二人が登頂した時間帯を確認した。どちらも、ベース・キャンプへの無線によって、登頂成功の時刻は記録に残っている。

御田村は午後四時三十二分。刈谷の場合は、午後四時六分。両者の間には、二十六分の差しかなかった。あとは季節による太陽の高さの違いになってくる。

カスール・ベーラの北緯は二十九度三十四分。日本の奄美《あまみ》大島の北端と、ほぼ同じ緯度に当たる。しかし、地表にできる八月と九月の影を比べても意味はなかった。写真は、七九八一メートルの山頂から撮ったものなのだ。

比較は慎重を要する。素人が判断していい問題ではないと考えて、わたしは神南大学気象学部の竹本浩一助教授に、両日の太陽の位置を正確に調べてもらった。

結果は、すぐに出た。

詳しい計算は、資料としてわたしの手元にある。一九八〇年八月二十日と、一九九九年九月二十二日の太陽の位置が、同じになることは、やはりありえなかった。

そこで今度は、日本学芸大学写真学科の本吉文之教授に、両者の写真を鑑定してもらった。

写真は使用するレンズによって、微妙に描写が違ってくる。レンズの屈折率が変わってくれば、同じ被写体でもフィルムに焼き付けられる影の位置が、ミクロの精度でわずかながらも違いが出てくるのではないか、と考えたのだ。プロのカメラマンの話では、特にレンズの周辺部ほど屈折率の差が描写の違いとして出やすくなるという。

鑑定結果は、同じ写真だとの断定はできないが、同じ場所から同じレンズで撮った可能性が極めて高い、というものだった。太陽の位置が違うはずなのに、である。

これをどう受け止めたらいいのか。

わたしは結果に戸惑い、本人に疑問をぶつける以外にはない、と判断した。

刈谷修は再度のインタビューを最初は拒んだ。わたしと編集部の依頼には応えていたし、すぐにヨセミテへ戻る予定にもなっていたからだと言っていた。

わたしはヨセミテだろうとアルプスだろうと、どこまでも追いかけていくつもりだった。そう告げると、サンフランシスコへ帰る直前の空港で、わたしたちは三十分だけという制限つきで彼から話を聞く時間をもらえた。

「どなたが鑑定したのか、わたしは知りたくもありません。ただわたしに言えるのは、八千メートルの山をその人たちが知らない、ということだけです。机上の計算から、確かに太陽の位置が違うという答えは出てくるのでしょう。でも、七千メートルの高さに連なる垂直の壁にどういう影ができるものなのか、本当に計算だけで弾き出せるものでしょうか」

刈谷修は最初のインタビューの時と同じく冷静だった。そして、彼を黙って見守る妻が、その隣にはいた。

「登頂に成功した時は、濃密なガスがピークを取り巻いていました。雲は小さな水滴の連なりです。水や氷によって光が屈折するのを、その人たちはよくご存じないのかもしれません」

雲間から地上へと伸びる陽射しが放射状に広がりゆく光景を、時に我々は目にする。

天使の光、と呼ばれる現象である。太陽光はまっすぐ地上へと降りそそぐが、それは晴れ渡った時に限る話だった。刈谷の主張に矛盾はない。

わたしは、山頂で撮ったすべての写真を、ポジフィルムごとすべて見せてもらうことはできないか、と切りだした。彼が主張するとおり、山頂はガスが取り巻いていた。そのため、彼が山頂らしき岩場の上で立つ朧気な姿はとらえられていても、そこがカスール・ベーラの山頂に間違いないと明確に証明できる写真とは言い難いものになっていた。

「わたしはクライマーですが、写真のプロでもあります。人に見せられないと判断した写真は、プロの端くれとして公表するつもりはありません」

――しかし、あなたの登攀に疑惑が投げかけられたことになるのですよ。あなたの撮影したフィルムが登攀途中から一連の光景をとらえていて、その中にあの写真が入っているのであれば、誰もあなたの登攀を疑うことはない、と思うのですが。

「あなたは写真に詳しくないようですね。わたしでなくとも、自分でデュープを作れる者なら、フィルムの一コマに任意の写真をはめ込む作業は不可能ではありません」

デュープとは、ポジフィルムを複製したもののことである。やはり日本学芸大学の本吉教授に確認したところ、かなりの技術を要するが不可能ではない、と言われた。

デュープを捏造《ねつぞう》するには、元となる写真のポジフィルムが必要だった。刈谷修に、
御田村良弘が十九年前に撮影したポジフィルムを手に入れることが本当に可能だった
のか。
御田村良弘は証言している。あの時の写真は現像所に依頼して、いくつかデュープ
を作っていたはずだ、と。
そして、彼がカスール・ベーラの初登攀に成功した時、彼のマネージメントは、妻
のゆきえが担っていた。
そのゆきえは今、刈谷修の妻となっている。
「小説家とは本当に想像が逞しい人のようだ。誰が何を言いたがろうと勝手ですよ。
ただ、わたしは北壁を越えてタワーに立った。その事実は、誰よりわたし自身がよく
知っています」
インタビューの間、ゆきえはただのひと言も口をはさまず、じっと成り行きを見
守っていた。彼女に質問を向けても、刈谷が必ずさえぎった。それは、妻を守ろうと
する夫の精一杯の誠意に見えた。
またしても、そこでインタビューは打ち切られた。二人は席を立って部屋を出てい
き、ヨセミテへと旅立った。彼がこちらの疑惑にどこまで答えてくれたと思うかは、

読者の判断にゆだねたい。

わたしは本稿で、彼の登攀に疑惑を投げかけたいのではない。ただ疑惑を投げかける者がいる、という事実を示しておくべきだ、と考えたにすぎない。

実を言うと、疑惑の可能性が専門家によって高められたあとも、わたしは彼の登攀を信じているのである。

彼の回答に納得ができたからではない。インタビューの際の彼の態度に、揺るぎない自信がうかがえたからでもない。

彼がデュープという偽造写真を作ってまで、嘘をつく理由がわからないから、である。

彼にはカスール・ベーラ北壁を越えなければならない理由があった。偽の登攀をでっち上げたのでは、その男を超えることにはならない。彼は妻のためにも、一人で北壁を制してタワーのピークに立つ必要があったはずなのだ。

あの山に嘘をついたのでは、刈谷修というクライマーの築き上げてきた実績だけではなく、彼ら二人の行為までが汚れてしまうことにもなる。

刈谷修は登攀に成功した、とわたしは信じたい。しかし、その証拠は、残念ながら明確にあるとは言い難かった。彼が主張する登攀の際と同じく、カスール・ベーラの北壁は今なお濃い霧に包まれていると言っていいだろう。

わたしは強く祈っている。あの北壁を制する次なるクライマーが早く現れてくれることを。次なる勇者が登場すれば、刈谷がそこを登っていった証拠が見つかる可能性はある。北壁の最上部に、ハーケンやチョックなどのギア類が残されていれば、彼の登攀は証明される。

必ず、その時は来る、とわたしは信じている。

その時まで、世界のクライマーに恐れられたカスール・ベーラ北壁は、灰色の雲間にじっと身をひそめ続けているのだろう。

◇

御田村和樹と別れて成稜大学の第二体育館を出ると、わたしは携帯電話でスポーツ・グラフィック誌の杉原に電話を入れた。

「今、御田村和樹と会ってきた。彼は真相に気づいているようだった」

「やはりそう思われましたか」

編集部を訪ねてきた和樹とすでに相対していた杉原は、今日まで我慢してきた吐息をつくように小さく言った。

「なあ。彼のほかにも例のノンフィクションについて尋ねてきた者はいなかったろうか」

「いや、いなかったと思いますが。どうしてです」

「御田村良弘が今になってなぜかトレーニングを再開したらしい」

多くを語らずとも、真相を知るもう一人の男は話の先を読んで言葉を呑んだ。

「たぶん、息子が編集部に問い合わせた事実を知ったんじゃないかと思う。いつからかはわからないが、彼も薄々勘づき始めていたのかもしれない。だけど、自分の手で調べてみる勇気が持てずにいた。そこに刈谷が死亡し、息子が編集部に事実関係を問い合わせにいったらしい、と知った」

「例の原稿に関する取材があった時には、すべてわたしに回せ、と部員には言ってあります。御田村からの問い合わせがあったとは、ちょっと思いにくいですけど」

「誰かに確認させた可能性もある。彼なら、登山関係者に知り合いは掃いて捨てるほどにいる。雑誌記者、契約している用品メーカー、代理店……」

そこまで言うと、杉原の口から「あっ」という言葉が漏れた。

「問い合わせがあったんだな」

勢い込んで確認すると、すぐにかけ直します、と慌ただしく返事があって電話を切られた。

タクシーを呼び止める気にもなれず、学生たちが通りすぎる門の横で、じりじりしながら返事を待った。五分後に、携帯電話が杉原からの着信を告げた。

「すみませんでした。わたしの配慮が足りなかったようです」

「どこから問い合わせがあったんだ」

「グラフィック誌の担当専務からです。あの時の原稿には続きがあったんじゃないか。そういう噂を聞いたと言われて、ちょっと驚いたんです」

「まさか正直に答えたんじゃないだろうね」

「いえ、何の話ですか、と惚《とぼ》けてはおきました。たった今専務を問いつめたところ、親しくさせてもらっている代理店からの頼み事だったと白状しました。申し訳ありません」

間違いない。御田村良弘が代理店を通じて探りを入れてきたのだ。

礼を言って通話を終えると、わたしは御田村良弘の自宅に電話を入れた。だが、留守番電話になっていた。至急会いたいと伝言を残し、次に彼がマネージメントを委託しているスポーツ用品メーカーの広報部に電話を入れた。

「申し訳ございません。御田村は今月いっぱい休暇を取らせていただいております」

刈谷修の死にまつわる取材が押し寄せたからだとも考えられた。あるいは、彼にはどうしても休暇を取る必要ができたからだったろうか。和樹が言っていた山岳部のOBとは、成稜山岳会のメンバーだろう。少なくとも御田村良弘は、刈谷修の死の直後には日本国内にいた、とわかる。

ひとつの可能性が、雲間から届く陽光のように胸を照らした。わたしは急いで自宅に帰ると、インターネットでヨセミテ周辺のホテルを調べて順に問い合わせの電話を入れた。彼が別れた妻と会って話しをしたいと思っていたのなら、わたしと同じようにエル・ポータルの町に宿を取るはずだった。

多くの電話代はかからなかった。三件目で彼の名前に行き当たった。わたしが利用したホテルよりも大衆的で小さな宿を彼は選んでいた。長期の滞在を考えているのだろう。

現地では午後九時になるはずだったが、彼は外出していたらしく、誰も電話に出ない、とホテルマンに言われた。二時間後に再び電話を入れると今度は、取り次ぎできません、と返事が変わった。名前とともに伝言を託したが、御田村からの電話は入らなかったし、翌朝も取り次いではもらえなかった。

わたしは所詮《しょせん》、その可能性に気づいて拙《つたな》い想像をめぐらせた第三者にしかすぎなかった。ヨセミテには、真実を知る最後の一人がいる。部外者の余計な干渉を受けたくないと思う気持ちは当然だったろう。

御田村は刈谷ゆきえに会えただろうか。もし彼女が彼を拒んだとすれば、いずれ彼のほうからわたしの前に現れる、と思えた。おそらく、彼女が自らの口から真実を語ることはないのではないか。

わたしはただその時を待った。

早くも五日後に、我が家の玄関先でインターホンのチャイムが鳴った。

五年ぶりに見る御田村良弘は、以前よりも若くなったように感じられた。わたしがインタビューした時は、スーツに身を包んでいたせいもあって、ちょっと体格のいいビジネスマンにしか見えなかったが、今は人を訪ねる時の礼儀として羽織ったジャケットの下で、フランネルのシャツがはち切れそうなほど胸が逞しくなっていた。

刈谷の死から一ヵ月。首回りまで日焼けが目立ち、かなり過酷なトレーニングを再開したのだな、と想像できる体つきだった。

御田村は出迎えたわたしに、息子よりも緊張気味に深々と頭を下げた。

「わざわざホテルに電話をいただいたのに、返事もせずに申し訳ありませんでした」

わたしを訪ねてきた以上、刈谷ゆきえから真相を聞けなかったのは間違いない。だが、頭を上げた御田村の表情と目は、まるでこれから遠征隊に初参加する新人クライマーのように晴れ晴れとして見えた。

「こちらこそ、ご迷惑をかえりみずに出しゃばってホテルに電話までして、失礼いたしました」

わたしは彼をリビングではなく、親しい編集者しか招いたことのない地下の書斎へ案内した。御田村は部屋の壁一面を埋める書棚を目にするなり、山頂からの雄大な景色を望むかのように、首と目を大きく何度もめぐらせてから言った。

「この眺めも、ある種、壮観ですね」

おどけるように太い眉を上下させてみせた彼の視線が、棚の一角で止まったのを、わたしは見逃さなかった。そこには、山の資料が収められていた。

御田村良弘の書いた本も二冊ある。その隣には、彼の一年後にカスール・ベーラの頂に立ったアメリカ隊の一人、リック・スタインが書いた著書も並んでいる。日本語の翻訳は出版されていないため、わたしはインターネットのオークションで中古の原書を取り寄せたのだ。

御田村の手が、こわごわといった雰囲気で伸び、リック・スタインの原書を抜き取った。その表紙には、山腹から見上げたカスール・ベーラの写真が使われていた。

「やはりあなたも読んでいましたか。わたしもアメリカの友人に頼んで、これを取り寄せました。彼と一緒に登ったパトリック・ハートは、わたしと同じ歳でしてね。リックは三歳上ですが、同世代と言える。二人ともに古き良き伝統を大切にしたがる山男でした」

コーヒーを運んできてくれた妻が出ていくのを待ち、普段は横になるために使っているソファを彼に勧《すす》めてから、わたしは原稿を書きかけていたデスクの前で椅子に腰を下ろした。

「ゆきえさんとは、あまりお話しになれなかったのですね」

「元の旦那になんか、今さら会いたくなかったようで。はからずもライバルが退場したので、ちょっと顔を売っておこうと思ったんですけどね」

五年前のインタビューの時と同じく、彼は笑顔を保とうと努めていた。リック・スタインの原書を手にしたままソファに腰を落とし、わたしを見つめてどこか気弱そうに微笑んだ。

「あいつもどうやら、古き良き時代の仲間らしい。そして、たぶんあなたも……。そうですよね」

「和樹君が、わたしを訪ねてきました」

息子の名前を出されて、御田村の伸びた背筋がわずかに揺れた。

「彼はあなたをとても心配していた。また無理な挑戦をするつもりではないか、と」

「クライマーとしてまだまだ青二才のやつに心配されるようじゃ、わたしの先も短そうだ」

またもジョークを交えて明るく笑った。

この余裕が隊の仲間に安心感を与え、陽気な性格がリーダーたる資質へとつながり、彼の今の地位を築き上げてきたのは間違いなかった。

御田村の視線がわずかに落ちて、眉の端が下を向いた。

「まだほんのヒヨッコのくせに、生意気なことを言うようになった。いつか必ずあの北壁に挑んでみせる、だなんて。マッターホルンの北壁すら登った経験もないくせにね。実際に自分の目であの北壁を見たら、腰を抜かすに決まってる」

「それほどすごい壁ですか」

「ええ。タワーなんて、あの壁を見たことのない者が名づけたとしか思えません。わたしには、この世界の端をさえぎる壁に思えましたね」

懐かしい友を振り返るような目で言うと、彼は手にした本の表紙をそっと優しく撫《な》でた。写真は我々に真実の数パーセントしか切り取ってくれない。

「あの果てしなく続く壁を一人で登りきったなんて、わたしは今でも信じられない。もし本当なら、ゆきえを奪われた時よりもっと激しい嫉妬を、あの男に抱く以外にはありませんよ」

クライマーとしての栄光と、妻。比較になるはずもないものだったろう。だが、彼は五年前には決して口にしなかった思いを、今はっきりと語っていた。

「あいつの登攀を、心の底から妬みました。だからわたしは、ファンの一人だという者から寄せられた手紙に飛びついて、あなたに疑惑をほのめかしてしまった」

御田村は口元を引き締めて言うと、ジャケットの内ポケットから一通の封書を取り出した。

ある程度の予想はあった。わたしは居住まいを正してから、差し出された封書を受け取った。

表書きの文字は、わざと筆跡を乱したものではなかった。丁寧に書かれたと思われる端正で整った文字だった。裏を返すと、静岡県御殿場市の住所に、佐山久志という差出人の名前が記されていた。

「一年ほど前、その差出人の家を訪ねてみたんです。該当する住所は見つけられても、そこに佐山という人が住んでいた形跡はありませんでした」

　わたしは手紙を開いて目を通した。

　登山を愛する一ファンであり、御田村の名前を知って自分も山を始めた、と短く彼の業績を讃える文章から始まっていた。その人物は、御田村がカスール・ベーラの初登攀に成功した直後の雑誌や新聞の記事をスクラップしてあるのだという。それを読み返しているうちに、刈谷修が北壁を登攀後に発表した写真と、スクラップのうちの一枚があまりに似すぎている事実に気づき、ペンを取った、と書いてあった。

「わたしはその手紙を書いた者の思惑どおりに、あなたへそっくりそのまま疑問を投げかけてみせたわけです。四年間もその真相に気づかなかったなんて、どうしようもない愚か者だ。いや、二十三年間も世間を欺《あざむ》きとおしてきたようなものだから、もっと罪が深い」

　わたしは言葉を見つけられずに、ただ手紙をたたんで封筒の中へしまった。

　御田村は手にしたリック・スタインの回想録にまた視線を落とし、呟《つぶや》くように言った。

「きっかけは、この本でした。リック・スタインの名前は当然ながら知っていましたし、山岳団体の世界会議で何度か顔も合わせてました。本当にいいやつでね。カスール・ベーラの初登攀に成功したわたしを、いつでも引き立てようとしてくれた。控えめな男ですから、こんな回想録を発表したことも、宣伝になると思ったのか、仲間内にも知らせずにいたようでした。だから、つい一年前まで、この本の存在にも気づけなかった。もっと早くにこれを読んでいれば、と悔やまれます」

わたしは自分の逞しすぎる想像の裏づけを取るために、この本を取り寄せてリック・スタインの記述を確認した。

彼とパトリック・ハートは、御田村良弘に続いて二度目にカスール・ベーラの頂に立った。いや、正確に言うならば、その頂に立ったのは、彼ら二人が初めてだった。

「昔の山男ってのは、本当に気のいいやつらですよ。彼らはガスに曇った証拠写真でも、わたしの登攀に疑問を投げかけもしなかった。刈谷のニュースを聞いても、確たる証拠を見せられるまで信じるものかと思ったわたしとは大違いだ。しかも、わたしは誰のものともわからない手紙の内容を信じて、あなたに疑惑をほのめかした。さも自分が気づいたかのような顔をして。匿名という条件までつけて……」

五年前、わたしは何度か彼に説得を試みた。疑念を抱いているのなら、自らの声で主張すべきだ、と。だが、彼と向き合ううちに、自分はただ訳知り顔で正論を振りかざすだけで、人の心を理解できない冷血漢だと思い当たった。

彼が刈谷修の登攀に異議を唱えでもすれば、それは妻を奪われた嫉妬心と復讐《ふくしゅう》心から難癖をつけたがっているのではないのか、そう思われかねない危険性があった。

だからわたしは、彼に代わって疑惑が存在する可能性を指摘しておこうと考えた。

ただし、原稿にも書いたように、わたし自身は刈谷の登攀を本心から信じていた。彼には嘘を絶対ついてはならない理由があったはずなのだ。子供を捨てて、自分を選んでくれた妻のためにも。

ところが、わたしが再度のインタビューを申し入れると、刈谷はまるで疑惑を自らあおろうとするかのようにわたしを拒み、まともな答えを返さなかった。やっとのことで承諾してくれたインタビューの際にも、疑惑を向けられても、怒りを表すそぶりすら見せずに淡々と答え返した。

命を賭けた登攀に疑いをかけられて、憤慨しないクライマーがいるとは、わたしには思えなかった。

彼は何かを隠している。そう確信できた。

しかし、彼があのカスール・ベーラの前で嘘をつくことは断じてありえないのだ。一人の男として、彼は嘘をつけない立場にある。

では、彼は何を隠そうとしていたのか。

御田村の押し出す声がくぐもって聞こえた。

「これを読んで初めて知りましたよ。彼らがカスール・ベーラの山頂に立った時、わたしが登頂の印にと突き刺しておいたはずの日の丸が、そこに残されていなかったことを」

そう。刈谷修が真実を語っていたのだとすれば、例の写真が神の悪戯にも等しい偶然だったことになってくる。だが、ミステリという必然の物語ばかりを書いてきたわたしには、神の悪戯にも等しい偶然などは信じられなかった。だとすれば、刈谷の発表した写真が偽物だった、としか考えられなくなる。

北壁を制しておきながら、なぜ彼は偽造写真を作って発表する必要があったのか。

そこでわたしが思い出したのは、御田村良弘が初めてピークに立った時の写真だった。正確に言うならば、彼がピークを抱きしめた時の写真、である。

山頂はガスに巻かれて、かすかにカスール連山の一部が彼の肩越しに見えている。肝心のピークの形は、彼が這いつくばっているために確認はしづらい。

刈谷修が北壁を越えてピークに立っていたのだとするならば、この十九年前の写真にこそ疑惑があるのではないか。刈谷は自身の足でピークに立ち、その事実に気づいたのではなかったか。

プロのカメラマンでもある彼は、ピークからの写真を何枚も撮ったはずだ。しかし、ガスに巻かれていたため、公開できる写真は少ない、と言っていた。本当は、まだ多くの写真が存在しているのではないか。しかも、そこに信じられない光景が写っていた、とすれば……。

山頂から見たカスール連山の輪郭が、もし十九年前に御田村良弘が発表した写真と微妙に違っていたなら、どういうことになるか。

御田村は最初のインタビューの際、わたしにこう語っている。

——たぶん七八〇〇メートル付近だったと思うんですよ。ちょうど東チンネのピークと分かれる辺りに、長いフェイスが控えてました。記憶がだいぶ飛んでいて、自分でも覚えがなくて……。気がついた時には、ロープ一本で宙づりになってました。

彼が右足首と左肩を骨折した事故について述べた箇所だ。

カスール・ベーラは、ピークより三十メートルほど低い東チンネと呼ばれるもうひとつのタワーを持っていた。その付け根の部分で、彼はフェイスから滑り落ちて体を強く岩壁に打ちつけた。標高七八〇〇メートルの高所で、空気は薄い。疲労は彼の体と思考をも蝕んでいた。それでも彼は頂上というゴールを目指して登った。そして、ピークに達した。

そのピークが、もし東チンネであったとすれば……。

「たぶん、息子はあいつの死を知って、五年前のことを本気で調べてみる気になったんでしょう。だから、わたしの書棚にこの本を見つけて盗み読みをした」

そして、父親と同じ疑問にたどり着いた。御田村良弘というクライマーは本当にカスール・ベーラのピークに立っていたのか、という根本的な疑問に。

足と肩の骨折に苦しみ、低酸素に喘いでいたクライマーは、正常な判断ができない体になっていた。それでも、ピークを目指したのは、クライマーとしての本能だったのだろう。予定していたルートから外れたことにも気づかず、ただ彼はピークに立つんだという一途な思いに駆られて壁を登った。おそらく意識ははっきりせず、脳震盪《のうしんとう》のような状態のまま、体が反応していたのだろう。

彼はついにピークを抱きしめた。登頂の証拠に写真を撮り、日の丸の国旗を岩肌に挿《さ》した。おそらくは、朦朧《もうろう》としたまま。そして、ピークに立ったことを疑いもせずに這って下山を遂げた。

その翌年に、カスール・ベーラの山頂を極めた男たちは、御田村の証言と写真を心から信じていた。自分たちが初めてそのピークに立った男たちだとは思いもせずに、新たなルートを拓いた事実に満足して、タワーを下った。

それから十九年後に北壁を制した男が、カメラマンでもあったために、初めてその事実に気づくことができた。しかし、その男は、御田村の初登攀への疑惑を発表できる立場になかった。なぜなら、彼は御田村から妻を奪った男だったからだ。とても御田村から輝かしい栄光をむしり取るような真似はできないと考えるに至った。彼も古き良き時代の思想を大切にするクライマーだった。

刈谷は下山し、どうすべきなのかを懸命に考えた。思いついたのは、いかにも不器用な男らしいアイディアだった。

御田村が自分の行為を疑っていないのなら、このまま口をつぐんでいよう。ただし、罪と知りつつ初登攀の事実を捏造していたのなら、話は違ってくる。だから、彼はあえて偽造写真を作り、偽名を使って御田村に手紙を書いた。素人目には、自分のものだとはわからないように筆跡を変えて。

もし彼が自らの行為を今も疑っていないのなら、写真の偶然を指摘してくるはずだ。逆に罪を自覚していたのなら、自分の捏造行為までが暴かれかねないと、口をつぐみとおそうとするに違いない。

そう刈谷は考えたのだ。御田村を試すような行為だったが、ほかに策はなかった。

刈谷の思惑どおりに、御田村はインタビューを持ちかけてきた小説家に疑惑をほのめかした。彼は自分の初登攀を今も信じているのだとわかった。だから、疑惑の指摘に怒りを見せることもなく、わたしのインタビューに答え、さらには自分の行動で疑惑に答えていく、と刈谷は表明したのである。

「あいつは、あの果てしない北壁を一人でねじ伏せ、カスール・ベーラのピークに立ったんでしょうね」

わたしへの問いかけに聞こえたが、その質問に答える資格を持つ者は、この部屋にいなかった。今はもう遠いピークへと旅立っている。

「男としても、クライマーとしても、わたしはあいつに負けていたんだ。それが悔しくて、悲しくて……」

あとは言葉にならなかった。御田村は額に手を当てうつむいた。

わたしは震える男の肩をしばらく見ていた。彼にかける言葉が見つからなかった。

わたしはもう十五年間も小説を書いてきている。物語にふさわしい言葉を探すために知恵をしぼり、悩んできた十五年だと言えた。なのに、目の前で男泣きにくれる弱き仲間へかける、たったひとつの言葉すら思い浮かべられずにいた。

人の生き方や登山に勝ち負けなどはない、と心底から信じている。そう告げたかったが、真相が広く知れ渡った時に世間が見せるであろう態度は想像できた。わたしがどんな慰めを口にしようと、彼は敗者としての烙印《らくいん》を押され、彼自身もそう考えてしまうタイプの男だった。

御田村の手の中で、カスール・ベーラの写真が涙の雨に煙り、かすれていった。

わたしたちは、長いこと二人で黙り合っていた。

やがて、うつむいたまま手の甲で涙をぬぐった御田村が、充血した目をまたたかせながら視線を上げた。

「今度はわたしが、行動で示していかなければならないんだと思います」

5

宛先：刈谷ゆきえ様
件名：ご心配をおかけしました

ベース・キャンプの設置から七日目にして、ようやくわたしの頭痛も治まりつつあり、やっとメールを再開できます。わざわざお見舞いの返信メールをいただき、本当にありがとうございました。

どうにか五二〇〇メートルという高所への順応が、原稿書きでなまる一方だったわたしの体の奥で始まってくれたようです。ご心配をおかけしました。八ヵ月もかけて富士登山を十二度もくり返し、少しは高度順応に備えておいたつもりでしたが、やはりヒマラヤは空想に頼るしかない物書きのけちな想像を超えていました。

そちらは森の緑も勢いづき、渓谷が最も美しさを見せる時期に入ったころでしょうか。きっと多くのクライマーが鍛錬のために集結しているのだろうと想像します。もしかしたら、あなたも愛用のカメラを手に、あの断崖へ挑んでいるのかもしれませんね。

こちらは、今朝も強い西風がベース・キャンプを直撃し、テントがひとつ吹き飛びました。神の頂に近づこうとする愚かな人間たちへの威嚇《いかく》が始まったようです。これでもまだ今年は天候に恵まれているほうだ、とシェルパの一人が言ってましたので、我々はついているのでしょう。どうかご安心ください。

今もカスール・ベーラの山頂は、人見知りの性格そのままに、雲の中へ姿を隠したままです。きっとその姿を目にできる者は、神によって許されたひと握りの者たちだけなのでしょう。山の素人にも等しいわたしが、タワー北壁の一端をこの目にできただけでも幸運なのだと思っています。

しかし、何度見上げても、本当に圧倒されます。地球が丸いなどとは偽りで、この壁によって地の果てがさえぎられている、と言われたほうが遥かに頷けてくる光景です。

この終わりなき壁のような斜面を本当に人間の力で越えていけるものなのか。

もちろん、わたしは刈谷修の単独登攀を信じる者ですが、この壁を見上げるたびに、正直言えば、その確信が揺らぎそうになります。そして、スポンサー集めに自ら走り回り、ここまで多くの仲間を引き連れてきてよかったのか、との悩みをぬぐうことができずにいます。我が目でタワー北壁のスケールを確認するたび、無謀な挑戦にしか思えなくなってくるのです。

わたしはここへ来て、あなたという人の強さを実感する日々です。

よくこんな場所から夫を見守れたものだな、と感嘆以外の言葉が見つかりません。もしかしたら、自分の力で北壁に挑める者のほうが、まだ重圧は少なく、苦しまずにすむのかもしれません。今はあなたに負けず、大地のような揺るぎない覚悟を固めようと、日々自分を鼓舞《こぶ》するばかりです。

あなたがご心配してくださったように、万が一犠牲者が出れば、素人の分際で隊を率いること自体が間違っていたのだ、と非難はわたしに集中するでしょう。ですが、それでいいのだと考えています。そのために、わたしはここにいるのですから。素人の隊長には、それぐらいしかチームに貢献できることはありません。彼らが心おきなく力を奮いつくせる舞台を調える。せめてそうしないと、たとえ偶然からでも、この山にかかわってしまった自分には責任が果たせなくなってしまうでしょう。

彼と和樹君の体調は万全です。ただし、彼の場合は五十七歳という年齢ですから、無理をさせるつもりはありません。無酸素単独は最初から狙ってはいません。チームの誰かがピークに立てばいい、と我々は考えています。そして、北壁の最上部で、六年前にあなたのご主人が残したに違いないものを、必ずや見つけて帰るつもりでいます。

壁を見上げるたびに弱気が蝕みそうになっても、我々チームの全員は誰一人の例外もなく、みな信じています。わざと疑惑の矢面に立つような行為をした以上、刈谷修というクライマーは必ずこの北壁を制した証拠をどこかに残しているはずだ、と。

ただ、これだけは言わせてください。

チームの仲間は、刈谷修のために登るのではありません。彼らには彼らの夢があり、だから皆この地へとやって来たのです。それがたとえ初登攀ではなくとも、クライマーとしての夢のひとつだから、誇りにかけてこの地に立ったまでです。

夢を果たすために、彼らは挑戦します。

今朝、八時十五分。御田村良弘をリーダーとする先発隊が、第二キャンプまでのルートを拓くために出発しました。和樹君は第二隊の一員として、今わたしの横で準備を進めています。

遠いヨセミテの地から、どうぞ我々を見守っていてください。男たちが己の夢をかけてタワー北壁に挑んでいくのを。我々は雲に包まれた北壁を越えてピークに立ち、一人残らず生還します。そして、刈谷修の足跡を見届けてくるつもりです。

また風が少し強くなってきたようです。第二キャンプの設営が終わり次第、次のメールをお送りします。どうぞ、心待ちにしていてください。

初出：「小説現代」二〇〇四年八月号
底本：『灰色の北壁』（講談社文庫）二〇〇八年一月発行

笹本稜平

擬似好天

笹本稜平（ささもと　りょうへい／一九五一年―）

千葉県生まれ。立教大学卒業後、出版社勤務、フリーライターを経て二〇〇一年『時の渚』でサントリーミステリー大賞と読者賞を受賞。二〇〇四年『太平洋の薔薇』で大藪春彦賞受賞。「越境捜査シリーズ」などの警察小説のほかに『還るべき場所』『未踏峰』『大岩壁』『ソロ』『K2　復活のソロ』などの山岳小説も多数執筆。本作は、父が遺した山小屋を継いだ長嶺亨と、ホームレスの小屋番ゴロさん、元ＯＬの美由紀らのドラマを描く短編連作集『春を背負って』に収録された一編。

「これから本格的に荒れるよ、亨《とおる》ちゃん」

民宿兼松の玄関先で、頭上の空を仰ぎながらゴロさんが言う。

黒っぽい陰影を帯びた雲が次々と奥秩父の峰を越えてゆく。北西から吹きつける風が、真冬のように冷たい。

近隣のスキー場と信濃川上駅まで客を車で送ってきたところだった。時刻は午前十時少し前。三月後半の川上村のこの時刻の気温はおおむね六、七度だが、玄関の横の寒暖計のアルコール柱は四度近くまで下がっている。

「何年かまえにも、ちょうどいまくらいの時期に二つ玉低気圧がきたよ。このあたりでも五、六〇センチの積雪で、山の上は二メートル近く積もったな。北アルプスや東北の山じゃ吹雪や雪崩《なだれ》でずいぶん遭難者が出たね。幸い奥秩父じゃそれほどでもなかったけど」

そう応じながら、亨も不気味な気配を漂わす空を見上げた。まだ雪はちらついていないが、それもせいぜい半日もつかどうかだろう。ゴロさんが頷く。

「おれも覚えているよ。東京にいたんだけど、台風並みの荒れでね。総段ボール造りの我が家は情け容赦もなく吹き飛ばされて、しばらく横断地下道で暮らす羽目になったよ」

二つ玉低気圧とは日本海側と太平洋側を低気圧が並んで北上する現象で、発達が急速で全国的に悪天をもたらす。海や山は大荒れとなり、いまの時期なら山は猛吹雪だ。けさの天気予報によれば、すでに近畿から東海方面が暴風雨に見舞われているとのことで、スキーや釣り目当ての宿泊客には早めに引き上げたほうがいいとアドバイスしておいた。

「屋根の雪はいまのうちに降ろしておいたほうがいいかもな」

ゴロさんが言う。民宿の瓦屋根の上には二〇センチほどの厚みの雪が載っている。三月に入ってから日本の南岸をいくつか低気圧が通過して、そのたびに多目の雪が積もった。

日本海側の山は冬型の気圧配置が続く十二月から一月が豪雪の季節だが、太平洋側の気候帯に入る奥秩父や八ヶ岳、南アルプスに大量の降雪があるのは二月以降が多い。いわゆる春の嵐で、東京などが大雪に見舞われるのもおおむねこの時期。先週もかなりの降雪があり、屋根の雪はその名残だ。

重さで家屋が倒壊するほどではないが、その上にこれからさらに降り積もると、表面が凍った古い雪の上を新雪が滑って落下することがある。客に怪我をさせるわけにはいかないから、人が歩く玄関先や通路の上の屋根は安全のために雪降ろしが必要だ。

「そうだね。昼飯まえの運動にはちょうどいい。そっちはおれがやっとくから、ゴロさんはなかの仕事をやっててよ」

玄関周りや駐車場は除雪機が使えるが、屋根の上は人手でやるしかない。病み上《や》がりのゴロさんに無理はさせられないから、雪が降るたびに亨が率先して屋根に上ってきた。

「なかのほうはあらかたやっちゃったよ。あとは桜の間のサッシを取り替えるくらいだけど、材料がまだ届かない。きょうは仕事にならないから、おれも雪降ろしを手伝うよ」

この冬からゴロさんが梓小屋の休業期間も麓の民宿で働くことになり、お陰でくたびれていた宿の内装や外装が一新された。家屋の補修に関してはゴロさんの器用さは天性のもので、その出来栄えには母も感嘆した。

「やめたほうがいいよ、こんなに寒い日に」

亨は押しとどめたが、ゴロさんはさっさと駐車場脇の物置へ向かう。雪降ろし用の道具がそこに置いてある。やむなくアルミ梯子とスコップを二人で担ぎ出し、玄関前の屋根に梯子を立てかけた。

「なあに、この冬は暖かいところで暮らして美味い食事にありつけて、体が贅沢に慣れちゃった。ここいらで少しは苛めてやらないと、図に乗ってまた悪さをしかねないよ」

「ゴロさんは遊んでたわけじゃないだろう。あれだけの仕事を業者に頼んだらいくらかかるかわからない。お袋は大喜びだよ」

「給料分の仕事をしただけで、感謝されるようなことでもないやね。お陰で体のほうも順調でね。病院の検査でも不整脈はだいぶ治まっているそうだから」

ゴロさんは恬淡《てんたん》としたものだ。昨年の緊急入院のあと、病院からもらった薬を律儀に飲み続け、晩酌も日本酒一合以内に抑えている。血色は入院前よりもよくなった。

「なんにしてもゴロさんがいてくれてお袋もおれも助かったよ。ゴロさんだってけっこう楽しんだんじゃないの」

母とゴロさんの掛け合い漫才がたびたび客の笑いを誘った。同じくこの冬から加わった美由紀《みゆき》の気働きも好ましく映ったようで、早々と来シーズンの予約をしていく客もいた。

「これまでは一年の半分を東京で暮らして、おれもなにかと洗練されてたもんだが、今回は都会の空気に触れずじまいで、ずいぶん野暮ったくなったんじゃないかと心配してんだよ。このまま小屋開きを迎えたら、東京から来た客に馬鹿にされるんじゃないかと思ってね」

いくら東京暮らしでも、ホームレス生活で見かけや会話が洗練されるとも思えない。というよりゴロさんは元来は風呂好きで、民宿で働き始めてから毎晩の入浴を欠かさないので、妙に色白になり垢抜けてきた。

「心配ないよ。山へ来るお客さんは洗練された都会人に会いに来るわけじゃないからね」

「そんなとこだね。おれがいくら気の利いたところを見せたって、亨ちゃんや美由紀みたいな野暮ったいのがいたんじゃ帳消しだ」

言いながら梯子を登り始めるゴロさんを、鋭い声が呼び止めた。

「野暮ったいってだれのこと?」

「なんだ、美由紀か。季節外れの幽霊みたいに突然出てくるなよ。危なく落っこちるところだったじゃないか」

「女将さんが心配してるのよ。きょう予約しているお客さんのなかに、雁坂峠《かりさかとうげ》から甲武信ケ岳《こぶしがたけ》を越えて、長嶺《ながみね》新道から下山する予定の三人パーティがいるそうなの。林道終点に着いたら連絡をもらって車で迎えに行くことになってるんだけど、これから荒れるとまずいから、無理しないで引き返すように伝えようとしたら、携帯が通じないらしいのよ」

美由紀は亨にそう言って、不安げに空を見上げる。黒味を帯びた雲の密度が増してきて、梓川の谷の奥に覗く奥秩父の主脈はその雲底に呑み込まれている。山の上はすでに吹雪いているだろう。亨は頷いた。

「二、三日前にそんな話を聞いてたよ。きょう下山する予定なら、もう甲武信小屋のあたりに着いてなきゃいけないな」

「いずれにしても急いで下りたほうがよさそうだな。道に迷ったりすると疲労凍死が恐いからね。この時期に山へ登るようなパーティなら、そのくらいの判断はつくと思うけど」

ゴロさんも不安顔だ。春先の低気圧は突然現れて急速に発達する。きのうまでは大陸性高気圧に覆われて、関東や中部地方は晴天に恵まれていた。入山したパーティはほかにもいるだろう。いまの時期は梓小屋はもちろんのこと、この一帯の稜線上に営業している小屋はない。遭難でもされれば下から救助に向かうことになる。下手をすれば二重遭難もあり得るケースだ。

「なにかあったらすぐ出かけられるように準備していて欲しいそうなのよ。自分の民宿へ泊りに来るお客さんが死ぬようなことがあったら嫌だからって」

「もちろんだよ。そういうときに動かなくちゃならないのは、うちのお客さんの場合だけじゃない」

国立公園内で山小屋の営業が許可されることにはそういう暗黙の意味も含まれる。遭難救助は警察や消防の仕事だが、現場にいちばん近い営業小屋が果たす役割はやはり大きい。プロの山岳救助隊員といっても、小屋周辺の地理についてはこちらに一日の長がある。

「とりあえずは雪を降ろしておこう。山へ行く支度はそれからでも間に合うだろう。これからどか雪になるのは間違いないからな」

ゴロさんは美由紀に言って、身軽な動きで梯子を登りだす。亨は別の不安を覚えてその背中に声をかけた。

「ゴロさんは無理をしないほうがいいよ。いざというときは消防や警察と一緒に行動することになる。それならおれ一人で大丈夫だから」

「心配するなって。年末年始の営業のときも五、六〇キロのボッカをしたけど、体はびくともしなかった。野沢先生だって、大事をとりすぎて体をなまらせるほうがむしろよくないって言ってただろう。それともおれが足手まといだと言うわけかい」

あれだけ医者嫌いだったゴロさんも、命の恩人の野沢医師の言うことはよく聞くようになった。約束どおり大晦日に梓小屋を訪れて、常連同士水入らずの年越しパーティに参加してくれた野沢に、もうほぼ健康体だと太鼓判を押されて、以来大いに気をよくしている。捻くれた口の利き方はその自信の表れだと我慢してやるしかない。

「どうしてもって言うんならゴロさんの判断に任すけど、変な責任感でわざわざ危険を冒すことはないわけだから」

今シーズンも小屋が閉まっている時期はホームレスをするつもりだったゴロさんが、予期せぬ成り行きで母の民宿で働くことになった。それに恩義を感じて病み上がりの体に鞭打つ気なら、亨としては不本意だ。

「そりゃどういう意味だよ。人助けってのは止むに止まれぬ心情でやるから値打ちがあるんじゃないの。義務感やら責任感やらで動けったっておれはやらないよ。それに無茶はしないから心配は要らないよ。せっかく人を助けたって、代わりにおれが死んじまったんじゃ、助けられた人も具合が悪いだろう」

理屈としてはわかりにくいが、気持はストレートに伝わるところがいかにもゴロさんらしい物言いだ。

「わかったよ。まだ遭難が起きたわけじゃないんだから、あんまり先走って考えるのも縁起が悪いしね。万一に備えて気持の準備はしておくとして、当面の仕事は雪降ろしだ」

亨が言うと、ゴロさんはそのとおりだというようにするする梯子を登り、危なげのない身のこなしで屋根の上に立つ。続いて亨も屋根に立った。早く体を動かせと促すように身を切るような北西風が吹きつける。

美由紀に下からスコップを手渡してもらい、玄関先と駐車場に向かう通路の上と二手に分かれて作業を始める。折からの寒気で雪は硬く締まり、ざっくりとブロック状に削りとれるから、作業の効率はむしろいい。

「じゃあ頑張ってね。お昼はわたしが美味しいのをつくるから。リクエストはある？」

下から美由紀が訊いてくる。梓小屋にいるときも賄い料理は美由紀の独壇場だが、民宿でもそれがすこぶる評判がいい。食材も小屋よりずっと豊富なので、手を替え品を替えのバリエーションを母もほかの従業員も楽しみにしている。ゴロさんが楽しそうに応じる。

「開けてびっくり玉手箱でいいよ。あんたに任すから、とにかく美味いのを頼む」

雪が落ちる惧《おそ》れがあるところだけにするつもりだったが、動いていれば体が温まってきて寒風もあまり気にならない。やってしまえばあとが楽だからとゴロさんも言うので、けっきょくすべての屋根の雪を落とし、作業を終えたのが正午少し前だった。

スコップと梯子を片付けて屋内に戻ると、厨房から美味そうな匂いが漂ってくる。カウンターから覗くと、母とパートの綾《あや》ちゃんが漬物の仕込みをしている傍らで、美由紀が楽しそうに中華鍋を揺すっている。メニューはなんとかかんとかの上海風とか四川風とかいったものになるのだろう。

「山にいる三人パーティとは、まだ連絡がつかないの」

亨が訊くと、母は不安げな表情で頷いた。

「電波の届かないところにいるんだか、電池を切らしちゃったんだか、いくら呼んでも通じないのよ。山の上はどんな具合なの」

「稜線は雲のなかに入ってるよ。もう吹雪き始めてるかもしれないね。ガスに巻かれてルートを間違えなきゃいいんだけど」

「リーダー格の北原《きたはら》さんという人が、去年のいまごろ泊ってくれてね。気に入ってまた来てくれるというから楽しみにしてたのよ」

「どういうパーティなの」

「北原さんは五十くらいで、ほかの二人も似たような年配らしいね。同じ登山クラブに所属していて、一人は女性だそうよ。北原さんは若いころから山登りをやってたというんだけど、ほかの二人は山を始めて数年で、雪山の経験はあまりないらしいんだけど」

ゴロさんがさっそく口を挟む。

「そういうのが危ないんだよ。体力ががくっと落ちる年代なんだけど、本人たちがなかなか自覚しないんだね。若いころのつもりで無茶をしちゃうもんだから、それが遭難に繋がることが多いんだよ」

「去年は天気がよくてなんの問題もなかったらしいんだけど、それで少し甘く見てるんじゃないかとわたしも心配してるのよ」

言いながら母はロビーのテレビを点《つ》けて、天気予報にチャンネルを合わせる。画面上の天気図では、紀伊半島沖と能登半島沖に低気圧があり、それを閉塞前線が結んでいる。典型的な二つ玉低気圧だ。何時間か前の情報だから、低気圧も前線も実際はもっと近づいているはずだ。近畿から東海、中部にかけて海山は大荒れで、船舶や登山者の遭難がすでに出ているらしい。

「この天気なら消防や警察もあらかじめ準備をしているはずだから、万一の際の動きは早い。心配することもないんじゃないかな」

母の不安を宥めるように、亨は落ちついた口調で言った。

奥秩父のルートは樹林帯が多いから強風も凌ぎやすい。山容も穏やかで積雪期の山としてさほど難度は高くはないが、どか雪が降れば道標や木に巻いた赤布が雪の下に隠れ、一般コースでもルートファインディングが難しくなる。展望の利かない樹林帯でルートを見失った場合は厄介だ。

それに樹林のなかは風が吹かないぶん積雪量が多い。春先の雪は湿度が高く、深雪のラッセルはひどく体力を消耗する。近くに小屋があれば、営業はしていなくても避難小屋として使えるように一部は開放してあるが、主稜線の小屋の間隔は空いており、悪天のなかでそこにたどり着ける可能性は限られる。

閉め切ったアルミサッシの窓越しに風の唸りがかすかに聞こえる。ちらつきはじめた小雪が強風にあおられて空に舞い上がり、渦を巻き、窓のガラスに貼り付いて、微細な結晶の斑点が次第に数を増してゆく。

「取り越し苦労をしててもしようがないんじゃないの。まだ遭難したと決まったわけじゃなし。それより美味そうなものが出来てるようだから、まずは腹ごしらえをしとこうよ。荒れてきたらスキー場にいるお客さんを迎えにいかなきゃいけないし」

ゴロさんは不安を打ち消すように厨房に目を向ける。美由紀が従業員用のテーブルに皿を並べ、出来上がった料理を盛り付けている。見たところチャーハン風だが、ただのチャーハンではないのは間違いない。それぞれにスープと漬物が添えてあり、肉団子風の惣菜も大皿に盛られている。

「出来ましたよ。こちらへどうぞ」

カウンター越しに美由紀が声をかける。朝から力仕事をしたせいか、それを聞いたとたんに腹が鳴り出した。

「きょうのメインディッシュはなんて言うんだ」

真っ先にテーブルに腰を落ち着けて、ゴロさんが問いかける。美由紀は悩む様子もない。

「シーフードとブロッコリーの四川風チャーハン」

「なんだそりゃ。しかし匂いからするとなかなか美味そうだな」

「タコと小エビと貝柱の残り物にブロッコリーで青みを添えて、豆板醬《トウバンジャン》を利かせてみたの。ちょっとピリッとしてるけど、あっさりしてて美味しいと思うよ」

言われてみれば胡麻油の香りに豆板醬の香りが乗って、いかにも食欲がそそられる。ブロッコリーの緑とピンクの小エビがアクセントになって、見た目もなかなか悪くない。

「そっちのはなんだ」

ゴロさんは怪訝《けげん》な表情で肉団子風のものを指さした。こちらも美由紀はさらりと答える。

「納豆の甘味噌風味揚げ団子の四川風。納豆と長ネギを和えて甜面醬《テンメンジャン》で味付けしたものを揚げてみたの。たれはあんかけ風。まあどっちも隠し味はいろいろ使っているけどね」

ゴロさんはチャーハンを一口頰張った。

「いけるじゃないの。病み付きになりそうだな。しかしそっちの納豆のほうは――」

複雑な表情で、ゴロさんは箸を伸ばす。こちらも口に入れたとたんに顔がほころんだ。

「こりゃ間違いなく外れだと思ったんだが、どうして、なかなかいけるじゃないか」

ゴロさんの味見の様子を見守っていた母と綾ちゃんが、興味深げに納豆団子を口にする。

「なるほどねえ。粘りっ気がなくて食べやすいし、甘味噌のおかげでずいぶん味にこくが出るもんだね」

母も納得したように舌鼓を打っている。綾ちゃんは続いてチャーハンを口にした。

「豆板醬風味のチャーハンなんて考えてみたこともなかったけど、ブロッコリーとシーフードが引き立つね。意外な発見だよ、これは。こんどうちでやってみよう」

亨も口にして納得がいった。中華風のアレンジは美由紀の得意のレパートリーだが、きょうのは出色といっていい。

料理談義に花を咲かせながら食事が進み、各自の皿があらかた片付きかけたころ、母の手元で携帯が鳴り出した。ディスプレイを見てだれからの着信かわかったらしい。母は慌てて耳に当てた。

「どうしたの、北原さん。携帯が通じなくて心配してたのよ。いまどこなの。無事でいるんでしょ」

矢継ぎ早に問いかけてから、相手の話に耳を傾ける。その表情が次第に緊張を帯びてくる。

「ちょっと待ってね。いまうちの息子に訊いてみるから」

母は保留ボタンを押して、亨に顔を向けた。

「きのうは甲武信小屋の近くにテントを張ったんだけど、けさは早くからガスが出て、見通しが悪いから、しばらく晴れるのを待ってたそうなのよ。ところが晴れるどころかそのうちひどい吹雪になってきて、雪と風でテントが潰されそうだから、ついさっき甲武信小屋に避難したというの。これから下山するとしたら、どういうルートが安全か教えて欲しいと言ってるんだけど」

甲武信小屋から直接下るなら山梨側の戸渡尾根が最短だ。あとは甲武信ヶ岳を越えて十文字峠方面に下るか、千曲川源流ルートを下るか、梓小屋経由で長嶺新道を下るかだ。

戸渡尾根は急峻な箇所があり、新雪の積もった状態だと不安がある。十文字峠ルートは途中に大きなピークがいくつもあり、距離も長い。千曲川源流ルートは距離の面では比較的楽だが、沢筋をたどるため雪崩に遭う危険がある。

長嶺新道を下るなら、状況が悪ければ梓小屋に避難できる。しかし吹雪とガスという悪条件を考えれば、そのまま甲武信小屋で停滞し、天候の回復を待つのが正解だ。

そんな考えを伝えると、母は保留を解除して、いま息子に説明させるからと応じて亨に携帯を手渡した。やむなくそれを受けとって、亨は相手に語りかけた。

「長嶺亨と申します。状況はかなり厳しいようです。ここは無理をしないほうがいいと思うんですが――」

続けて先ほどの考えを説明すると、北原は訴えるように言う。

「じつは困ったことが起きまして。どうしてもきょう山を降りたいんです。メンバーの女性のご主人がゆうべ交通事故に遭って、意識不明の重態なんです――」

昨夜幕営したのは携帯の電波が入らない場所だったらしい。ところが吹雪を避けて近くの甲武信小屋へ逃げ込んだところ、たまたま通じるようになった。下山が遅れそうなことを伝えようと取り出したその女性の携帯に娘からの留守電メッセージが入っていた。それを聞いて女性は初めて夫の事故を知ったという。

亨は言葉に詰まった。急いで下山したい気持はよくわかる。しかしテントを撤収して小屋に逃げ込まなければならないような状態なら、山の上はすでに大荒れということだ。

「食料は十分ありますか。体調の悪い方はいませんか」

「食料も燃料も一日分の予備はあります。不調を訴える者はいまのところ出ていません。なんとか下山を試みたいんですが」

北原は焦燥を滲ませる。そう言われてもいい答えは思い浮かばない。きょう一日停滞して天候の回復を待てば遭難は間違いなく避けられる。ここで下山を試みれば、パーティ全員が命に関わるリスクを冒すことになる。

「事情はお察ししますが、いま行動するのは余りに危険です。ご主人を思うその方の気持はわかりますが、みなさんまで遭難することにでもなれば――」

「そんなに危険なんですか。全員が最新の防寒装備を持っています。冬山の経験だってありますから」

北原は食い下がる。しかし本当に冬山の経験が豊富なら、そもそもここで行動しようという考えは持たないはずだ。いわんやパートナー二人は山を始めて数年だという。まだ初心者の部類と言っていい。そのうえ五十前後の年齢となると、ゴロさんが言うように自分の体力を過信しているところもあるだろう。

「嵐の春山となると話は別です。二〇〇〇メートル台半ばの中級山岳でも、ときにはヒマラヤ並みの風が吹きます。気温も氷点下二〇度くらいまで下がります。それに新雪のラッセルは体力を極度に消耗します。ワカン（輪かんじき）はお持ちですか」

「持っていません。三月なら雪は締まっていると思って」

北原の答えに拍子が抜けた。冬山を経験したといっても、登山者が殺到して雪が踏み固められている八ヶ岳あたりの話だろう。積雪期の入山者が少ない奥秩父では、先行者の踏跡は期待できない。ワカンやスノーシューは不可欠な装備だ。亨はやむなく説明した。

「ワカンがなければ新雪の積もった樹林帯を踏破するのは困難です。もしあったとしても決して楽じゃないんです――」

ワカンは一般に雪上歩行具と理解されているが、深雪の上をすたすた歩ける道具ではない。つぼ足よりも深くはもぐらず、もぐる深さも均等になるから、ラッセルが多少は楽になるという程度のものなのだ。それでもないよりははるかにましで、テントが潰されるような降雪のなかをワカンもなしに下るのは、自殺行為というしかない。

「いまなら積雪もさほどじゃない。早く動けばなんとかなるかもしれない。時間が経つほど下山が難しくなるんじゃないですか」

北原はいよいよ無茶を言い出した。本格的に山が荒れれば、わずか数時間で二メートル以上積もることもある。

「やめてください。いま来ているのは二つ玉低気圧といって台風並みの嵐です。現在の強風も降雪も序の口と考えてください。小屋にいる限り安全ですが、途中で本格的に荒れ始めたら生きて帰れる保証はありません」

「わかりました。しかし水谷さんの心中を察すると――」

北原は消沈したような声で言う。水谷真佐子《まさこ》というのがその女性の名前らしい。亨としてもできるものならなんとかしてやりたい。窓から見える空はすでに分厚い雪雲に覆われ、あたりは夕暮れどきのように薄暗い。駐車場の車や路面はすでに薄っすらと新雪に覆われている。

「ご主人の容態はかなり悪いんですか」

訊くと北原はわずかに声を落とした。

「高速道路を走行中に背後から来た大型トラックに追突されて、側壁に激突したんだそうです。全身打撲と内臓破裂で、搬送先の病院で緊急手術をしたんですが、医師からは今夜が峠だと言われているそうです」

女性が傍らにいるらしい。途切れなく続く風音に混じって、すすり泣くような声が聞こえてくる。パーティのなかに怪我人や病人が出たり、自力での生存が危ぶまれる状況なら、麓から救助隊を向かわせることもできるが、現状ではそこまでの事態には至っていない。

今夜が峠だと言われれば、生きている夫に一目会いたいと願うのは妻の心情として当然だ。そこは北原も悩むところだろう。しかし情に流されて中途半端なアドバイスをするのは無責任というものだ。小屋で天候の回復を待ちさえすれば、全員無事に下山できるのは確実なのだ。

あらためて現状の厳しさを説明すると、北原はなんとか了解してくれた。携帯のバッテリーを消耗しないように、事態の急変がない限り、次の連絡は二時間後ということにして通話を終えた。

話の内容を聞かせると、母は顔を曇らせた。

「そんな事情があったわけ。その人の気持はよくわかるわよ。わたしも父さんが交通事故に遭ったという連絡を受けたとき、体じゅうから血の気が失せたような気分になったもの。そのあと即死だったと聞いてもどうしても信じられなくて、絶対なにかの間違いだと思いながら病院へ駆けつけたのよ」

意識不明の重態とはいえ、その顔を見ることができれば、声をかけてやれれば、たとえうわ言でもその言葉に耳を傾けてやれれば——。そんな女性の思いを想像して、亨も気持のやり場が見出せない。

さきほどまで軽妙な会話が行きかっていた厨房の空気が、急に肩にのしかかるように重く感じられる。窓の外の雪の帳《とばり》はますます濃密になり、駐車場の車や物置の屋根はすでに毛布ほどの厚みの新雪に覆われている。横殴りの風が窓ガラスを震わせ、奥秩父一帯も暴風圏に入ったことを窺わせる。切ない声で母が言う。

「なんとかしてやれないの、あんたたち。梓小屋の周辺は庭みたいなもんだって、いつも自慢してたじゃない。例えば向こうには小屋まで下りてもらって、あんたたちもこれから小屋へ向かって、そこで落ち合って三人を先導して下山するとか」

「お袋は簡単に言うけど、そう甘い話じゃないんだよ。甲武信ヶ岳を越えて、それから小ピークをいくつも越えて梓小屋にたどり着くまでに、なにが起きるか予測がつかない」

傍らでゴロさんも頷いた。

「亨ちゃんの言うとおりだな。二〇〇〇メートル級の山だからって馬鹿にしちゃいけないよ。自然が本気で牙を剝いたら、人間なんて虫けらよりはかないくらいのもんだからね」

「たしかにそうだね。甲武信小屋に避難しているだけでも幸運というところかもしれないね。その奥さんも大変な思いだろうけど、北原さんたちやあんたたちまで命を失うことになったら取り返しがつかないからね——」

母も納得せざるを得ないという表情で、亨が差し出した携帯を受けとった。

「次の連絡は二時間後だね。向こうからくれるの」

「たぶんそうだと思うけど、来ないようならこちらからかけてみるよ。心配なのは電波の状態だね。天候のせいで通じなくなることもあるから」

「変な気を起こして、小屋を出たりしなきゃいいんだけど」

母がそんなことを口にしたとたんに、また携帯が鳴り出した。弾かれたように耳に当て、「はい、民宿兼松です」と応答する。二こと三ことやりとりして、母は亨とゴロさんを振り向いた。

「すっかり忘れてたわ。スキーに行ってるお客さんからよ。吹雪がひどいからもう帰ってくるって。食事のあとすぐで申し訳ないけど、ひとっ走り行ってきてくれる?」

この吹雪ではリフトも運行中止だろう。寒い思いをして待たせては気の毒だ。亨は頷いて立ち上がった。ゴロさんも湯飲みのお茶を一呑みして腰を上げる。連れ立って玄関に向かうと、母がうしろから声をかけてくる。

「事故だけは気をつけてね。視界が悪いし、道路も滑りやすいから」

父の死を想起させるような成り行きのせいかもしれない。普段はそんな言葉をかけることなどまずないのに、なにごとにも楽観的な母が妙に神経過敏になっている。

スキー場から客を連れて戻ってくると、母と美由紀と綾ちゃんが夕食の仕込みに取りかかっていた。今夜は客が少ないから、こんなに早めに始めなくても間に合うはずだが、なにもしないでいると気持ちが落ち着かないわけだろう。

北原と約束した定時の連絡までまだ一時間近くあるが、亨の心もざわめいている。駐車場や物置の屋根にはもう二〇センチほど雪が積もった。梓小屋付近の積雪量は麓の三倍というのが亨の経験則だ。そこから推測して、山の上は六〇センチを超す積雪だと判断できる。

このまま降り続ければ今夜のうちに二メートルを超すかもしれない。あす嵐が収まったらすぐに三人を迎えに行かなければならないだろう。自力での下山は困難だ。ほとんど下りのルートとはいえ、そんな状況でワカンもなしにラッセルすれば、それだけでも遭難の惧《おそ》れがある。

「向こうから連絡を寄越さないということは、いまのところ小屋で大人しくしてくれてるだろう。心配してもどうしようもないことが世の中にはいくらでもある。そんなときはでんと構えて体力や気力を蓄えるのが利口なやり方だよ。その人の旦那だって、うまく峠を乗り越えれば回復に向かうだろうし」

ゴロさんの言うことに反論の余地はない。しかし気持はどうにも軽くならない。母も美由紀も綾ちゃんも、仕事をしながらのおしゃべりがいまひとつ盛り上がらない。

ロビーのテレビはドラマをやっているが、東海から中部にかけての広い範囲で起きている土砂崩れや洪水による被害を報じるテロップがしきりに流れる。

あすの状況が気がかりだ。とりあえずゴロさんと二人で救援に向かうにしても、積雪量が多ければ手に負えないこともある。場合によっては地元消防の山岳救助隊に出動してもらうケースも考えられる。それなら事前に相談をしておいたほうがいい。

川上村を管轄するのは佐久広域連合消防本部南部消防署の川上分遣所だ。電話を入れると木村という馴染みの隊員が出た。山岳救助隊にも所属しているベテランだ。

「お世話になってます。梓小屋の長嶺です」

「なんだ、亨君か。いまは民宿の仕事をしてるんだろう。上にいないでよかったな。山はえらいことになってるぞ」

「なにか情報が？」

「けさ八時ごろ、戸渡尾根の上部で雪崩が起きて、下山中の登山者二名が巻き込まれた。幸い命は助かったが、一人が大怪我をしたそうだ。山梨の山岳救助隊が出動したんだが、雪は深いし強風でヘリは使えないしで、だいぶてこずったらしい。ついいましがたやっと病院に運んだとのことだ」

「ほかに遭難者は」

「奥秩父周辺ではいまのところそれくらいだな。ただ下山できずにテントや山小屋に閉じ込められている登山者がかなりいそうだ。梓小屋はどんな様子かね」

「うちの小屋についてはとくに連絡は受けていないんですが、じつは――」

甲武信小屋にいる三人パーティのことを話すと、木村は亨の判断を賞賛した。

「そりゃお手柄だ。無理に下山していたら、たぶん戸渡尾根を下ったパーティと同じ目に遭っていた。山梨の山岳救助隊が手を焼くほどの雪だから、ほかのルートをとったとしても無事に生還できた可能性は低いだろうね。遭難というのは起きてしまったら手遅れだ。いいアドバイスで未然に防ぐというのが最高の殊勲だよ。そういう点ではあんたたち小屋主さんの功績はじつに大きい」

「嵐が早いとこ収まればいいんですがね」

「そうもいかんだろう。夏場の台風なら抜ければすかっと晴れるが、いまの時期の低気圧は通り過ぎてもしばらくは冬型の気圧配置が続くから、雪も風もすぐに収まるとは限らない。その奥さんにはなんとか早く下山してもらいたいもんだがな」

「あす動けそうな状況なら、ぼくとゴロさんで救援に向かいます。下からラッセルしてトレースをつくっておけば、下山はだいぶ楽になるでしょうから」

「大丈夫なのか、ゴロさんの体調は」

木村は心配そうに訊いてくる。去年ゴロさんが救急搬送されたときも世話になったから、そのあたりの事情はよく知っている。

「本人は大丈夫だと言ってますが、無理はさせられないでしょう」

亨が応じると、自分のことが話題になっていると察知したようで、ゴロさんは余計なお世話だというように大げさに首を振る。木村は親身な口調で言う。

「だったらうちから人を出してもいいよ。甲武信小屋のあたりは埼玉県だが、甲武信ヶ岳の頂上まではこちらの管轄だ。深雪のラッセルは人数が多いほど楽だからな」

心強いものを感じて亨は言った。

「そうしてもらえれば助かります。状況に変化があればこちらから連絡を入れます」

「小屋に逃げ込んでいるといっても、相当冷え込んでいるだろうから、くれぐれも体調の維持に気を配るように言っておいてくれ」

木村はそう応じて通話を終えた。

三十分ほど経って母の携帯がまた鳴り出した。北原からだとするとやや時間が早い。困ったことでも起きたのかと気になった。電話を受けた母の表情がどこか冴えない。

「あす吹雪が収まったら、うちの息子が地元の消防の人と一緒に上へ向かう予定なのよ。だから無理をすることはないと思うけど。奥さんが焦ったからって、ご主人の容態が変わるわけじゃないんだから——」

相手はなにか厄介なことを言い出しているらしい。母はまたしばらく話に聞き入ってから、困惑したように言う。

「気持はわかりますけどね。ちょっと待って。いま息子と替わりますから」

母から携帯を受けとって、亨は北原に問いかけた。

「亨です。いまどんな状況でしょうか」

「いや、ご心配をおかけして申し訳ない。お母さんは反対のようなんだが、小屋のなかでただ時間を潰していてもしようがない。ついさっきから吹雪が小康状態に入ってね。ここからなら大きな登りは甲武信ヶ岳の頂上までで、あとはおおむね下りだから、きょうのうちに梓小屋まで足を延ばせば、あすの下山が楽になる。それでこれから行動を開始しようと思うんだがね」

北原はとくに悲壮感もなく言ってのける。亨は強い口調で応じた。

「それはまずいです。小康状態といったっていつぶり返すかわかりません。低気圧はこれからさらに接近してきます。勢力も衰える気配がないようです。時間もすでに午後二時を過ぎています。途中で暗くなったら雪のなかでビバークということにもなりかねません」

「じつは水谷さんのご主人の容態がはかばかしくなくて。わたしも責任を感じてましてね――」

辛そうな口ぶりで北原は続けた。低気圧が発生していることは前日の天気予報で知っていた。しかしここまで急速に発達するとは思いもよらなかった。きのうのうちに下山していれば、水谷という女性も病院に駆けつけることができたのにと、北原は自責の念に駆られているらしい。

その認識が甘かったことは否《いな》めないが、けさの状況をみて停滞を決め、小屋に退避したことは勇気ある決断だ。ここは北原に自信を持ってもらうことが肝心だ。

「北原さんの判断で遭難が未然に防げたと考えるべきです。けさ戸渡尾根を下山したパーティが雪崩で遭難しています。奥秩父に限らず、日本のあちこちで遭難者が出ているようです。なにもしないという決断は、かえって勇気のいることだと思います。闇雲な行動がいい結果を生むことはありません」

山で生き延びるのは臆病な人間だと、父は口癖のように言っていた。恐怖を感じたとしても無理に克服しようとはしないこと。それは自然からの危険信号に対する本能レベルの反応で、人が生きるために本来備わっている能力だからと――。

「たしかにそうだね。ご主人がそんな状況だというのに、このうえ水谷さんにまで万一のことが起きたらわたしはリーダーとして失格だ。一生償いきれない過ちを犯すことになる。全員を無事に下山させることが、いまのわたしの使命だと考えるべきだね」

自らに言い聞かせるように北原は応じた。亨は問いかけた。

「それで水谷さんのご主人の容態は？」

わかっても亨にはどうしようもないが、やはりそこはいちばん気になるところだ。

北原の口調に悲観の色が混じる。

「どうも厳しいようです。病院には娘さんが付き添っているんですが、一進一退とのことで。娘さんもこちらの事情はわかってくれて、無理して下山しないようにと言ってくれてはいますがね」

「ご主人はいまも意識はないんですね」

「そのようです。せめて会話が出来れば、奥さんからの励ましの言葉を伝えたり、ご主人の思いを伝えてもらったりもできるんだろうけど」

北原は口惜しそうに言う。亨は問いかけた。

「奥さんはいま？」

「寝袋に入って休んでます。体調はともかく、精神的にはだいぶ参っているようでね。奥のほうは携帯がうまく繋がらないんで、わたしは戸口の近くに出てきているんだが——」

本人がそばにいないから立ち入った話ができるとでも言うように、北原は声を落とす。

「五年前に奥さんは大病をされてね。ご主人から肝臓の半分近くをもらって命を救われたんです」

「生体肝移植ですか」

「医師から提案されて、ご主人は迷いもせずに自分がと申し出たんだそうです」

「大変な手術だと聞いていますが」

「そうですよ。患者はもちろん、ドナーにも大きな負担がかかる。しかしそのときはほかに治療法がなかった。手術は成功したけど、ご主人ももとの体調に戻るまで半年以上かかった。まれにドナーのほうが命を落とすこともあるそうで」

「奥さんは感謝されているわけですね」

「夫からもらった命だから、百歳まででも長生きしなきゃといつも言ってましたよ。ご主人はわたしの古くからの山仲間でね。奥さんもそれ以来、ご主人と一緒に山に登るようになったんです。生きている喜びを味わいつくすように夫婦揃って山を楽しんでましたよ。今回も二人で来るはずだったんだけど、ご主人が急に出張することになってね。事故に遭ったのはその帰りだったんです」

北原の口調には深い悲哀が感じられた。瀕死の床にある旧友のもとに駆けつけたい思いは彼にしても同様だろう。あす天候が回復したらなるべく早く救援に向かうから、いまはとにかく焦らずに、体力を温存して欲しいと念を押し、また二時間後に連絡を取り合う約束をして亨は通話を終えた。

北原との会話の内容を語って聞かせると、いたく感じ入った様子で母は言う。

「そんな事情があったわけ。なんだか辛い話だねえ。かといってこの嵐じゃ、わたしたちにいまできることはなにもないから」

テレビのテロップは相変わらず全国各地の被害状況を流している。中部地方から関東、東北南部が暴風雨や暴風雪に見舞われており、北アルプスや南アルプスでも山岳遭難が相次いでいるらしい。

「奥さんにしてみりゃ、自分の命と引き換えにしてでも旦那のところへ飛んで行きたい心境かもしれないね。おれみたいなすれっからしが死のうが生きようが、別れた女房は屁とも思わないだろうけど」

ゴロさんもどこか切ない口ぶりだ。綾ちゃんがため息を漏らす。

「運命というのは皮肉だね。もしご主人の出張がなかったら、二人で一緒に山へ来て、吹雪に閉じ込められたのもいい思い出になっていただろうにね」

「ご主人に元気になって欲しいわね。そうじゃないと奥さん救われないわよ。一生悔いを背負って生きることになっちゃうよ。もちろん奥さんにはなんの責任もないわけだけど」

美由紀も感慨深げな口ぶりだ。自分の父親との死別の経緯と響きあうなにかを、彼女なりに感じているのだろう。

ふたたび腹に響くような風音が湧き起こり、窓の外の風景を吹雪の緞帳が覆い隠す。北原たちに行動を思い止まらせて正解だったと亨は胸を撫で下ろす。

「こりゃマジで台風並みだな。でも悲観ばかりはしていられないよ。上の三人、小屋に退避せずにいまごろ行動していたら命はなかったかもしれない。どっちかといったら大変な幸運だと思わなくちゃな」

怖気をふるうようにゴロさんが言う。傍らで母も頷いた。

「そうだよね。命あっての物種っていうからね。ご主人だって、自分のために奥さんが無茶をして命を失うことなんて望んじゃいないよ。我が身にも危険があることを承知で、奥さんに肝臓を提供したくらいの人だもの」

見ず知らずの夫婦の深い心の絆を想像しながら、そんなやりとりを亨も切実な思いで聞いていた。自分にできることは、あすなるべく早く行動を起こして、三人を無事に下山させることだけだ。女性の夫については、ただ回復を祈る以外になにもできない。無事に三人を下山させたとしても、そのとき夫が存命している保証はない。

それでもいまは希望を抱く余地がある。すべてが好ましいかたちで落着し、だれもが心に痛手を負うことなく、このときの思い出を語り合えるようになる——。そんな結末を願う余地がまだいくらでもある。


北原からは午後四時に連絡が入った。嵐はあれからさらに激しくなり、風は頑丈なつくりの小屋を揺さぶって、雪は数メートル先の視界をかき消すほどだという。

積雪はすでに一メートルを超し、吹き溜まりは二メートルに近い。戸口の周囲の雪は三十分毎に除雪しても追いつかないほどで、気温もひどく低下して、せっかく雪を溶かしてつくった水が、放置すれば十分も経たずに凍りつく始末らしい。

夜間にはさらに冷え込むはずだから、燃料を節約するためにランタンやストーブはなるべく使わず、いまはダウンウェアを着込んで土間に張ったテントのなかで身を寄せているという。

三人とも体調に異変はないが、水谷という女性がやはり心理的に参っているらしい。あれから病院にいる娘と何度も連絡をとったが、夫の経過は相変わらずのようで、いまも楽観できない状態が続いているという。

「ご主人のほうで朗報があれば、気持にも張りが出るんだろうけどね」

北原の声には力がない。元気の火種を掻きたてる材料がないかと亨は思いをめぐらすが、この状況で思い当たることはとくにない。話の糸口にでもなればと問いかけた。

「食事はちゃんととってますか」

「とくに運動もしていないんで、あまり食欲が湧かないんです。つくるのもつい億劫になりがちで、昼はインスタントラーメンで済ませました」

「それは寂しい。栄養補給も大事ですが、食事はレクリエーションの一種ですから、楽しまないと山にきた甲斐がないですよ。いまお手持ちの食材を教えていただけませんか」

亨は明るい調子で問いかけた。北原は戸惑った様子だが、リーダーとして食料の管理には目配りしているようで、かなりの品目をその場で諳《そら》んじてみせた。

アルファ米から魚介類の缶詰、コンビーフ、乾燥野菜、レトルトのカレーやシチュー、インスタントラーメン、ふりかけ、梅干、海苔、チーズ、サラミ、醬油や塩コショウなどの調味料――。豪勢というほどではないが、テント山行の品揃えとしてはまずまずの内容だ。それをメモして亨は言った。

「それでは、これからうちのシェフにその食材でできる最高のレシピを考案してもらいます。あとでメールで送りますので、お使いの携帯のアドレスを教えてください」

北原が答えたアドレスをメモし、次の連絡はまた二時間後ということにして通話を終えた。亨は食材のリストを美由紀に手渡した。

「これで元気が出る料理をつくれない？」

「微妙な組み合わせだけど、なんとかなると思うわ。要は楽しめればいいんでしょ」

電話のやりとりですでに成り行きは察知していたようで、美由紀は張り切ってそのメモを受けとった。

美由紀はさっそくユニークなレシピを考案し、北原の携帯にメールで送信した。すぐに北原から、これからやってみるという内容に感謝の言葉を添えた短い返信があった。

黄昏《たそがれ》どきが近づいても風雪は弱まる気配をみせない。空は鉛のようなグレーの雲に覆われているが、それによる光量の不足を補うように、白々とした雪片が燐光を放つ生物のように風に煽られて降りしきる。民宿の家屋全体が強風に共鳴してでもいるように地鳴りのような音を立てている。

二つの低気圧を繋ぐ閉塞前線がそろそろ奥秩父のあたりに接近するはずで、これからさらに一荒れくると覚悟したほうがいいだろう。

美由紀が考案した摩訶不思議な無国籍料理は北原たちに好評だったようで、午後六時の交信ではあすの朝食のレシピの依頼もあった。亨がたまたま思いついたレクリエーションとしての食事を楽しむゆとりがあることは、ともあれ明るい材料だった。

水谷という女性の夫はいまも意識が戻っていない。今夜が峠だという医師の見立ては変わっておらず、あらゆる手立てを尽くした上で、あとは本人の生命力に懸けるしかないという。まだ一度も会ったことのない夫妻のことが、つい他人には思えなくなる。

「なあに、人間てのはしぶといもんだよ。おれも去年は死にかかったけど、いまはこんなに元気になった。本人が死んでもいいと思っていても助かっちまうくらいだから、おれみたいな不心得者じゃないその旦那なら、きっとみんなの願いが通じると思うよ」

宿泊客のための配膳の準備をしながらゴロさんが言う。嵐そのものは焦眉の問題ではない。いまはだれもが夫妻が生きて再会できることを願っているはずだった。

午後九時を過ぎたころ、突然風音が弱まった。窓を開けてみると、雪も止んでおり、頭上の雲間にはいくつか星も覗いている。

「晴れたじゃない。よかったわね」

傍らで母が声を上げる。亨は首を振った。

「擬似好天てやつだよ。二つ玉低気圧のときによくあるんだ。閉塞前線の通過中に、ちょうど台風の目に入ったみたいに一時的に好天がやってくる。数十分から長くて数時間しかもたないから、回復したと思って行動すると痛い目に遭うことになる」

亨自身も経験したし、たいていの山岳気象の入門書にも書いてある。二つ玉低気圧による遭難の多くが、擬似好天に惑わされて行動した結果でもある。母も思い当たることがあるように頷いた。

「そういえば、わたしもだいぶまえに失敗したことがあるよ。嵐が抜けたと思って喜んで布団を干したら、一時間もしないうちにぶり返して、布団をぜんぶだめにしちゃってね。慌てて貸し布団屋に手配する羽目になったのよ。それも擬似好天だったわけだ」

「上の連中に言っといたほうがいいんじゃないのか。まさかこんな夜中に下山しようなんて考えないとは思うけど」

ゴロさんが言う。たしかにそこは心配だ。亨は携帯を取り出して北原を呼び出した。パルス状の接続音がしばらく続いてから、圏外もしくは電源が切れている旨のアナウンスが流れてくる。一瞬血の気が引いた。ゴロさんの不安が的中したのかもしれない。

「なにかあったの?」

亨の顔色の変化を感じたのだろう。母が慌てて訊いてくる。

「携帯が通じないんだ」

「じゃあ、あの人たち、小屋を出たということなの」

「甲武信小屋の周辺は電波状態がデリケートで、ちょっと場所が変わっただけで繋がったり繋がらなかったりすることがあるんだよ」

言いながら亨はもう一度北原を呼び出した。やはり接続音が続くだけだ。直近の交信は午後八時前後で、上も下も猛吹雪だった。あすの下山に備えてせいぜい英気を養おうという話でそのときは落ち着いた。状況が変われば定時以外でも連絡を取り合うことになっている。電波のせいならいいのだが、そうでなければことは厄介だ。二十分ほど待ってかけ直しても、携帯はやはり通じない。

「出かける準備をしたほうがよさそうだな」

そう言うゴロさんの表情がいつになく硬い。すぐに動けるように装備は送迎用の4

ＷＤに積んである。消防の隊員が参加するのを計算に入れて、母と美由紀は大量のお握りを用意し終えたところだ。準備といってもこれからやることはさほどない。

「木村さんにも連絡しておかないと」

亨がふたたび携帯を取り上げると、とたんに着信音が鳴り出した。ディスプレイに表示されているのは北原の携帯の番号だ。連絡は母のほうではなく亨の携帯に入れてくれるように北原には言っておいた。

「亨さん。困ったことになったよ」

北原は狼狽している。亨は落ち着いて問いかけた。

「なにかあったんですか」

「水谷さんの姿が見えないんです――」

ついいましがた山の上でも風雪が止んだ。水谷はこの機を逃さず山を下りたいと言い出したが、闇夜の上に雪は深く、ルートは判然としない。天候の回復は一時的なものかもしれない。無理せず夜が明けるのを待つべきだと、北原ともう一人のパートナーで必死に説得し、なんとか思い止まらせたという。

水谷は納得してくれたものと思い、北原は小用を足しに別棟のトイレに向かった。もう一人はお茶でも淹れようとテントのなかで湯を沸かしていた。北原が戻ってくると、水谷の姿が見えない。

慌てて外に飛び出して、小屋の周辺を探して歩いた。トイレにもいない。甲武信ヶ岳方面へ向かうルート上にも雁坂峠方面へのルート上にも、直近に人が歩いたような形跡が見られない。まるで神隠しにでもあったように水谷の姿が消えていた。小屋から少し離れただけで圏外になって携帯が繋がらないので、いま小屋に戻って亨に連絡を入れたという。水谷の携帯も何度も呼び出しているが、そちらも圏外にいるようでまったく通じないらしい。

亨もどう理解していいかわからない。どちらへ向かったにしても、この雪のなかで足跡は残るはずだ。それがないというのが不思議でならない。小屋の周囲に転落するような危険な箇所はない。

「これから二人でもう一度捜索します。この雪だからそう遠くまでは行っていないはずですよ。じきに見つかると思いますがね」

北原は言う。星は出ていても月はない。深雪の闇夜を素人の二人が捜索することに亨は不安を禁じえない。かといっていま動かなければ、彼女を救うチャンスは遠ざかる。

「現在の晴天は擬似好天といって二つ玉低気圧特有の現象です。早ければ数十分、遅くても数時間で悪天に戻ります。くれぐれも小屋から離れすぎないようにお願いします。帰れなくなったら大変ですから」

「そのようだね。本で読んだことがあるよ。水谷さんにも正確に言っておくべきだった」

北原は悔しさを滲ませる。彼らが先に発見してくれればベストだが、二重遭難の憂き目に遭えば結果は最悪だ。水谷の捜索はけっきょく亨たちの仕事になるだろう。

しかしこれからまた荒れるはずの夜間の山中で首尾よく見つけだせるのか。つい先ほどまでは疑いもしなかった全員生還の希望が、彼女の軽はずみな行動で不可能に近い難題と化したのならやりきれない。複雑な思いで亨は言った。

「我々もこれから上に向かいます。地元消防の山岳救助隊もサポートに入ってくれそうです。この擬似好天がなるべく長くもってくれればいいんですが」

分遣所は全員当直態勢をとっていた。事情を説明すると、木村は自分を含め隊員三名が出動するという。これから新たな災害や遭難が発生するかもしれないので、全員出動というわけにはいかないが、状況の推移によっては、広域連合消防本部の山岳救助隊の動員も考慮するとのことだった。

亨とゴロさんはさっそく4WDで出発し、六〇センチはありそうな深雪の林道を踏破して、午後十時過ぎに長嶺新道入り口に到着した。しばらく待つと木村たちもやってきた。

風は穏やかで頭上には星が瞬いている。この状態があと何時間か続いてくれれば、梓小屋までは難なく到達できる。

まず木村が先頭に立ち、樹林帯の急登のラッセルを開始する。最初は踝《くるぶし》ほどだったのが、進むにつれて膝までもぐるようになる。ワカンをつけていてそれだから、ワカンのない上の三人が自力で下山するのはやはり難しかっただろう。

病み上がりのゴロさんには無理はさせられないから、ラッセルのトップは消防の三人と亨が交互に担当することにした。一〇〇メートルほどでトップを替わりながらぐんぐん高度を上げていく。隊員たちはさすがに山岳救助のエキスパートで、ブルドーザー並みの馬力でルートを切り開いてゆく。

梓小屋には午前一時に到着した。戸口の雪を除けて小屋に入ると、ゴロさんは施錠してあった食堂を開けてストーブに火を入れる。

亨は携帯で北原を呼び出したが、やはり通じない。ここまで登る途中でもだめだった。いまも小屋から離れているとしたら、それも不安を掻き立てる。

下から背負ってきたお握りで腹ごしらえをして、体を休める間もなく亨たちは出発した。ゴロさんには小屋に残ってもらった。遭難者を運び込んだときのために室内を暖めておかなければならないし、熱い飲み物も用意しておく必要がある。

いざというとき下界と連絡をとる人間も必要だ。亨たちも行動を開始すればいつ携帯が通じなくなるかわからない。梓小屋は携帯が確実に通じるから、北原から連絡があった場合に備えてゴロさんには亨の携帯を預けておいた。ゴロさんとはトランシーバーで交信できるから問題はない。

稜線に出ると山梨側から強風が襲ってきた。擬似好天が訪れるまえとは風向きが変わっている。閉塞前線が頭上を通りすぎたらしい。闇夜で雲の状態はわからないが、頭上の空にすでに星はない。横殴りの雪の礫《つぶて》が露出した肌に突き刺さる。

北原と連絡がとれないのが焦りを募らせるが、とりあえず甲武信ヶ岳を目指して進むしかない。風は次第に強まって、まもなく耳元で唸りを上げるようになる。擬似好天の恩恵もいよいよここで尽きたらしい。

尾根はほとんど雪が飛ばされているが、樹林帯に入れば新雪はときに腰まで達する。降り積もった雪を巻き上げて吹雪はやがてブリザードの様相を呈し、ヘッドランプの光が照らし出すのは前方わずか数メートルの視界だけになった。

地形に明るい亨が先頭に立つが、風下の吹き溜まりを泳ぐようにラッセルすれば十歩も進まないうちに息が上がり、尾根上に出れば吹きつける強風で呼吸もままならない。

両門の頭、富士見と二つのピークを越えたところでトランシーバーの着信ブザーが鳴った。ゴロさんからのコールだ。後続する三人に合図をして、辛うじて風が防げる雪の窪みにしゃがみ込み、ボタンを押して耳に当てる。ゴロさんの声が流れてきた。

「いま北原さんから連絡が入ったよ。雁坂峠方面と甲武信ヶ岳方面を少し足を延ばして探してみたけど、けっきょく見つからなかったらしい。携帯で呼んでも通じないそうだ」

「北原さんたちはいまどこに」

「甲武信ヶ岳の頂上近くまで登ったところでまた天候が崩れ始めたんで、慌てて下って、いま甲武信小屋に戻ったところらしい。頂上付近は意外に電波状態が悪くて、こちらに連絡しようとしてもずっと圏外だったそうだ」

山中での携帯の電波状況は麓の局とのあいだに障害物があるかどうかによる。高い場所でも必ずしも繋がりやすいわけではないし、電話会社による相性もある。便利ではあっても、決して信頼性の高い道具ではない。

「とりあえず二人については安心したけど、心配なのはその女性だな」

亨が応じると、ゴロさんは嘆息する。

「どっちの方向にも足跡はなかったそうだ。ルートを逸れてどこかに迷い込んじまったのかもしれないな」

現在の気温はマイナス二〇度近い。この強風で体感温度はさらに下がる。頭に浮かぶのはどうにもやりきれない結末だ。亨は自問するように問いかけた。

「その女性、本当に自力で下山できると考えたんだろうか」

「どうだかな。携帯だって自分で切っているのかもしれないし」

ゴロさんの答えは悲観的だ。愛する夫の死に目に会えないかもしれない、それをさせないのが北原や亨たちだ——。そんな身勝手な思いが自暴自棄な行動に彼女を駆り立てたのではないか。そうではないとしたら、荒れる雪山に対する認識があまりに欠如していたことになる。返答に窮していると、ゴロさんが訊いてくる。

「あんたたちのほうはどうなんだ」

「稜線は呼吸もできないくらい風が強い。風下の樹林帯を巻きたいところだけど、雪が深い上に視界が悪すぎる。迷えばこちらも遭難しかねないからね」

「苦しくてもなるべく尾根通しで行くのが安全だな。しかし人騒がせなことをしてくれたよ、その奥さん」

ゴロさんは本音を覗かせる。亨にしてもそれは喉から出かかっている言葉だ。

「病院にいる娘さんには伝えてあるの」

亨が訊くとゴロさんは辛そうに言う。

「まだ連絡していないそうだ。気持はわかるよ。父親がそんな状態のところへ、母親が行方不明になったなんて話を聞かされたら、娘さんだっておかしくなっちゃうよ」

「まだ遠くへは行ってないと思うけどね」

「そう願いたいね。風を避けてじっとしていてくれれば、希望も繋がるんだが」

ゴロさんの考えはよくわかる。嵐が続くとしてもあと数時間だ。そのあいだいかに体力を失わずにいられるかが勝負になる。稜線の吹き曝《さら》しで体温を失えば疲労凍死の可能性が高まるが、風を避けて雪のなかに身を潜めていれば、体力は意外に温存できる。空気をたっぷり含んだ新雪は断熱材でもあるからだ。

しかしそれも当人の生きようという意志による。携帯が繋がり、北原やゴロさんの口から希望を掻き立てる言葉をかけてやればいいのだが——。

ブリザードに晒される尾根道と深雪の巻き道を交互に進みながら、ミズシと呼ばれる三つ目のピークを越えた。これを下ればあとは甲武信ヶ岳の頂上まで一気の登りだ。

時刻は午前四時。陽が昇るまでまだ二時間近くある。風雪は弱まる気配がない。ミズシと甲武信ヶ岳の鞍部で風を避けられる岩陰を見つけて休んでいると、またトランシーバーの着信ブザーが鳴った。慌てて応答すると、ゴロさんの弾んだ声が飛び込んだ。

「いま北原さんから連絡があった。水谷という女の人の携帯と繋がったそうだ」

ようやく希望が湧いてきた。亨は勢い込んで問いかけた。

「その人はいまどこに？」

ゴロさんは困惑気味に答えを返す。

「雪の深い森のようなところにいるそうなんだが、この闇夜だから目印になるものがなにも見えない。場所の見当をつけようにも手がかりがないらしい」

「携帯のＧＰＳが使えるんじゃないのか」

「やってみたんだが、北原さんの携帯の位置情報サービスはこんな山のなかには対応していないらしくてね」

傍らでやりとりを聞いていた木村が、身振りで自分に喋らせろといっている。トランシーバーを手渡すと、木村はゴロさんに語りかける。

「その人の携帯から一一九番にダイヤルしてもらえませんか。あとはこちらがいい塩《あん》梅《ばい》にやりますから」

亨は思い当たった。最近は携帯から一一〇番や一一九番に通報すると、自動的にGPSによる位置情報が送られて、通報者の現在位置が瞬時に特定されると聞いたことがある。ゴロさんは戸惑いながらもそう伝えると応じて通話を終えた。木村に確認すると、やはり考えていることは同じだった。

木村は自分の携帯から本部に連絡を入れた。運よくこの場所は圏内だった。事情を説明して五分ほど待つと、本部からの着信があった。通話を終えると、木村は喜色を滲ませて亨を振り向いた。

「その人の居場所がわかったよ。ここから東北東におよそ六〇〇メートル。甲武信ヶ岳山頂から十文字峠に向かう尾根の西側斜面の樹林帯だ」

風を避けながら二万五千分の一地形図に本部が取得した位置をプロットし、そこに緯度経度の数値を記入する。あとは木村が携行している携帯型のGPS受信機を使って現在位置を確認しながらその場所を目指すだけだ。

いまいる場所からは甲武信ヶ岳の北面を巻くのが最短距離だが、雪が深い上に樹林のなかは倒木が多い。木村と相談した結果、ラッセルの手間を考えれば、多少の風を我慢しても尾根通しに行くほうが楽だという結論になった。

ワカンをアイゼンに付け替え、甲武信ヶ岳への一直線の急登にとりかかる。ガレ場が続き、雪のない時期は登りづらい箇所だが、いまはクラストした雪に覆われて、むしろ夏場よりペースがはかどる。約二十分の登りで甲武信ヶ岳山頂に着いたが、視界はほとんどなく、頂上を示す道標でそれが確認できただけだった。

遮るもののない山頂は立っていられないほどの強風が吹きすさび、たっぷり重ね着をした上からも急速に体温が奪われる。休む間もなく、十文字峠方面へのルートに足を踏み入れる。

こちらは風下にあたり、風は弱まったが積雪は一気に深まった。いったん休止してアイゼンをワカンに付け替え、コンパスで絶えず方向をチェックしながら慎重に下っていく。

三宝山との鞍部に達したところでまた歩みを止めて、木村はＧＰＳで正確な現在位置を把握して、地図にプロットした目標地点への方位を割り出した。

そのとき亨はヘッドランプの光の輪のなかに新しい踏跡があることに気がついた。甲武信小屋からの巻き道をたどってきたものらしい。歩いたのはたぶんその女性だ。

甲武信ヶ岳の頂上へは向かわずここまでやってきたのだろう。踏跡はそのまま縦走路を横切って、反対側の谷へと下っていた。その先はいましがた木村が割り出した目標地点だと思われた。

そんな考えを伝えると木村も賛意を示す。地図にプロットした場所までの距離は一〇〇メートル足らず。千曲川源流の西沢に至る緩い斜面で、雪は深くても下る一方だ。女性がいまもそこにいてくれれば、たぶん十五分ほどで到達できる。

下していたザックを背負いかけたとき、またトランシーバーのブザーが鳴った。よい知らせか悪い知らせか、ざわつく思いで応答すると、ゴロさんの沈んだ声が流れてきた。

「亡くなったらしいよ、旦那さん。いま北原さんのところに連絡が入ったらしい」

「亡くなった――」

亨は言葉に詰まった。せっかく本人の居場所を突き止めて、まもなく救出できるのは確実なのに――。心のなかに冷え冷えとしたものが忍び込む。それを知ったときの妻の思いが我がことのような切なさで胸に迫る。その是非は別として、病床の夫のもとに少しでも早く帰ろうと命の危険を顧みず下山を決意した。だとしたら、そんな妻の真情に対してその結末はあまりに酷すぎる。

「奥さんにはそのことは伝わっているの？」

ゴロさんは重苦しい声で応答する。

「娘さんが携帯を呼び出したら、今度は圏外になっているそうなんだ。あれからまた場所を移動したのかもしれないし、電波の状態が悪化したのかもしれないな」

「奥さんはまだ知らないわけだ——」

亨は現状を説明し、まもなく彼女を救出できると北原に伝えて欲しいと言った。ゴロさんは承知したと答えて付け加えた。

「救出に成功しても、あんたの口から旦那の話はしないほうがいいだろう。そうじゃなくても奥さんは体力的にも精神的にも弱っているはずだ。無事に下山したら、北原さんから伝えてもらうことにすればと思うんだ」

了解したと亨は応じた。責任逃れをするわけではない。いま夫人に過剰なショックを与えれば、それが致命的な結果に結びつきかねない。嵐はまだ収まったわけではなく、ここから先も予期せぬ危険が待ち受けていることだろう——。そう自分に言い聞かせても、気分は否応なく沈み込む。

やりとりを聞いていた木村は黙って立ち上がり、亨たちを身振りで促すと、先頭に立って踏跡をたどり始めた。

下るにつれて頭上を吹きすさぶ風音が弱まった。それでも雪は深く、ワカンを履いていても膝の上までもぐる。雪山経験の浅い女性が一人で小屋を離れ、こんな場所までやってこられたこと自体が奇跡のようだった。

どんな思いで彼女がそういう行動に出たのかわからない。しかし亨はそこに一途な情念を感じた。理屈では推し量れない魂のエネルギーを感じた。しかしそれも夫が生きてくれることが前提のはずだった。夫の死によってそのエネルギーが途絶えたとき、彼女の魂を襲うだろう危機を想像し、亨は胸を突かれる思いだった。

下るにつれて風音がさらに弱まった。地形的な条件によるのかもしれないし、さしもの嵐も弱まり始めたのかもしれない。視界を覆うガスも薄れてきたような気がする。

木村が唐突に立ち止まった。後続する亨を振り向いて、片耳に手を当て、もう一方の手で前方を指さしている。なにか聞こえているらしい。亨も耳を澄ますと、切れ切れの女性の声が聞こえてくる。言葉の一つ一つは聞きとれないが、どこか弾んだ楽しげな声で、だれかと話しているような様子だ。

亨は当惑した。踏跡の先にはその女性以外に人がいるはずがない。だとしたらいったいだれと話しているのか。木村が進もうと合図する。その声に心を奪われながらあとに続いた。五分ほど下ると声はさらにはっきりしてきた。

「もちろん元気になるに決まってるじゃない。だったら約束よ。今年の夏は槍ヶ岳ね。それまでにしっかりリハビリしなくちゃね。大丈夫よ。わたしが手伝ってあげるから。どんな山へ登ったって、あなたと一緒じゃないと楽しくないんだから——」

その希望に溢れた明るい声が、亨の心に温かい風を吹き込んだ。まさかという思いと、もしやという思いが交錯する。

前方を行く木村の姿がふと掻き消えた。亨も足を踏み出したとたんに、床が抜けでもしたように体が落ちた。ふわりとした感触で尻餅をついたのは吹き溜まりの窪地だった。雪を払って立ち上がった木村が前方を指さした。新雪に半ば埋もれるように座り込み、携帯を耳に当てて話し続けるダウンウェア姿の女性がいた。

「もちろんよ。わたしのほうは元気そのものよ。だってあなたの丈夫な肝臓をもらったんだもの。あなたの命を分けてもらったんだもの。百歳までだって生きるわよ——」

その屈託のない声が亨の心を躍らせた。会話の相手は彼女の夫——。奇跡が起きたのかもしれない。ゴロさんが伝えてきた訃報は誤報だったのかもしれない。それならここまでの苦労も報われる。

続いて二人の隊員が窪地に下りてきた。女性は気づいた様子もない。木村が歩み寄って声をかけた。

「水谷真佐子さんですね」

女性は喋るのをやめて木村と亨を振り向いた。見開いたその瞳が涙で潤んでいる。流れ出た涙が頬から顎にかけて凍りついている。唐突にその体が痙攣を起こしたように震えだし、喉の奥からかすかな嗚咽が漏れてくる。

手にしていた携帯を雪の上に落とし、女性はその場に突っ伏した。弱まった風音と入れ替わるように、嗚咽がやがて号泣に変わる。

亨は女性が落とした携帯を手にとった。バックライトが消えてディスプレイは真っ暗だ。どのボタンに触れても反応がない。電池が切れているようだった。応答するはずもない携帯を使い、もうこの世に存在しない夫に向かって、まるでその人が生きているかのように彼女は懸命に話しかけていた——。

胸を抉られる思いで亨はその場に立ち尽くした。頭上を覆っていたガスが急速に薄れ、わずかに白んだ南東の空に明けの明星が輝いていた。

水谷真佐子は無事に救出された。稜線で強風に晒されることもなく、歩いた距離もさほどではなく、新雪の吹き溜まりでじっとしていたことも幸いしたのか、肉体的にはほとんど衰弱していなかった。嵐は夜明け前に去った。北原たちは亨たちがラッセルした踏跡をたどり、自力で梓小屋までやってきて、そこで水谷と合流した。

「わたしは夫に二度も命を救われたんです」

北原の口から夫の死を知らされたとき、すでに心の準備ができてでもいたように、発見時の慟哭《どうこく》とは打って変わった冷静な口調で水谷は言った。

「娘と交わした電話のあとで、夫がもう助からないことをわたしは直感したんです――」

肝臓の移植を受けてから、夫の身辺の出来事について水谷は不思議な感覚をもつようになったという。かつて超能力めいたものを信じたことはなかった。しかしそれ以来、夫の体調の異変や仕事上のトラブルを身体感覚として捉えているような、奇妙な体験が続くようになった。

肝臓自体に痛みや冷温を感じる神経はないはずなのに、右上腹部にそれまでなかった感覚の領域が生まれた。それがときおりかすかな痛みや圧迫を感じたり、熱をもったり冷たくなったりする。それは必ず夫が体調を崩したりストレスを溜め込んだときだった。

当初は戸惑ったが、自分のなかに夫の分身が住み着いたようなそんな感覚を、やがて素直に受け容れるようになった。それは彼女の命を救うために自らもリスクを負ってドナーとなった夫とのあいだに生まれた、新しい、そしてより深い絆のようだった。

「夫が事故にあったちょうどその時間にも、それまでにない違和感を覚えたんです。翌日娘と連絡がとれてその感覚が真実だったことを知りました。携帯が通じているあいだは夫の容態について娘と頻繁にやりとりしました。でもそれがなくても私にははっきりと感じとれたんです。病床で夫が生命の危機と懸命に闘っている様子が」

その感覚が次第に弱くなったのが昨日の夕刻からだった。娘に訊けば容態は一進一退だというが、それが自分を安心させるための嘘だということを水谷は内心感じとっていた。

午後九時過ぎにあの擬似好天が訪れた。水谷は下山したいと訴えたが、北原たちは反対した。彼らの考えに理があるのはわかっていた。自分一人の思いのために彼らに遭難の危険を冒させるのは忍びない。だからといってただじっとしている気にはなれなかった。

二人の隙をみて水谷は小屋を出た。別棟のトイレまではしっかりした踏跡がついていた。深雪を避けてそこを通り、裏手に回ると、雪に埋もれた道標が目に入った。文字は判読できなかったが、それが指し示す方向が甲武信ヶ岳だと水谷は考えた。風は穏やかで頭上には星が見えていた。嵐は去った。それなら自分一人でも下山できそうだ——。

水谷は降り積もった新雪のなかに足を踏み入れた。北原たちが呼ぶ声が聞こえたが、気持はすでに固まっていた。途中で死ぬならそれでもいい。夫の余命がわずかであることは確信していた。生きているうちにその枕元へ至りつけなくても、少しでもその隔たりを縮めたい。そのくらいの努力もせずに夫からの恩にどうして報いられよう。水谷を突き動かしていたのはそんな理屈を超えた執念だった。

木に結ばれた赤布を目印に腰までもぐる雪を掻き分けて進んだが、いつまで経っても稜線に出ない。途中で赤布を見落としたようで、やがてルートに自信がもてなくなった。

山はふたたび荒れ始めた。風が避けられ、体を休められる場所を求めて深雪の斜面を下っていった。ようやく見つけたのが、亨たちと出会ったあの吹き溜まりの窪地だった。

体を休めようとしゃがみ込んだとき、ふと気がついた。いつも右上腹部にあったあの感覚が消えている。夫が死んだ——。水谷はそう理解した。すでに覚悟はしていたが、しかしその喪失感は堪えがたかった。水谷は身を横たえて目を閉じた。このままここで死のうと思った。夫のいる場所へ行こうと思った。

そのとき頭上を吹きすさぶ風の音に混じって、耳に馴染んだメロディが聞こえてきた。夫からの呼び出し専用の着メロだ。携帯をとり出して戸惑いながら応答すると、耳元に夫の元気な声が流れてきた。なにごともなかったように、いつもの和やかな調子で、夫は五月の山行プランについて語り出した。

槍か穂高がいいと夫は提案した。水谷はときおり相槌を打ちながら、不思議な思いで耳を傾けた。疲れきっていた心と体に次第に力が湧いてきた。その声をずっと聞いていたかったが、人が来たからまたかけ直すと言って夫はいったん通話を切った。仕事場からかけてくるときによくあることだった。

ディスプレイを見るとバックライトが消灯している。通話直後ならそんなことはない。つまり着信はしていなかったことになる。夫とのやりとりはどうやら幻聴だったらしい。しかしいまも耳に残る夫の声は、水谷の心に不思議な力を与えてくれていた。

またディスプレイが点灯し、着メロが鳴り出した。こんどは北原からの着信だった。何度もコールしていたが、いまやっと通じたと言って北原は喜んだ。夫が死んでいることを水谷はすでに確信していた。北原はまだそれを知らないか、あるいは隠しているのだろうと水谷は考えた。

それから何度かやりとりしたのちに、北原は一一九番をダイヤルするように言う。わけもわからずダイヤルすると、応答した担当者が水谷真佐子さんですねと問いかける。そうだと答えると、現在地が特定できたからすぐに救援に向かう、移動しないでそのまま待つようにとのことだった。

通話を終えたとたんに携帯の電源が落ちた。電池が切れたようだった。ふたたび外界との音信は途絶した。悲しみは限りなく深かった。しかし心は不思議に平穏だった。夫は自分のなかに生きている。幻聴でもいい。もう一度その声が聞きたかった。山の話を語り合いたかった。

水谷はまどろんだ。どのくらい経っただろう。体の芯から湧き起こる悪寒で目覚めると、またあの着メロが鳴っていた。心震える思いで携帯をとった。ディスプレイはやはり暗いままだった。耳に当てると、また快活な夫の声が流れてきた。

こんどは水谷が積極的に話しかけた。夫も楽しげに応答する。夫が元気だったとき、いつも交わしていたあの気のおけない会話。一緒に登った山々での思い出が次々に湧いてくる。身を苛《さいな》む悪寒が消えていく。勝手に涙が溢れてくる。それを拭うのも忘れて水谷は喋り続けた。

幻聴だとはわかっていても、それは心にいまも生きている夫からの温かく優しい励ましだった。自分の分も生きて欲しいと、自分のために人生を謳歌して欲しいと、その声自体が訴えていた。

その声に向かって語りかけることは、水谷にとって夫への限りない愛の表明だった。ともに生きてくれた人生への感謝の表明だった。

冷え切っていた心に熱いものが流れ出す。死に傾いていた心に生への希望が立ち上がる。悲しみの向こうに新しい人生が見えてきた。亨たちが現れたのはそんなときだった——。

「まあ、よかったんじゃないの。ご主人は亡くなったけど、あの奥さん、一生使っても使い切れないくらいの財産を受けとったような気がするね」

しみじみとした口調でゴロさんが言う。下山した三人は近隣の病院に立ち寄って、水谷が負っていた軽い凍傷の治療を受けたのち、タクシーで東京へ帰っていった。亨とゴロさんは、病院の庭先で三人を見送ったところだった。

二つ玉低気圧は東方海上へ抜けた。午後からは冬型の気圧配置になり、一時的に雪がちらつくという予報だが、嵐が去ったばかりの空は磨いたように晴れ上がり、雪をまとった奥秩父の峰々が朝の陽射しに目映く光っている。

「心の財産ということだね。無茶なことをしてくれたって一時は頭に来たけど、いまはわかるような気がするよ。命を二度救われたっていう言葉の意味もね。それはあの人にとって、命を懸けてでも受けとる価値のあるものだったんだ」

「亨ちゃんだって、そういうのを受けとっているわけだろう。親父さんから」

いつになく神妙な顔でゴロさんが言う。亨も思い当たるものがある。父の死後、右も左もわからずに受け継いだ梓小屋を、ゴロさんの助けを借りながら必死で切り盛りするうちに、次第になにかが見えてきた。

それは父が遺してくれたものが、梓小屋という単なる物理的な場所ではなかったということ。それはこの世界に生きた父の思いの凝縮物、父からのメッセージそのものだったということだ。

「心から心へ受け継がれるものって、見えないけどあるんだね。親父が遺してくれたものが、いまのおれに生きる力を与えてくれている。水谷さんにしても、ご主人から受けとったのは肝臓の一部だけじゃなかった。本当に受けとったのはもっとずっと大きな愛情だった。山のなかで携帯で話した相手は、単なる幻聴じゃなくて、彼女のなかで生きているご主人の心だったんだ」

「だからね、亨ちゃん。旦那が亡くなったのは悲しいことだけど、あの人、必ず元気になるよ。それはこのおれが保証する」

自信を込めた口調でゴロさんが言う。祈るような気持で亨も応じた。

「そうだね。これからも山へ登り続けてくれると嬉しいね。こんどは梓小屋へもぜひ泊って欲しいよ」

初出：「オール讀物」二〇一〇年九月号
底本：『春を背負って』（文春文庫）二〇一四年三月発行

解説

北上次郎

「新田次郎山岳小説シリーズ」という叢書がある。一九六七年に新潮社から全五巻で刊行された。B6変形ソフトカバー、当時の価格は各四〇〇円。私の手元にあるのは、一九七三年の六刷である。新大久保の新刊書店で買った。棚に伸ばした手のアップはまだ記憶に新しい。薄給の若いサラリーマンが新刊書店で全五巻の叢書を一度に買うとは尋常ではない。ずいぶんあとになってから気がついた。日本人初のマッターホルン北壁登攀に成功した芳野満彦をモデルにした『栄光の岩壁』を読んで、びっくりしたのだ。傷口が破れて靴の中に血が吹き出すそのクライマックスで、読んでいる自分の足もまた、本当に生温かい感触に包まれたのである。そのころ、オールディスの『地球の長い午後』を読んでいたら、全身が痒くなったことがあるから、唯一無二の例ではないが、しかしきわめて珍しい。その興奮が覚めないまま新刊書店でこの叢書を見たので、思わず手が伸びてしまったのだろう。

行きがかり上、この解説は新田次郎から始めることにするが、「新田次郎山岳小説シリーズ」は長編一作プラス短編、という構成で、初期短編の多くがこれに収録されている。「寒冷前線」は第二巻の『縦走路・冬山の掟』に収録されている。二〇一七メートルの雲取山から下っていくときに天候の急変に遭う四人のパーティの受難を描く小品だ。

中島河太郎編『死の懸垂下降』は、「山岳推理ベスト集成」と銘打たれたアンソロジーだが、ここに「消えたシュプール」が収録されているように、新田次郎の初期作品には山岳ミステリーに属するものが少なくない。だがこの作家の本質はミステリーになく、その興味は山そのものであったという気がする。その意味で「寒冷前線」は新田次郎の素顔がよく出ている短編だと思う。

あとは順序を戻して、加藤薫から行く。加藤薫は一九六九年に「アルプスに死す」でオール讀物推理小説新人賞を受賞してデビューした作家である。そのデビュー作が前出の『死の懸垂下降』に収録された際、

「推理小説としては最後に意外性を盛ったつもりだろうが、これがかえってとってつ

けたような動機になって釈然とさせない。なまじ「推理小説」の応募作だったために、作意が施されたように思える」

と中島河太郎が書いたように、この作家もまたミステリーという衣装は不向きだったようだ。その点、『ひとつの山』は清冽な印象を残す山岳青春小説の佳作といっていい。『山と溪谷』一九七二年十一月号から一九七四年四月号まで連載され、単行本は同年十一月に文藝春秋から刊行された。ここで取ったのはその第五章から第八章までである。

これは、大学山岳部に入った二人の新入部員を軸にした青春小説で、実行力のある森幸江と、控えめな寺田陽子という対比がキモ。この二人の対比がいちばん明確になっている箇所なのでこのくだりを取ったのだが、出来ればこの長編を丸ごと復刊したかった。というのは、この長編のラストもまた鮮やかだからだ。いつの日か復刊されたら、ぜひとも読まれたい。

加藤薫には「スキー長編推理」と銘打たれた『雪煙』という長編もあるが、『ひとつの山』以降、作品を発表していない。ミステリーでもSFでもない山岳小説の書き手は少ないだけに残念であった。

井上靖『氷壁』は何度もテレビドラマや映画になっているのでご存じの方も多いだろう。説明の必要もないくらいの名作である。

朝日新聞に連載後、一九五七年に新潮社から刊行され、一九六三年に新潮文庫に入ったが、私の手元にある新潮文庫は、平成十八年の九十三刷。それから十年以上がたっているのでいまでは今ではもっと版を重ねているだろう。永遠のロングセラーである。

切れるはずのないザイルが切れて墜死した友は、なぜ死んだのか、という強い謎が最後まで貫く長編で、そこに友情と恋愛を絡めて描く、ドラマチックでスリリングな作品だ。ここに取った第三章は、魚津恭太と小坂乙彦の登攀を描くパートで、本書の中心となる箇所といっていい。新潮文庫版の解説で佐伯彰一が「いかにも張りつめて美しい」と書いた箇所でもあり、その緊迫した場面をぜひとも堪能されたい。

夢枕獏「山を生んだ男」は、作者の原点ともいうべき作品だ。初出は、「奇想天外」一九七八年十一月号。この短編を収めた『呼ぶ山』(夢枕獏山岳小説集、と副題のついた角川文庫版)の解説で、大倉貴之は「夢枕獏の方向性を決めた作品のひとつ」と書き、「山岳小説と日本神話的世界が融合した」作品であると付け加えている。

大倉貴之の解説に私の名前が出てくるので少しだけ当時の事情について触れておく。この「山を生んだ男」を読んだ直後に双葉社の編集者と会ったので、山岳小説の新しい書き手がいると夢枕獏を推薦。私が知っているのはそこまでだ。それで双葉社の『幻獣変化』が生まれ、それを読んだ朝日ソノラマの編集者から書き下ろしの依頼が舞い込み、それがいまも書き続けられている「キマイラ・シリーズ」だとは、大倉貴之の解説で初めて知った。さらに、全七巻の『涅槃の王』が完結したとき、「北上さんの推薦から始まったんだから責任を取ってください」と解説の依頼というか、脅迫(?)がきたとき、その序の巻に置かれたのが『幻獣変化』だったと、初めて知った。

ようするに、それらの原点が「山を生んだ男」なのである。おっと、大傑作を忘れてた。夢枕獏には、柴田錬三郎賞を受賞した長編『神々の山嶺』(一九九七年)という山岳小説の大傑作がある。「山を生んだ男」はこの大作の原点でもあったのである。

熊谷達也も、いまさら私が紹介するまでもない。東北を舞台にした『邂逅の森』で、山周賞と直木賞をダブル受賞したように、自然を描くのには定評がある作家である。「皆白」は『山瀬郷』に収録の一編で、初出は「小説すばる」二〇〇一年十二月号。

題名になっている「皆白」とは、伝説の白い熊のことで、もともと熊の胆には同じ重さの金と同等の値がつくが、ミナシロの熊の胆は家一軒が建つくらいの価値がある。ただし、全身が真っ黒の「皆黒」も、この「皆白」も、山神様の化身とされていて獲ってはいけないものとされている。「皆白」はそれを追わざるを得ない猟師を描く短編で、読後に深い印象が残り続ける。

真保裕一「灰色の北壁」は、同題の山岳小説集に収められた一編で、なかなか構成に凝った作品だ。周知のように真保裕一には『ホワイトアウト』という冬山を舞台にした山岳冒険小説の傑作がある。それに対して、この「灰色の北壁」は冒険小説ではなく、本当に登頂したのかどうか、という謎を中心にしたミステリーである。これが唸るほど、うまい。構成に凝った一編である、と先に書いたが、それは語りだす順番の選択が見事であること、さらに書体を三種類も使用していること――そういう全体を貫く趣向が秀逸であることを指す。

笹本稜平「疑似好天」は、長嶺亨が営む山小屋を舞台にした連作集『春を背負って』に収録の一編である。題名になっている「疑似好天」とは、「閉塞前線の通過中に、ちょうど台風の目に入ったみたいに一時的に好天がやってくる」ことで、その好天は数十分から数時間しかもたない。だから天気が回復したと思って行動すると痛い目に遭う。このタイトルだけでさまざまなドラマが浮かんでくるから、山岳小説にふさわしい題材といっていい。笹本稜平の作品には、『還るべき場所』『未踏峰』などの山岳小説があるが、山に詳しい人ならではの発想といっていい。

文春文庫版の巻末には、作者と映画監督の木村大作（映画「八甲田山」のカメラマンでもあり、「劔岳　点の記」の監督でもある）の対談が付いているが、これは『春を背負って』が、木村大作が監督して映画化されたので（主演は松山ケンイチ、蒼井優）、それを記念して対談したものだ。

本書収録作品のなかには現代の視点からは不適切と思われる表現もありますが、当時の社会を描写するために必要であったこと、また著作者が差別に加担するものではなかったことなどに鑑み、原文のままとしています。

編集部

●加藤薫氏の著作権継承者のご消息をご存じの方は、編集部までご連絡いただきたくお願いいたします。

不屈　山岳小説傑作選

二〇二〇年三月五日　初版第一刷発行

編　者　北上次郎
著　者　加藤 薫　井上 靖　夢枕 獏　熊谷達也
　　　　新田次郎　真保裕一　笹本稜平
発行人　川崎深雪
発行所　株式会社　山と溪谷社
　　　　郵便番号　一〇一―〇〇五一
　　　　東京都千代田区神田神保町一丁目一〇五番地
　　　　https://www.yamakei.co.jp/

■乱丁・落丁のお問合せ先
　山と溪谷社自動応答サービス　電話〇三―六八三七―五〇一八
　受付時間／十時～十二時、十三時～十七時三十分（土日、祝日を除く）
■内容に関するお問合せ先
　山と溪谷社　電話〇三―六七四四―一九〇〇（代表）
■書店・取次様からのお問合せ先
　山と溪谷社受注センター　電話〇三―六七四四―一九一九
　ファクス〇三―六七四四―一九二七

印刷・製本　株式会社暁印刷

定価はカバーに表示してあります

Printed in Japan ISBN978-4-635-04877-4